羊道

深山夏牧场

李娟 著

SPM
南方传媒 花城出版社

中国·广州

图书在版编目（ＣＩＰ）数据

　　羊道. 深山夏牧场 / 李娟著. —— 广州 ： 花城出版
社，2022.9（2024.6重印）
　　ISBN 978-7-5360-9709-4

　　Ⅰ. ①羊… Ⅱ. ①李… Ⅲ. ①散文－中国－当代
Ⅳ. ①I267

　　中国版本图书馆CIP数据核字(2022)第082578号

出 版 人：张　懿
责任编辑：文　珍　周思仪　王梦迪
技术编辑：薛伟民　凌春梅
封面设计：◆ 棱角视覺
　　　　　ANGULAR VISION
插　　画：段　离

书　　名　羊道·深山夏牧场
　　　　　YANGDAO·SHENSHAN XIA MUCHANG
出版发行　花城出版社
　　　　　（广州市环市东路水荫路11号）
经　　销　全国新华书店
印　　刷　佛山市浩文彩色印刷有限公司
　　　　　（广东省佛山市南海区狮山科技工业园A区）
开　　本　880 毫米×1230 毫米　32 开
印　　张　10.5　1 插页
字　　数　180,000 字
版　　次　2022 年 9 月第 1 版　2024 年 6 月第 8 次印刷
定　　价　50.00 元

如发现印装质量问题，请直接与印刷厂联系调换。
购书热线：020－37604658　37602954
花城出版社网站：http://www.fcph.com.cn

自　序

　　多年来我一直在机关上班，并不像绝大多数读者所认为的那样恣意地生活在草原上。而我的前三本书《走夜路请放声歌唱》《阿勒泰的角落》与《我的阿勒泰》也是在循规蹈矩的工作之余写成的，我笔下的阿勒泰，是对记忆的临摹，也是心里的渴望。但是从2007年开始，一切有所改变。

　　2007年春天，我离开办公室，进入扎克拜妈妈一家生活。2008年，我存够了五千块钱，便辞了职，到江南一带打工、恋爱、生活。同时开始忆述那段日子，一边写一边发表，大约用了三年多时间。从一开始，我就将这些文字命名为《羊道》。最初，有对羊——或者是依附羊而生存的牧人们——的节制的生活方式的赞美，但写到后来，态度渐渐复杂了，便放弃了判断和驾驭，只剩对此种生活方式诚实的描述，并通过这场描述，点滴获知，逐渐释怀。因此，对我来说，这场写作颇具意义。它不但为我积累出眼下的四十万字，更是自己的一次深刻体验和重要成长。等

1

这些文字差不多全结束时，仍停不下来，感到有更多的东西萌动不止。

新疆北部游牧地区的哈萨克族牧民大约是这个世界上最后一支相对纯正的游牧民族了，他们一年之中的迁徙距离之长，搬迁次数之频繁，令人惊叹。关于他们的文字也堆积如山，他们的历史，他们的生产方式、居住习俗、传统器具、文化、音乐……可是，知道了这些，又和一无所知有什么区别呢？所有的文字都在制造距离，所有的文字都在强调他们的与众不同。而我，更感动于他们与世人相同的那部分，那些相同的欢乐、相同的忧虑与相同的希望。于是，我深深地克制自我，顺从扎克拜妈妈家既有的生活秩序，蹑手蹑脚地生活于其间，不敢有所惊动，甚至不敢轻易地拍取一张照片。希望能借此被接受，被喜爱，并为我祖露事实。我大约做到了，可还是觉得做得远远不够。

由于字数的原因，《羊道》分成三本书出版，恰好其内容也是较为完整、独立的三部分，时间顺序为《春牧场》—《前山夏牧场》—《深山夏牧场》。这三本书围绕扎克拜妈妈家迁徙之路上的不同牧场，展示我所看所感的一切。想到能向许多陌生的人们呈现这些文字，真的非常高兴。又想到卡西那些寂静微弱的梦想和幸福，它们本如浩茫山野里的一片草叶般春荣秋败，梦了无痕。而我碰巧路过，又以文字记取，大声说出，使之独一无二。实在觉得这不是卡西的幸运，而是我的幸运。

最后感谢所有宽容耐心地读我、待我的人们，谢谢你们的温柔与善意。我何其有幸。

李 娟

2012年6月

再版自序

　　《羊道》已出版五年。五年来它沉默漫延，持续成长。在读者那里收获了越来越丰富的情感与内涵，渐渐稳足于世间的洪流。这是我的骄傲，也令我羞愧。这五年里的自己却依然人生混乱，不得安宁。

　　不知这五年来，扎克拜妈妈一家又怎么样了。2010年左右，当我还在阿克哈拉村生活的时候，我们两家人还时不时见面。那时沙阿爸爸已经过世，斯马胡力已经结婚。卡西美梦成真，终于又回到校园，成为一名学生。到了2011年，也就是这一系列文字出版前夕，我的家庭迁至阿勒泰市，从此少有联系。五年来，每每回想与扎克拜妈妈一家的际遇，如大梦一场，无所凭恃。

　　藉由这次再版前的审阅工作，我又重返十年前那场漫长又寒冷的夏天。突然间所有生活细节历历在目，所有当时情绪重新漫过头顶。我逐字逐句摸索，像在阳光下富裕而从容地翻晒自己压箱底的珍宝。又像在字里行间涉水前行。身心沉重饱满。我为这部文字修正出更为整洁流畅的面目的同时，也通过这场阅读修护了信心。仍然骄傲，仍然羞愧。

这一版《羊道》有较多改动。剔除了文字与语法上的大量错漏——过去的五年，至少有五十个读者通过各种渠道帮我纠过错。这就是之前提到的"羞愧"之一吧……此外还梳理了叙述上的混乱与毫无耐心。此外，拖沓的节奏，赘复的情节，轻率的判断……所有这些毛病都努力进行了修改与调整。可能仍没能做到最好，但这一版《羊道》绝对是我最有信心，也最渴望重新呈现给大家的作品。我相信它经得起更长久的阅读。这也是之前提到的骄傲之一。

实际上我对这个系列的文字有着更复杂的情感。这场书写并不是一时的兴致，下笔之前已为之准备了多年。当我还是个八九岁的孩子，就渴望成为作家，渴望记述自己所闻所见的哈萨克世界。这个世界强烈吸引着我，无论过去多少年仍念念不忘，急于诉说。直到后来，我鼓足勇气参与扎克拜妈妈一家的生活，之后又累积了几十万文字，才有些模糊明白吸引我的是什么。那大约是这个世界正在失去的一种古老而虔诚的、纯真的人间秩序……——难以概括，只能以巨大的文字量细细打捞，使之渐渐水落石出。

常被人问起：如何进一步融入哈萨克世界？……对此感到无奈。我不愿因为写了许多此类文字而被打上"哈萨克"标签，也无力为如此巨大的事物代言。我真心喜欢这个民族，在我的真心面前，"融入"这种词汇太肤浅，太轻率。"融入"只能是血统与漫漫时间的事情。而我力量单薄，意志脆弱，今生今世只能作为哈萨克世界的一个匆匆过客。面对这个壮阔纯真的世界，我所能付出的最大敬意只能是与之保持善意的距离。

总之，《羊道》再版了。今后它将去往更远的地方，遭遇更多的阅读。远未能结束。想起当初写这些文字，写到最后时，一时间也无法令其结束。只好匆匆刹笔，勉强止步。我猜这是它自身的意志。它诞生于我，却强大于我。它收容我所有混乱、模糊、欲罢不能的心思，将其分摊进数十万字的庞大细节中，一点一点为之洗净铅华。我已分不清这是写作的力量，还是文字自身的力量。永远骄傲，永远羞愧。

2016年1月

三版自序

一转眼，这本书出版了十年，这些故事发生了十五年。

每次作品再版前的校阅工作，是错漏之处的梳理，也是一场新的阅读与思考。感谢每一次再版的机会和重读的机会。若放在平时，已经完成的作品真的是再也不想翻开了。

第三版除了一些错字病语，最多的改动是添加了一些补充说明。因为这十年来，总是有读者置疑一些细节问题，才发现自己的表述很多时候都有问题——过于口语化，随意散漫，容易产生歧义。所以在这一版，涉及地域特殊性和文化特殊性的部分，会作一些更细致的说明。

还有几处补充，则是自己多年后才想明白的地方。比如第三部《深山夏牧场》里的《擀毡》。在我最初的写作里，此文毫不掩饰对恰马罕的嫌弃，觉得这人挺能摆谱。多年后重读，发现自己可能有所忽略。当时的他，刚结束长达半个月的温泉之行——我们当时的牧场附近有较大规模的一处温泉，当地牧民有泡温泉的习俗，用来治疗各种疾病。因此，他很可能有身体上的不适，才无法参与劳动。而自己不作了解就胡乱下结论，武断又刻薄，感到很丢脸。所以十年后，我把这种猜测也添加进去。

第三版还有很少的一些字词变动，实际上只是改回最初的版本。第二版的出版方严格遵照出版物的相关语言文字规范和标准，对第一版做了一些修改。比如，把羊群的"漫延"改为了"蔓延"。可我认为，同样是描述事物的延展状态，"蔓延"更适用于植物生长般的枝状形态，而"漫延"则为液体的延伸形态。显然后者更适用于羊群大面积的移动。同样，两支羊群相遇，我使用的词是"汇合"，但二版中都被改为"会合"。我觉得后者不能贴切表现两支羊群相遇后参差交融的状态。再比如，"至高点"一律被改为"制高点"。这两个词都有"最高处"的意思。但"制高点"是军事用语，意境单一，用在寻常文字中就显得突兀。还有"披风沐雨"一词，也没有什么别字，没必要非得改为"栉风沐雨"。

其实这些细微之处，改不改的可能对阅读没多大影响。但我在这方面实在有强迫症，眼里容不得沙子。汉语丰富多彩，文学语言更是灵活多变，生机勃勃。如果有一天，文学表达真的被"统一"，被硬性规范化，必将渐渐失去活力。难以想象……

另外，在第二版中，我的"二版序"被以"给读者的一封信"的形式编入书中，在第三版中改了回来。还需解释的是，很多读者误认为那是我的"亲笔信"。其实不是的，我的字超丑的，哈哈。

这一次再版，额外想提一下怀特班——被我们抛弃在春牧场上的小狗。那段描写引起许多读者不适，不断发来谴责。他们认为我和我所在的游牧家庭太残忍太自私，没有尽到救助的责任。为此我也曾努力解释过，反复强调当时的危险境地。在第二次出版时，我还增加了更细致的说明，却仍不能让他们释怀。我想，有些东西真的是无法沟通的。但是作家就是帮助沟通的角色，在不同的生存状态和生存文化之间凿空。我不能做到最好，曾经有些沮丧。这次重新读到这一段，突然就释怀了。这些故事里大量提及生存的严酷，是绝大多数读者所陌生的，可能也是刺激他们阅读的因素之一。那样的严酷，大家也许会为之感慨，却无人能够接受吧。在平稳舒适的生活中待久了的人们，难免以为平稳舒适就是理所当然的。实际不是的。这个地球上绝大多数的人类仍在受苦，如一句网络热议："他们活着就已经用尽全力。"所以，针对他们的道义上的指责也许只是侥幸出生在优渥环境中的人们的矫情吧。

还有图片问题，很多读者都希望能出一个图文版的。我的确保存了大量关于那段生活的照片。但由于图片品质、肖像权问题及其他原因，可能不太适合发布。我也希望有朝一日能分享它们。

关于这部作品，还有许多的感慨，但说出来总觉得轻浮。那就这样吧。

感谢远方平凡的人们和他们平凡而努力的生活。感谢平凡美好的每一位读者。感谢平凡的，软弱的，愿意改变也有所坚持的自己。

2022年4月

目 录

吾 塞

吾　塞

林海孤岛

　　我家的录音机一放起歌来就没日没夜的，终于有一天坏掉了。我非常高兴，这下每天晚上可以早点儿睡觉了。以前每天睡觉前，兄妹俩都会听老半天。等他们睡着了，我还得爬起来去关。

　　但很快发现，爷爷家那边也总是没日没夜地放歌。而且爷爷家的录音机比我的大，比我家的贵，一定不容易坏。

　　在吾塞，我们和爷爷家的毡房扎在同一个山顶上，相距几十步。两家毡房边各有一小间使用了很多年的小木屋。各自的小木屋和毡房外都以木头栏杆围了一个小小的院子，防止牛羊靠近，偷吃晾晒在院子里的奶制品。两个院子之间的空地上有一棵高大的松树，是这山顶上唯一的一棵树，曾被雷电击打过。一大半树身都烧得焦煳，另一半却异常旺壮。长得乱七八糟，像平原地区的树那样拼命四面分杈，都快长成球形了。而其他松树都是塔形的。这棵树是孩子们（那时，海拉提家收养的两个男孩放暑假了，也来到了吾塞）和猫咪的天堂。大家整天爬上爬下，

3

叽叽喳喳。树上还挂了一架简陋的秋千。当孩子们都不在的时候，秋千以群山为背景，深深地静止，分外孤独。而当穿红衣的加依娜高高地荡起秋千，在林海上空来回穿梭时，那情景却更为孤独。隔着空谷，对面的大山绿意苍茫，羊道整齐、深刻。背阴面的森林在对面山顶显露出曲曲折折的一线浓重墨痕。

吾塞已经很靠近阿尔泰山脉的主山脊了。由于地势太高，森林蔓生到一定海拔高度就停了下来。站在山顶空地往北方看，与视线平齐的群山从林海中一一隆起。一面又一面巨大的绿色坡体坦荡荡地倾斜在蓝天下，山巅堆满闪亮的积雪。但是，哪怕是那么高的地方，也会动人地扎停一座雪白的毡房。有的坡体上还会悬挂一条软绵绵的小路，在视野中几乎以垂直的角度通往山巅。真是奇怪，如果要翻山的话何苦爬那么高，从一旁的山侧垭口处绕过去不就得了？

住得高，固然心旷神怡，取水就成了麻烦事，得到东南面山脚下的沼泽中挑水。山又高又陡，为了省力，只能走大大的"之"字形路线。在吾塞，我很快就学会了用扁担挑水，但技术实在一般。爬坡的时候，前后不稳，两只桶像跷跷板一样上下摇晃。加之拐弯处难免磕磕碰碰，中途放下桶休息时（一路全是坡路，很难找到一处能放稳桶的平地）也会发生点儿小意外。于是等爬到山顶，桶中水位线总是会降低十公分。真丢人，还不如十岁的男孩吾纳孜艾。

提到水，得提一下漏勺。每当我在沼泽边用水瓢舀水时都特别思念漏勺。要是舀水时用它过滤一遍的话就好了……吾塞的水源在陡峭的山脚下，没有泉，只有一大片沼泽，渗出一道细细的水流，流向更低的山谷。沼泽边浮着一截粗大的朽木，木头旁挖了一个坑，漫出一汪清水。取水时，我就踩在浮木上弯下腰用水瓢一瓢一瓢舀水。水面窄小，就比脸盆宽一些，深度顶多三十公分，一眼看去很清澈。正因为太清了，水中各种各样的悬浮物——枯草啊，泥团啊，腻乎乎的泡沫状苔藓、雾状的菌生物、泡得只剩空壳的死虫子、长满绿苔的死蜘蛛……都看得一清二楚。我敢打赌，我还看到了正处在进化初级阶段的单细胞生物。当然，这些东西都没毒，也不难吃，就是看在眼里令人怪不舒服的。不过等水煮好了又是另一码事。烧开的水沸腾又激动，它忘记了一切，不带丝毫阴影。

我们的木头房子虽然低矮，却不显窝囊，一根根足球粗细的圆木垒得整整齐齐，屋顶平整又结实。别看搭法简单，略显笨拙，但在深山里盖起这样一个小木屋可真不容易。毕竟建筑工具只有斧头和小刀，连锯子都没有。况且还特意修了门槛和屋檐，还用心开凿了一个四四方方的朝南小窗。爷爷家的木屋也挖有窗户，还蒙了层塑料纸。我家则蒙了一块浅蓝色的布，照样亮堂堂。

为了防雨，房顶上培着厚厚的土层。风吹来了种子，上面便长满青草，开满白色和黄色的花。植物娇嫩的根梢穿过土层和圆木间的缝隙，长长垂悬室内，挂在我们头顶上方，浓密而整齐的一大片。

由于木屋不高，房顶又是平的，平时我们还在上面晾晒奶制品。吾纳孜艾兄弟俩沿着木屋山墙边参差不齐的圆木垛头，嗖嗖嗖，几下就能蹿上去。

驻地北面是一大片缓坡草地，而西面却山石错叠，密密地生长着一大片年轻的松林。我们的牛棚全建在林子里，也是用圆木搭建的，都修有屋顶。东一个西一个，至少五六个。可每一个都小得可怜，每个牛棚只能关一两头小牛。为什么不直接盖一个大的？我猜想，大约最开始时，扎克拜妈妈家只有两头牛，于是就只盖了个小牛棚。可后来又增加了一头，只好再盖一个小的。接下来家业越来越大，小牛一头两头地增加个不停。牛棚便也跟着一个两个增加了……不过呢，也可能因为盖大牛圈需要又大又长的木头。可工具有限，大木头不好处理。

同样是屋顶，牛圈的屋顶可比我们木屋的屋顶美丽多了。由于一直笼罩在树荫下，屋顶上居然生着丛丛的虞美人，柔弱而娇美地摇晃着。还有一个小牛棚上有成片的紫菀，浪漫极了。

西面的山石层层叠叠，形态万千。布满数不清的洞口、缝隙般的通道以及最高处的平台。这些由于久远年代中的地震而整齐翻起在山脊上的浅色石丛，顺着山脉一路向东蜿蜒了一两公里。如果人群聚居的繁华之地也有这样的好去处的话，会令多少孩子拥有茂盛幸运的童年啊（都可以编几个传说，开辟成景点了）！但这里是吾塞，只有两个男孩和一个女孩阔阔绰绰地占山为王，享受着无穷无尽的探险游戏。

在吾塞，最让人中意的是，上厕所的地方特别多，步步为障。不幸的是，荨麻也很多，防不胜防。

这里还生长着少量的某类野生郁金香。由于海拔原因，杉木很少见了，几乎全是西伯利亚落叶松。与其他树林不一样的是，松林的林间空地是红色的，因为枯萎后的针叶呈砖红色。这些细碎的红色落叶年复一年层层铺积，像大床垫一样厚实又富于弹性。走在上面，脚下忽闪忽闪。在潮湿处，红色的地面上会团团铺生绿色的苔藓。

在山脊的岩石崖壁上，处处生长着开白花的植物。白色花瓣拖得长长的，飘扬在风里。也不知是什么花，其他任何地方都没见过。

生在沼泽里的植物也极美，有着肥润的圆形叶片。沼泽里细腻的黑色淤泥里也纠缠着重重植物根系，使之结实极了，一脚踩进去，顶多陷到小腿。

与冬库尔陡峭逼仄的风光相比，吾塞开阔许多，但细处也极妩媚。况且还有卡西的红雨鞋。每当我们在森林中穿梭，穿红雨鞋的卡西总是轻快地走在最前面。森林清凉碧绿，她就像一个精灵。这说不清、道不明的古老寂静的生活，这崇山峻岭间的秘密……在森林边缘、沼泽中央，突然闪现的那个人，总是衣裳鲜艳无比。

搬到吾塞的第二天，卡西就挖了一个储存蔬菜的地坑，把我们全部的蔬菜（只有半棵白菜、一棵粗大的芹菜、五六颗土豆，以及三颗洋葱。尽管如此，这些足够我们吃半个多月。对我们来说，蔬菜只是晚餐的调味品。晚餐又是一天中唯一的正餐）放进去。盖上一件旧大衣，填土埋了。这样的坑和冰箱一样管用。

坑挖在木屋后的背阴处。挖到十多公分时，就挖出了几根布条儿。看来这一处每年都是埋菜的地方。再往下挖，是纯纯的白沙，几乎没有泥土。我记得西面山石垭口处也全是这样的白色沙地。看来这座山其实是一座铺满白沙的石头山啊，只在最表层敷着一层薄薄的泥土。在远古时候，此处一定是深深的海底。奇怪的是，土层这么薄，四面茂密的树林又是怎么长成的？难怪这种松树极易倾倒。倒下后，它的根平平展展如横截面一般，是一面平整的根墙——这种根不是向下扎的，而是向四面八方盘生。使树木不是生长在大地上，而是稳稳当当"坐"在大地上。

进入更加湿润丰美的深山后，牲畜对盐的需求量猛增。在吾塞，我们两家人各有一个使用过很多年的盐槽，用整根树干凿成一上一下，随意搁放在北面缓坡上。每当

8

我结束一场漫长的散步，遥遥向家走去，远远就看到高处的绿色草坡上倾斜平躺的木槽，是视野中最寂静的两横。

虽然两家人住在一起，羊一起合牧，牛一起放养，连盐槽也放在一起，可到喂盐的时候就界限分明。各吃各的食槽。谁要越了界就立刻有人冲过去打骂。这倒不是因为小气，我猜是为了让牛啊羊啊马啊养成好习惯。要是一看到别人家的盐就乱吃一气的话，就懒得回家了。尤其是散养的马和骆驼，时间一长，容易丢失。

牛羊们舔食盐粒时，极珍惜地细细品尝，像我们吮糖那样津津有味。

爷爷家有一峰骆驼，又高又威风，可不知为什么，脖子上给挂了个塑料酱油壶。还是"七一酱园"牌的。还是有着壶嘴和壶把手的曲线造型，还是一公升半的超大容积……我非常纳闷。如果是为了做标记，这标记未免也太随意了。

不过还有一峰骆驼更是出尽洋相，不但脖子上缠了四五朵塑料花，耳朵上还各绑了一团红红绿绿的花布，背上还抹了一大团鲜艳的红。时常见它花枝招展、喜气洋洋地在驻地附近走来走去。

记得在冬库尔时，正在"脱衣服"的骆驼们也是千奇百怪。有的脱得只剩一条裤衩，有的却只脱了裤衩，光着屁股。不知为什么，剪骆驼毛的人从不给它们一次性剪完，总是一点一点慢慢来。

来到吾塞后，我们骆驼的衣服全部脱得干干净净。一个个只剩下一大把胡子。

我们的牛倒是没啥怪相，除了长大了必须得断奶的那头小牛——给它的鼻子打上孔，挂了一大块铁皮。别的小牛都没挂，就它挂着，可见这家伙有多么不自觉。铁皮实在太有效了，令它只能低头啃草，没法抬头吮奶。一抬头，嘴巴就给严严实实挡住了。不过，小牛柔嫩的鼻孔挂一块沉重的铁皮一定很疼吧。

每天下午大家出去赶牛回家，大约傍晚七八点开始挤牛奶。挤奶的工作差不多一个小时就结束。接下来准备赶羊入圈。我们驻扎的地方地势极高，像小岛一样漂浮在茫茫林海之中。四面的树木逐渐低了下去，森林在下方连绵起伏。

每天傍晚，羊群排着队沿着条条通往这林海孤岛的小路汇聚上来，一只一只出现在山顶。不知为何，羊吃草的时候是遍野散开的，但清晨出发和暮归时却只在路上走。那些路大多只有尺把宽，羊便自觉排着单列纵队一行一行前进。站在山顶的大石头上往下看，羊群像一条条纤细的河流，从四面八方缓缓向上方流来，整齐有序。真是奇怪，明明那一大面山坡坦阔无物，它们从不曾一拥而上，乱七八糟往前冲（当然，是在没人追赶的时候）。

等羊陆续到齐了，母亲们领着各自的孩子站在山顶空地上等候分离。那时，扎克拜妈妈就该放下手里的活儿，招呼我去赶羊了："亲爱的李娟！羊的赶！"这是她说得最流利的一句汉话。

我的赶羊工具是随手拾捡的树枝。而妈妈的工具是铁锹，可长攻，可近取——羊不听话了就一锹拍去；要是没拍着，给跑掉了，就铲一锹泥土扔过去。

两个男孩则丢石块，又疾又准。

卡西不用任何工具，喊一嗓子，比什么都管用。

斯马胡力和海拉提骑着马山上山下地跑，把跑散的羊一一聚拢过来。

在吾塞，我们有一个大大的石头羊圈，几乎占去四分之一的山顶面积。不但能圈住所有小羊，还能圈住所有的大羊。小羊圈位于大羊圈最深处，依巨大的山石而砌。我们先把所有羊统统赶进大羊圈。斯马胡力和海拉提一左一右站在小羊圈入口处，大家驱使羊群排队经过那里，再轰走大羊，放进小羊。等全部小羊进了小圈就堵上入口。半小时折腾下来，粪土荡天。大羊小羊圈里圈外一起抗议，咩叫不休。

到了吾塞，羊羔们已经长很大了，只看体形的话我都快分不清大小羊了。大家却能迅速分清，入栏时一个也不会错放。后来发现，小羊的皮毛厚实、浓密、柔软，干净蓬松，还微微带卷。大羊则浑身脏成一绺一绺的。活了许多年与只活了半年到底不一样啊，衣服都会旧很多。

每次迁到新驻地的第一天，赶羊入圈总是极麻烦的事。因为羊搞不清状况，不认新圈。但只需短短两天，它们便立刻接受新生活和新秩序。虽然分离令母子不安，但到了该分离的时候，还是会遵循牧人的安排。被驱赶的小羊每当经过小羊圈入口处，便自觉往圈里走，边走边悲惨地回头冲妈妈咩叫。妈妈也犹犹豫豫地走开，一声一声呼唤孩子。

只有一只黑色的小绵羊最不听话，每天都要和我奋力斗争一番，并且就只和我一个人过不去。因此一到赶羊的时候，我专门盯着它不放。

有时不知怎么的，一只小牛也跟着羊群懵懵懂懂进入了大羊圈。它四下一望，周围全是羊，吓得六神无主，东奔西突，频频闯祸。

我们两家加起来共有山羊一百五十只，绵羊大大小小一千多只。入圈前，羊群会停满整面山坡，静静等候。但很多时候羊已经等了很久，大家仍不急于入圈，坐在原地等待着什么。那就意味着一定还有一小支羊群落在后面，男孩杰约得别克或吾纳孜艾还在赶羊回家的途中。不知道羊有没有到齐大家是怎么晓得的，又没挨个儿数过。

数羊则是小羊完全入圈后的事。以前，我总觉得数羊一定是个技术活。如果十年才能完全学会放羊的话，那么起码得用九年时间用来学数羊。后来才知，如果真的像我以为的那样，站在羊群中数星星一样左点右点，神仙也难数清。

其实数羊的方法很简单。大家先把大羊群集中在一边，只分出数量分明的十来只羊赶到另一边。斯马胡力和海拉提站在两群羊之间，大家开始缓慢地赶羊，羊群排成三两列纵队，低头从两人中间走过，去向对面那一小群羊。于是很快就数完了。

尽管如此，来到吾塞，数羊仍成了一个大问题。以前在冬库尔，我们只有一百多只大羊。现在和巴依（财主）爷爷合了伙，一下子变成了六百多只大羊，数得头疼。每天都得数好几遍，反复核对。而且来到吾塞后，丢羊的频率似乎更高了，几乎每天都会少羊。数完羊后，天色越来越暗，但大家往往站着一动不动，像是还在等待。很久后又商量几句，往往会决定重数一遍。

可是，有时候明明少了羊，大家还是满不在乎地回家吃饭休息。有时候却火急火燎，无论天色多暗也要立刻套上马去找。我实在搞不懂究竟在什么情况下允许那些丢失的羊继续流浪在外——就好像大家都清楚它们丢失在何处，甚至还知道它们具体有什么遭遇一样。

除了清晨羊群出发和傍晚羊群归来时闹腾一阵，林海孤岛总是那么寂静。

到了吾塞，劳动终于令我的手指头挨个全烂了，指甲边肉刺丛生，整天血淋淋的。脸颊也在转场时被风吹皴了一大片，摸起来跟砂纸似的，又糙又痛。后来还结了一片疤，洗脸时会很疼，索性就不洗脸了。反正吾塞又没别人，什么德行都不怕被看到。

我们来到吾塞半个多月后，家里才第一次有客人来访。当时我正在睡觉，一觉醒来，惊觉孤岛格外热闹。出门一看，山顶独树下多了三个人和三匹马，全是年轻人。他们刚帮斯马胡力把我家散养的马儿赶上山顶，现在又帮着套马。此时正在对付那匹最烈的白额青马。大家一起大呼小叫前后围堵。扎克拜妈妈和爷爷坐在西面巨石隘口处，防止马从那里跑掉。吾纳孜艾兄弟两人守在大斜坡上。斯马胡力一看到我，立刻把我安排在东南面的树林边。真是太瞧得起我了。若马真往我这个方向突围，我会立刻掉头就跑。总之，大家布下天罗地网，忙活了好大一阵才团团围住它，并安抚它，令它安静下来。这时，一个小伙子慢慢走过去，小心靠近它，弯腰捏住它左边的后腿。接下来他顺利地给马扣上了脚绊子。

卡西一看大功告成，赶紧大声嘱咐我回房间准备茶水，然后自己下山挑水。小伙子们陆续回到院子里，洗手进屋，一时间挤满了木屋里的木榻。不知为何我顿感别扭极了，大家也觉得别扭。几双眼睛一起盯着我在餐布上排开一行碗，几张嘴一声不吭。我慢慢吞吞地斟牛奶，冲茶，左顾右盼。随后赶到的斯马胡力看出了我的尴尬，赶紧帮着切馕、递茶，令我感激万分。要知道，之前这小子在家里可从不碰这些所谓的"女人的事"。小伙子们冲他揶揄地笑。

我倒完茶就赶紧离席，在山下转了一大圈。等回到木屋又吓了一跳，没提防惊叫出声："好多人！"小木屋挤得满满当当。席间又多了两个陌生人，而且全是傻大个子。卡西、海拉提以及海拉提家的两个男孩子也在座。接替我照顾大家茶水的是扎克拜妈妈。大家都笑了，招呼我一同喝茶。可是我既没地方坐也没地方站，便赶紧回到毡房那边。一时无事，躺下继续睡觉。这时莎拉古丽家的猫爬到毡房顶上，从天窗向下张望。渐渐地，它卧倒在天窗边沿，比我先睡着了。院子里，吾纳孜艾两兄弟也离开了狭窄的木屋，不厌其烦地玩着白皮球，女孩加依娜不依不饶地向吾纳孜艾要求着什么。这时卡西走进毡房找东西，一边找，一边用商量的口吻对我说："这五个小伙子中有一个还是不错的，介绍给你吧？"在此之前，她已经给我介绍过好几个男朋友了。几乎每搬到一个地方就介绍一个。

我一面胡乱答应着，一面渐渐睡着。

卡西的信

雨时断时续地下了大半天。下午第一遍茶时，斯马胡力端着碗望着木屋外的蒙蒙水汽说："明天还有雨，是小雨。到了后天，就有大雨。"

我一听，真神啊。马上问："你是怎么看出来的？看的哪朵云？"

他笑嘻嘻地答道："中央二套。"我愣了愣，还没反应过来，他又说："瑞丢。"咳，原来是从收音机里听来的。

在哈语里，一些家用电器的发音和英文一样。比如"电话"，就是"telephone"了。

但是中央二套怎么会专门播报吾塞这个只住着几家人的深山老林里的小地方的天气呢？可能是新疆其他大城市的天气吧。无论如何，山下热，山里凉；山下小雨，山中就大雨。山里的气温总是比山下低几度。中央二套的天气预报多多少少也能有个参考。

除了"瑞丢"，我们与外界的联系方式还有"telephone"。

16

高高住在南面牧场山顶上的那家人就装有无线电话。上午他家托人捎信过来，说他家羊群里混进了一只我家的羊。于是斯马胡力喝完茶后，就冒着雨骑马过去领羊。出发前他翻出记有电话号码的小本子，打算顺便在那里打一大堆电话。

我问："这一带只有他家有电话吗？"

他向东指了指："那家人也有电话。"又向北指："那里有一家人也有……还有那边……"

我说："为什么我家没有？我家好穷。"

他笑了："不是穷，我们地方不高，没信号嘛。"

天啦，吾塞这样的地方都不够高的话，那些有电话的，大约都住到天上了。

话又说回来，就算没电话，大家的信息渠道还是相当顺畅的。就连我这个总是最后一个得知各种新闻的人，也能熟门熟路地陪大家聊一会儿东家西家的这事那事。

但是有一天和莎拉古丽在山下沼泽边洗衣服时，却惊闻八号那天沙依横布拉克有一场盛大的拖依（宴会）！八号不就是后天吗？太突然了吧？这么大的事怎么现在才传来消息？我赶紧跑回家跟妈妈和卡西说，她俩也一头雾水。两人议论很久，后来妈妈又亲自跑去问莎拉古丽，才知道误会了。莎拉古丽用错了汉语。她所说的"八号"其实是八月。而八月的这场拖依，大家早就知道了，长久以来都在期待。

若是没有收音机、电话和斯马胡力在放羊途中交换来的小道消息，吾塞就像被倒扣在铁桶中一般密不透风。我们的生活寂静封闭，除了附近几家邻居，几乎没有客人经过。

　　加之绵绵雨季也拉开了序幕。临近七月，雨一天到晚不停地下啊下啊，害得我哪儿都去不了。虽然冬库尔也是雨水充沛的地方，但那里好歹下一天停一天，或下半天停半天。哪像吾塞，总是一连几天淅淅沥沥没完没了。好不容易才停一小会儿。那时总是空气雾蒙蒙的，森林迷茫，一团一团巨大的水汽弥漫在远远近近的山头上，迅速游移。天空云层浩瀚，翻涌变化。偶尔云海间裂开一道缝隙，投下闪电般的阳光。在茫茫雾气中，被这缕阳光笼罩的山谷如铺满宝石般灿烂又恍惚。那里满山谷的草甸深藏着黄金白银。

　　只有很少的一些黄昏时刻，天空会完全放晴。那时，云层宽广地散开，显露出大面积的光滑天空。夕阳静静地悬在西天，阳光畅通无阻地横扫山野，群山间的水汽消散得干干净净。世界绝对静止，金黄的空气温暖又清澈。

　　但只要太阳一落山，雾气陡然浓重，从四面八方的阴影中迅速包抄上来。

　　小羊入栏后，大家开始数羊。闲下来的我和卡西在小山顶上一边荡秋千，一边看着大羊们排着队、低着头，从斯马胡力和海拉提之间一只一只慢慢通过。碧绿的草地泥泞不堪，寒气随暮色一起越来越浓重。不远处，我们小木屋上的炊烟在湿冷沉重的空气中低低地弥漫。早在分羊入栏前，我就准备好了今天的晚餐。

这一天是牛奶产量最高的一天，以致家里所有铁桶、塑料壶和铝锅都装得满满的，甚至连洗手的小壶也派上了用场。数完羊，彻底结束全天的劳动后，大家安心围坐在花毡上喝着热乎乎的汤饭，听斯马胡力讲今天打电话的事情。火炉上的敞口大锡锅盛满了牛奶，正在慢慢升温。

正是这潮湿而沉静的一天，十二岁的杰约得别克和十岁的吾纳孜艾兄弟俩中午时分在下游的岔路口耶克阿恰下了汽车，从那里沿东边的山路冒雨步行了大半天，穿过整个杰勒苏山谷。终于在天色黑透之前来到吾塞，浑身水汽地出现在我们的晚餐桌前。

从此，我们不但多了两个劳动的好帮手，寂静的深山夏牧场也热闹起来。草地上、树林里，到处都是兄弟俩和他们的白皮球的影子。

也正是他们，带来了慰藉卡西整整一个夏天的礼物——一封来自山外的信。

信纸厚厚的，写满了两大页，却被结结实实地叠成了比一元硬币大不了多少的一小块，扭来扭去折成极复杂的花样。卡西花了不少工夫才拆开。

卡西看信时，牢牢提防着斯马胡力。他几次想抢过去都没有得逞。

但是到了第二天早茶时，卡西就慷慨地把信和大家分享了。斯马胡力大声地将信从头到尾念了一遍，大家听得津津有味。我不太听得懂内容，又看不懂哈文，但还是把信要过来看了又看。有趣的是，信末还写了几句歪歪扭扭的汉字："希望我们永远是好朋友，我不会忘记你，我天天盼望你的回信。"（却一直没见卡西回过信……）旁边还画了一个小人脸，正悲哀地流着泪。落款用的也是汉字：银芭古丽。可爱的银芭古丽……卡西说她是自己最好的朋友。是她在阿克哈拉寄宿学校的同学，还是同桌呢。

但银芭古丽在信里说她要去阿勒泰市上学了。卡西悲伤地说："银芭古丽上学，我放羊。不好！"

第二天又是一整天的雨，但是卡西和新来的男孩吾纳孜艾非要我同他们一起去找牛。实在架不住两人的再三邀请，我只好气喘吁吁地跟着爬了几座山。累得肚子疼，连牛的影子也没见着。真是的，我这么笨的人，能帮上什么忙啊。

我们穿过一片又一片密林。卡西不时停下脚步，侧耳倾听，再"冒！冒"地呼唤。森林对面，空谷寂然，那呼唤声有力而孤独。

找到一半，卡西又说有一个非常好的地方，有"好的石头"，一定要带我去看。我只好努力地跟着继续跑。这两个小家伙以为大人都很厉害，根本不等我，只顾自己在前面猴子一样上蹿下跳。害我一个人远远落在后面，后来竟给卡在一处石头隘口动弹不了。地势又滑又陡，上也上不去，下也下不来，又不好意思求救，只好硬着头皮抱着脑袋骨碌骨碌滚下去。衣服挂破三处，脸上和脖子上的伤口共计八处，手指也流血了，浑身泥泞。这两个小孩视而不见，还一个劲儿地埋怨我又笨又慢。

走在山顶阴面一侧，锋利的山石一片一片垂直排列在山脊上。一路上幽密阴暗，陡峭的悬崖侧边生长的植物有着奇异而圆润厚实的叶片，抽挑出浓烈的红色花穗，与寒温带植被的普遍特征反差极大。这是牛羊罕至之处，很少有路的痕迹。坡体陡峭，障碍重重，恐怕只有山羊能上得来。

原来卡西所说的"好地方"是指山体间的一处地震断裂带。笔直裂开的山石缝隙间卡住了一块从上方滚落的巨石，颤巍巍悬在缝隙间的小路上方，似乎从下面经过的人踩一跺脚就会将它震塌下来。我看了又看，最后还是壮着胆子紧跟着两人从巨石底下过去了。

雨一直在下，我尽量挑能躲雨的地方走，但外套还是湿透了。对我来说，雨是入侵物，是一种伤害，得躲避之。然而对卡西他们来说，雨则是和阳光一样不用去理会的身外之物。

我说："看，衣服都淋湿了！"

卡西奇怪地说："湿了还会干啊。"

我不知该怎么解释。哎，湿了当然终究会干的，但在干之前毕竟还是湿的嘛。

走到山顶最高处，两个孩子停住了。卡西站在最顶端的大石头上四面望了望，矮身侧坐下来。接着她从口袋里掏出银芭古丽的来信，展开，入神地念了起来，安然宁静地淋着雨。她的红色化纤面料的外套因湿透了而明亮闪光，是荒茫山野中最耀眼的一抹红色。而黄衣的孩子吾纳孜艾笔直地站在她身后眺望远方，像是耐心地等待她把信看完，又像在共同分享这雨中突然降临的静止时刻。

每当雨完全停止时，乌云耗尽了力量，变得轻飘无力，成块地裂开。太阳从裂开的云隙中欢呼般照耀着湿透了的山林，水汽从地面向天空升腾（而下雨时的水汽是四处飘移的），将地面和云朵连接在一起。站在高处眺望，全世界处处耸立着这种连接天地的云柱，像是由它们把地面和天空撑开了似的。空气澄清，近处的草地上也一团一团升腾着浅而清晰的水汽。

这时我们已走在回家的路上。当然啰，牛没找到。

走着走着，卡西忍不住又坐到路边倒木上，掏出信继续看。阳光照着潮湿的纸页，字迹生动而欢喜。

我忍不住问："银芭古丽说了些什么？"

她心不在焉地回答："没什么。"

过一会儿又说："她说阿尔玛坏得很，她对她那么好，她还骗她。"

我正想顺口问问阿尔玛是谁，又一想，这么一来保准会牵扯出一个复杂的关系图谱和冗长的来龙去脉，便闭嘴了。

　　出门不过短短一个多小时，但天气起伏巨大。回家的路上，本来已经完全放晴的天空，居然很快又凝聚起浅灰的云层，不久又下起了冰雹！虽然下冰雹是常事，却并不常看到这么大粒的。像玉米粒一样，密密麻麻往下砸，弹在脸上生疼。草地上很快铺起厚厚一层冰粒子，白花花的。

　　我们嘻嘻哈哈跑到附近的山石缝里躲避。就那么一会儿工夫，卡西又把信掏出来，就着阴暗的光线又迅速看了一遍。

　　老是下雨，没完没了。洗完的衣服就晾在水边的树林里，被雨水淋了又淋，几天也干不了。这倒令我窃喜——正好可以少清几遍。沼泽中那一小坑浅浅的水，用完一坑得等着它慢慢渗满了才能继续用，哪够我对付一大盆衣物啊。

　　淋了几天雨的衣服，只需短短一个阴沉风大的下午，就被吹得冰冷而干爽了。我抱着大盆子把所有衣服收回家，但过了好几天才发现少了一条浅色牛仔裤。于是一有空就到沼泽边的草丛里细细搜寻。有一天总算找到了。原来洗衣服那天，我洗完一件，吾纳孜艾就帮我晾一件。他不知怎么的，唯独把这条裤子单独晾到远远的森林边上的一棵粗大的倒木上，让它在那里孤独地平躺了许多日子。也不知这些日子里它暗自干透过几次，又几次沉默着被重新淋湿。就像独自经过了许多年……当我再次看到它时，一成不变，若无其事。

六月底的吾塞仍然非常冷，我的羽绒衣一直没脱。沼泽的水冰冷刺骨，洗衣服便成为我们的一项重大劳动。当脏衣服攒到无法堆积的程度时，我们便扛着大锡锅，抬着铁盆，前呼后拥地出发了。到了地方，吾纳孜艾、杰约得别克和加依娜四处捡柴火，我提水，卡西生火。沼泽边有现成的石头灶。

在潮湿而当风的山谷口生火是很麻烦的事，卡西足足浪费掉大半盒火柴也没能点着。于是我和杰约得别克等三个人轮流试了起来，总算在划到倒数第二根火柴时成功了。其间，我几次出主意要卡西把她的信掏出来引火。卡西心情烦躁，对我的玩笑报以怒目。

等水烧热的时间里，卡西当然要把她的宝贝信掏出来继续研究。我蹲在水坑边忧心忡忡地观察水中形形色色的狰狞漂浮物。吾纳孜艾他们三个互相泼水玩。这么冷的天，阴雨密布，哈气成霜的，不晓得他们的手指都是什么做的……我大声喝止，他们便停止互相进攻，转为联合起来朝我一个人泼。

我一边还击一边撤退，不小心把战火引向了卡西。卡西可不是好惹的，她抄起水瓢直接从大锅里舀水泼了过去。大家惊叫着四散逃离。我更是厉声尖叫起来，奋不顾身地冲过去，从大锡锅里捞出两页纸……

水热得很慢，卡西又趴在脏衣服堆里睡了一觉。每当炉火快要熄灭时，正在玩耍的三个小孩中总会有一个很有眼色地跑过来添几块柴。天空阴沉沉的，但湿润的沼泽地在低处晃动着明亮鲜艳的光芒。孩子们的旧衣服也闪耀出生动的色泽，在湿地里四处跃动。欢声笑语翻滚在广阔而冰冷的寂静之中，就像几束手电筒的光柱激动地摇晃在深沉的暗夜里。后来，杰约得别克蹑手蹑脚靠近熟睡的卡西，取走晾在石灶边的信页。一经得手，三个孩子迅速撤离，远远消失在西边的丛林中。我悄悄跟上去，看到他们高高围坐在松林中一块大石头上。杰约得别克绘声绘色朗读着那封信，两个小的听得津津有味。真是奇怪，之前他们明明已经听卡西念过许多次了。

当然了，在卡西睡醒之前，信又被神不知鬼不觉地放回了原处。

开始洗衣服了。卡西洗第一遍，我清第二遍，孩子们负责来回运水和晾晒。流水线作业有条不紊。很快劳动就结束了。卡西小心地收起仍然潮湿的信页，大家扛锅拎盆打道回府。路过晾晒在半坡倒木上的几大排刚洗好的衣服时，我说："不如把银芭古丽的信也晾这儿吧？"

卡西警惕地说："豁切，杰约得别克要来偷走！"

漫长的阴雨时光里，火炉中的松柴噼啪燃烧。虽然圆木墙壁上缝隙遍布，四面漏风，但因为有一只固执的火炉为内核，我们的小木屋永远是温暖又安逸的所在。我偎着火炉给卡西和扎克拜妈妈补破裤子、破裙子，脚心烤得烫烫的，浑身暖洋洋。这是我的幸福。而卡西那时的幸福当然是偎着火炉读信。哎，银芭古丽的信到底都说了些什么啊？卡西看了一整个夏天都没看够。随时带在身边，就像之前向我学汉语一样刻苦。有时我们出门找牛，都已经翻过一座山了，她一摸口袋，用汉语大喊："李娟！信的没有！"没等我回过神，就扭头奔回家取信。好像出门其实不是为了找牛，而是为了有空再读一遍那封信才跑出去找牛。

于是，等雨季过去，卡西那两页宝贝信纸就已经破得像被一大群受惊的骆驼团团转地踩踏过好几遍似的。但上面的内容仍不曾消失。那么多湿凉的傍晚时光里，大家系好最后一头小牛，结束了一天的劳动。晚餐已经准备好，在不远处温暖的小木屋里等待着。但所有人都不急于回家，慢悠悠解下围裙，收拾工具，然后围坐在牛棚边的草地上，有一句没一句地聊着什么，时不时陷入长久的沉默。西天云层翻涌，风雨欲来。这时卡西又取出信，就着全世界最后一抹昏暗的天光念了起来。妈妈和莎拉古丽仔细地听着，海拉提和斯马胡力也停止了交谈，把耳朵转到这边来。

孩子们的吾塞

十二岁的杰约得别克和十岁的吾纳孜艾是托汗爷爷的小儿子、沙阿爸爸的小弟弟留下的一双孤儿。四年前，他们的父亲渡河时被乌伦古河河水冲走，很快他们的妈妈改嫁。似乎嫁人的寡妇不能带走前夫的孩子，于是兄弟俩一直跟着爷爷生活。

前不久大家庭分家，哥哥杰约得别克被爷爷赠送给斯马胡力的一个堂哥。但目前由于上学的原因，还和爷爷住在一起。弟弟吾纳孜艾则被过继给海拉提，从此成为加依娜的小哥哥。在古老而艰苦的传统游牧生活中，人口一直被看作最重要的财产。爷爷作为大家族的家长，大约有分配这种财产的权力。

为此，莎拉古丽非常高兴。有一次对我说："这下可好了，我就有两个孩子了，一男一女。有两个孩子的话就足够了对吧，李娟？"莎拉古丽身体单薄，不愿再生养孩子了。根据政策，牧民可生三胎。

自从多了两个小伙子，无论什么活儿都干得特别快。每天傍晚，牛羊早早地就给赶回家了，我们也能早早地吃饭睡觉了。

大约因为吾纳孜艾已经正式成为这个家庭一员的缘故，他对家里的各种事情更上心一些，每天早早地跟着海拉提起床赶羊。而杰约得别克则跟小加依娜一起睡到莎拉古丽挤完牛奶，又烧好了茶才起床。为此我常常训斥他是懒孩子。又因为所有人里就我整天冲他叽叽歪歪，他便专和我一人过不去，一有机会就往我头发上扔小虫子。

我往卡西身上系了条长丝巾，左缠右扭的，东挂一缕西飘一绺，搞得风情万种。然后建议她这身打扮去放羊。她倒没怎么乐，但我想象了一番那样的情景，觉得实在是太好笑了，便自个儿笑了起来，并且越笑越厉害，最后竟没法停下来了。杰约得别克说："括括括括！括括括括！母鸡一样，李娟笑得像母鸡一样！"从此以后，他就叫我"李娟陶克"（"陶克"就是母鸡），气死我了。

为了还击，我也给他取了个绰号"杰约得古丽"。"别克"是男性名字常见的后缀，而"古丽"是女性名字的后缀。我对他说："你这个讨厌的话多的孩子，长大了一定会变成姑娘！"

不过后来才得知，杰约得别克其实很厉害呢。别看他这么小，"冬不拉"却弹得极好，是专门拜过师傅学习的呢！这件事令我立刻肃然起敬。冬不拉是哈萨克的传统弹拨乐器，很多家庭的墙壁上都挂着这样的琴。我家却没有。卡西曾骄傲地告诉我说爷爷是一位"毛拉"，"毛拉"大约是指有较高宗教地位的学者。可作为"毛拉"的爷爷，家里也没有冬不拉呢。

没琴，就没法表演。我便要求杰约得别克唱个歌，他却说不会。奇怪，会弹琴，却不会唱歌。

杰约得别克兄弟俩是在山野里跑大的孩子，瘦削灵活。爬树攀岩，无所不至，翻起跟头来更是溜溜的。卡西说人瘦了才好翻跟头，还举了个例子，说像她那样的胖子是翻不成的（……）。可我也很瘦啊，为什么也不会翻呢？于是我一有空就练习，在斜坡的草地上滚来滚去。扎克拜妈妈说："豁切！骆驼！"——吓得骆驼都不敢过来吃盐了。

杰约得别克建议我先从打倒立练起。兄弟俩一人抓我一条腿，把我倒过来拎着。还没拎起来，口袋里的糖先掉了出来。兄弟俩立刻松开手去抢糖，害我一头栽下来，差点儿折了老腰。糖是妈妈早上给的，剩了一颗一直舍不得吃……

人多了真热闹，每天黄昏挤牛奶的时光里，大家疯闹一阵，再汗流浃背地回家喝茶。我一时渴极，等不及茶水放凉（况且茶是咸的），第一次舀了凉水喝。竟发现凉水如此甜美爽口，还特解渴！怪不得无论我怎么教育斯马胡力兄妹俩，他们都改不掉喝凉水的习惯，滴水成冰的大冷天也这么喝。

再想想这水的来处，想想水中五花八门的悬浮物……奇怪，这水怎么这么好喝呢？

吾纳孜艾是海拉提的跟屁虫，整天为了牛啊羊啊的事情跟着瞎操心。别看他干起活来有模有样，像个大人，可一玩起来，仍然是个小孩子，淘气起来更是花样百出。

自从成了加依娜的哥哥，两人到哪儿都形影不离。整天一起推着独轮车进森林拾柴火。去的时候吾纳孜艾用独轮车推着加依娜，回来时两人一人扶一个车把，哼哧哼哧共同使劲。车上的柴枝垛得高高的，捆得整整齐齐。

但是突然有一天，居然看到小加依娜用独轮车推着吾纳孜艾走！我吓了一跳。再定睛一看，原来是吾纳孜艾穿着加依娜的小花裙，而加依娜穿着吾纳孜艾的裤子和T恤……古灵精怪的，怪不得两人离好远就嚷嚷着招呼我看。

出去玩时，要是突然降温，吾纳孜艾会脱下外套给加依娜披上。在过沼泽时，吾纳孜艾像个真正的男子汉一样，小心地扶着加依娜走。实在过不去的地方，他会四处找来树皮啊小段朽木啊什么的铺在泥浆里做成桥，先自己踩上去试试，再牵着加依娜的手慢慢过。当加依娜玩水把鞋子弄湿了的时候，他会呵斥她，然后帮她脱下鞋子拎回家。

　　最常见的情景是两人一起荡秋千。秋千是海拉提挂上去的，很简陋，不过是两根羊毛绳系了根短木棍，高高悬在山顶平地上那棵被雷电袭击过的大松树上。吾纳孜艾踩在秋千横木上，加依娜坐在他腿边。每当秋千荡回平地，吾纳孜艾都会伸出右腿用力蹬一下地面，于是秋千越荡越高，我看着都头晕。那时，莎拉古丽的小猫也会跑去凑热闹。它爬上高高的大树，一直爬到系着秋千的那根树干上，一边喵喵叫，一边往下张望，还想顺着绳子爬到正在天空中来回飞驰的两个孩子之间——真的是"飞驰"啊！天空一上一下地摇摆，茫茫群山一左一右地倾斜。空旷寂静的世界像巨大的摇篮，只为孩子们的一架秋千而悠扬晃动。

　　六月底那场弹唱会结束后，扎克拜妈妈把爱哭的孩子玛妮拉带到了吾塞。从此这个林海孤岛更热闹了，满山遍野都是孩子们的欢笑声和哭喊声。

　　玛妮拉是二姐莎勒玛罕的孩子，不到四岁。霸道的时候谁都惹不起，最高纪录是连哭了一个小时没歇一分钟。而乖巧起来时，又懂事又温柔，谁都愿意把她搂在怀里亲吻。

　　虽然玛妮拉在很多时候是个让人心烦的任性孩子，但大孩子们毫不计较，总是想方设法哄她开心。一起玩皮球时，如果玛妮拉要加入，孩子们会主动把球让给她，由着她的心意陪她玩。

没有玛妮拉的时候，加依娜是最不讲道理的一个了，谁叫她最小呢。现在又来了一个更小的，于是加依娜倏然收敛了平时的霸王作风，还主动照顾起小玛妮拉来。阿帕给大家分糖时，如果玛妮拉看中了加依娜得到的那一块，加依娜会立刻让给她。

傍晚挤牛奶那会儿似乎是孩子们一天中最快乐的时光。系小牛时，两个男孩非要把小牛当马骑。骑上后，还要比赛谁跑得快。但小牛可不是好惹的，左突右颠，上蹿下跳，硬是把吾纳孜艾从背上抛了下来。他刚落地就从草地上翻身跃起，冲上前一把拽住缰绳不放。而小牛脖子一梗，扯着缰绳就跑，把吾纳孜艾拖得跟着满坡跑。我大喊："快松手啊！快扔了绳子！"但吾纳孜艾不依不饶，硬是又重新跃回了牛背，双腿把牛肚子夹得紧紧的，双手搂着牛脖子不放，任它怎么抖身子、尥蹶子，也决不下马——不，下牛。

受惊的小牛奔跑的时候，"踏踏、踏踏"的，居然也有马的矫健。

孩子们的玩具除了秋千、独轮车、小牛和铁锹之外，还有那个白色的皮球。大家一会儿把它当足球踢，一会儿又分两拨站在院子栅栏两边打排球，一会儿又练习投篮——站在牛圈外，努力把球扔进牛圈屋顶上的一个大洞里。可怜的球，已经破了两个洞了，气早泄得干干净净，瘪得不成样子。但弹性还是有那么一点点的，大家照样玩得有滋有味。实在玩腻了，就把它挤扁对折，成为一个凹空的半球形，人人争着把它顶在头上当帽子戴。等戴够了，再把里层掏出来，捏回球形继续射门。如果不小心撞到毡房墙架上，正在毡房里休息的扎克拜妈妈就会大声呵斥。

白皮球的游戏还延续进劳动之中。比如赶羊入圈时，孩子们把球踢来踢去，射向一只又一只不听话的羊。还互相较劲儿，看谁踢得准。于是总是会一不小心把好不容易聚合起来的羊群赶得一哄而散。斯马胡力大怒，走过去一脚把球重重地踢向山下。斯马胡力很少发脾气的。

眼看着白皮球咕噜咕噜飞快地滚入山下密林深处，孩子们谁也不敢去追，老老实实赶起羊来。我看着都着急了，坡度那么陡，眼看着球越滚越快，这时候再不去追赶，可能就再也找不回来了！再往下，大山一座连着一座，密林遍布。我暗想：完了，白皮球没有了，孩子们将失去多少乐趣啊。

但到了第二天早上，一出门，看到白皮球仍旧静静停在秋千下的草丛里。好像它自个儿滚了一夜，又滚回了山顶似的。

白皮球总是神奇地出现在各个地方，一会儿孤零零地浮在山下宽广的沼泽中央，一会儿出现在南面森林尽头悬崖顶部的裂缝里，一会儿又高高挂在门口最高的那棵大松树的枝叶间。但它永远不会丢失。每个欢乐的黄昏里，它从不缺席，准时翻滚在孩子们的身影间。

别看斯马胡力那么恶劣地对待过白皮球，其实他也喜欢玩球呢，而且投篮投得最准了，为此他相当得意。也不想想自己一米八几的大个子，还好意思和杰约得别克那样的小孩打比赛。

斯马胡力也是个孩子。算起来，连海拉提也是个大孩子呢。十八岁的哈德别克就更别提了。

在吾塞，如果有这样一个日子，所有孩子都在家，这时哈德别克也来了，那么，这样的一天会热闹得像一只氢气球，在吾塞的所有寂静时光中笔直无阻地浮到最高处。两个小男孩开始玩摔跤，还摔得像模像样。只见两人交叉双脚站立，搂住对方，互相扯住对方背后的裤腰，膝盖微曲，脚趾紧紧地抓地——这些都是严格规定的传统动作。然后斯马胡力一声令下，两人你前我后较量起来。兄弟俩各有输赢，毫不含糊。

摔跤之后大家又比赛翻跟头、打倒立，不亦乐乎。

而哈德别克、海拉提和斯马胡力三个大男孩也来劲了，回到木屋里掰起手腕来。斯马胡力很倒霉，谁都掰不过，掰一次输一次。每输一次我就敲一下他的头。真没出息，输给海拉提也就罢了，可输给比自己小了两三岁的哈德别克也未免太丢脸了吧。

斯马胡力当然不服气了，于是三人又出去比赛骑术，强迫马以后腿站立。这回哈德别克就不行了。他又扯又拽，可怜的马，嘴角都被铁嚼子勒破了，始终不能明白哈德别克到底想让它干什么。我一边骂"坏孩子"一边拾树皮打他。后来他们又强迫马倒着走路，更用力地扯着缰绳。马还是不能明白发生了什么事，苦恼而不知所措。小孩子们则前前后后帮着吆喝。他们为自己太小了，不能拥有自己的马而流露出无限羡意。

喧哗的时光渐渐地还是平息下去了，大家满头大汗回到木屋喝茶。男孩子们拣出笑话集磁带，听起录音机来。大家边喝边听边笑。真是奇怪，里面的笑话明明反复听过了无数遍，还能笑得出来。只有玛妮拉不笑，为外婆一直不回家而气愤。这时谁也不敢惹她。但是又因为谁也不理她，令她更愤怒。看上去一触即发的光景，已经拉开了架势打算哭一到两个小时。幸好这时她的困意及时降临，便自怨自艾地偎到斯马胡力的旧外套边躺倒。

剩下的人像是被传染了似的，也一个挨一个倒下了。等我把茶水撤下，洗完茶碗，转身一看，木榻上已经睡满了。吾塞顿时寂静下来，像被泼了一盆冷水的火堆。只有录音机里的人兀自卖力地讲着笑话，并独自哈哈哈笑个不停。

但更多的漫长白昼都是寂静的。大家各自出门，深入山林的某一个角落各做各的事——放羊、找牛、赶马、挑水。我干完分配给自己的家务活后，便蜷在毡房里深深地睡一觉。总是这样的：睡之前卡西还在身边走动、说笑，醒来时，林海孤岛无比寂静。家里没有一个人。走出去站在栏杆边张望，四面山林也没有一个人。

　　我信步进入东面的林子，一路下山。走着走着，突然遇到在沼泽边挑水的吾纳孜艾。天空阴沉，沼泽青翠明朗。吾纳孜艾蹲在水坑边抬起头看我。他的笑容像是圆月平稳地升起在莽林之中。

　　吾纳孜艾用水瓢一下一下地舀水。水瓢是海拉提自制的。把一只破旧的军用铝水壶的一面剖开，成为小盆状，再把一根木柄插在壶嘴里——天衣无缝。很快两只小桶都盛满了。吾纳孜艾起身一手一只桶稳当当拎到岸上，挂在扁担两端，向山顶走去。

　　坡很陡，他沿着"之"字形慢慢迂回上升。走到一半时把桶放下来休息，并用水瓢舀水喝了几口。我站在沼泽边，一直抬头注视着他。他喝了水，坐在那里久久都舍不得起身。最后竟往身后草地上仰面一躺，睡起觉来。那么阔大的一面绿色山坡，就他一个小人寂静地躺在正中央。两桶水一左一右陪伴着他。时间都为这幕情景慢下了脚步，云都为此停在山顶静止不动了。最上方，我们的山顶生活屏息等待着那两桶水的到来，暗暗感到有些饥渴。

孤独的还有玛妮拉，蹲在暴雨暂息后斜阳横扫的山顶木屋边，手持小棍，长久地拨弄着脚边的泥土。

还有沼泽地里孤零零的白皮球。

还有杰约得别克这个家伙。他总会在阴雨绵绵的午后突然出现在我们这边的小木屋里，像没睡醒一样，久久坐在床沿上，又像是实在找不到一句话可说。斯马胡力不在，卡西也不在。正在绣花毡的妈妈说："干酪素已经很结实啦，杰约得别克干点活吧。"于是他爬上木榻搓起干酪素来。这是淋过雨后二次板结的干酪素，非常坚硬，很难搓。他一边用力地搓，一边唱起了歌。这似乎是我第一次听到他的歌声。但反反复复只有一句歌词："来，来，来来！哦来来……"

玛妮拉

　　在六月的弹唱会上，我们遇到了扎克拜妈妈的二女儿莎勒玛罕，她独自带着两个孩子来观看演出。分手时，扎克拜妈妈对大一点的外孙女玛妮拉说："跟阿帕走吧，去吾塞，天天可以骑马。"于是这个看起来非常腼腆的孩子急切热烈地答应了。玛妮拉家开着杂货店，没有牛羊，也没有马，用大汽车搬家。

　　就这样，三岁半的玛妮拉坐在扎克拜阿帕的马鞍前跟我们来到了吾塞，并一起生活了十来天。

　　然而阿帕骗人了，在吾塞并不是天天都可以骑马的。马儿全部放养在外，只有放羊的斯马胡力才有一匹马骑。于是小姑娘大失所望，每天都会为之哭泣两到三次，每次时间从半个小时到一个小时不等。除了五毛钱，什么也不能使之停息。

　　那种哭，是真正的哭，肝肠寸断的哭，孤苦无望的哭。一般小孩子的哭总是伴随着闹，又哭又闹，哭得有目的、有策略。而玛妮拉娇弱敏感，她出于失望而哭。她想回家，她出于孤独而哭。

至于五毛钱，大约是生意人的习惯吧。玛妮拉家是开杂货铺和小饭店的嘛，收钱收习惯了。

玛妮拉哭之前总是没有任何预兆，也没有任何导火索。

喝完茶，呆呆地坐一会儿，什么也没发生，便开始哭了。傍晚，大家热热闹闹地挤牛奶，在所有人最快乐的时候，她也会突然一头扑在草地上痛哭起来。

在离开前最后几天里，小姑娘的情绪从悲伤转至悲愤。五毛钱也没有用了，两块钱也没有用了。哭累了就趴在毡子上睡，睡醒了起来懵懂地揉揉眼睛，立刻想起睡之前的事，便继续哭。卡西和斯马胡力轮流抱着哄，"玛丽（玛妮拉的昵称），好玛丽"地唤了又唤，但后果是使之哭得更惨烈。隔壁的海拉提远远听到了也过来劝慰，并许下无数假分分的承诺。海拉提家的两个男孩子也跑过来把唯一的白皮球送给她玩。但她还是不依不休，泪水汹涌，浑身发抖。这样哭下去，非哭感冒不可。要我的话，如此哭法，不到十分钟嗓子就哑了。不知眼下这个小小的身体里蕴藏了多么巨大的能量！如火山爆发般猛烈壮观，底气十足。

于是大家只好由她去。她一个人卧在花毡上孤独地哭啊哭啊，好不容易势态渐渐转弱，开始抽抽搭搭、哼哼唧唧地拉开了尾势。正当大家长吁一口气的时候，这尾势戛然而止，深渊般安静了片刻。很快，又一枚响亮的信号弹笔直悠长地射向漆黑的夜空，并轰然爆裂出无限的流光火花……激动而明亮的哭喊声重新回响在林海孤岛上空。大家喝着茶面面相觑，不知她又独自想起了什么。

若是个大人，这样的哭法绝对是无法收场的。但玛妮拉毕竟只是三四岁的孩子啊。哭累了，哭饿了，就很自然地边哭边加入到我们餐桌这边，边哭边要求阿帕多多地往茶水里放些海依巴克（新鲜的稀奶油）。然而对于馕却没有太高要求。她用细细的小指头用力掰开坚硬的馕块，一边抽咽着，打着泣嗝，一边小口小口仔细啃。实在啃不动的话就泡进茶水里，泡软了再用勺子舀着吃。

大约与能量的消耗有关，玛妮拉饭量极大。几乎大人吃多少她也能吃多少。并且能一直吃到最后，所有人都离席了她还在不紧不慢地吃，也从不挑食。

尽管是任性娇气的孩子，吃饭的礼数却周到而矜持。吃抓饭时，大家共同使用一个大盘子，唯她要用小碗盛着吃。吃完一碗后，再亲自盛一碗。喝茶时也不用人照顾，喝完了就把空碗递给左座的妈妈，要求再冲一碗。并且从不浪费食物，吃多少要多少，决不贪心。

日常生活中我们的小玛丽也是懂事而独立的。她会自己穿鞋子，自己系鞋带。她轻巧地把鞋带穿进小孔，然后敏捷熟练地打蝴蝶结。这让我很惊奇，才三四岁的孩子，手指就已经这么稳当灵活了。

总之在不哭的时候，玛妮拉乖巧得实在令人疼惜。她热爱劳动，勤奋而热情。一有空就去附近树林里拾柴火，然后集中在小木屋东面的山墙下。时间久了，那里居然码起了很高的一堆。

在不哭的时候，玛妮拉总是自己照顾自己，决不麻烦大人。如果觉得冷了，会自己去生炉子。她从外面蹒跚着抱来柴火，一根一根交叉有序地填进炉膛（决不乱塞）。要是柴枝太长了，就将它放在门槛上，用小脚踩啊踩啊，直到折断为止。

要是我的话，觉得柴枝长一点就长一点嘛，反正都会烧短的。但小姑娘才不图省事儿。长柴放在炉子里，伸出炉门老长一截，不但碍事，还难看。说明这家人懒。平时不在意，渐渐就养成坏习惯。于是在客人面前也会不知不觉地放长柴，不知不觉地丢人。想来想去，这也是一种"君子慎独"吧。

总之柴整齐地填进了炉子，接下来她趴在炉门边努力吹。小脸涨得通红。火已经熄灭很久，柴灰里只剩一点点火星。于是，每次总得吹很久很久才能把火重新吹燃。但她拥有无限的耐心，决不放弃，所以每次都能成功。等火噼里啪啦烧起来了，她就满意地把小手凑到火边烤了起来。

每天清晨刚起床时总是那么冷，她光着肚皮在房间里到处走，找衣服穿。卡西也帮她找。但卡西这家伙嫌麻烦，只翻出一条厚绒裤就想打发她。但小姑娘还想在秋裤和绒裤之间再穿条毛裤。卡西又匆匆找了一圈，没找着，不耐烦地说："又不冷，穿什么毛裤！"小姑娘坚持道："马上要下雨了！"我觉得很有趣。曾见过许多小孩穿衣服的场面，往往是大人又劝又哄又骂，非要让小孩子多穿点儿。眼下却反过来了。哎，真懂得自我保护啊。

　　卡西急着出门赶羊，就不理她了。她只好自己到处找，最后还真找着了。

　　接下来她自己穿衣服，过程有条不紊。先把腿上的秋裤拉直了，再一只手按着秋裤的裤脚，另一只手拎着毛裤往脚上套，极其小心。穿完一条腿再穿另一条。两条腿都穿好后，还要再拽一拽里里外外的裤角，到处都扯得顺顺平平。穿小毛衣的时候同样也手心攥住秋衣的袖子穿，不让它翻卷到胳膊上。然后还要把毛衣下摆仔细掖进毛裤的裤腰，再套上外裤。再穿外套，穿袜子。穿袜子很是费了些工夫，因为腿上穿得实在太厚，膝盖不好打弯。最后是穿鞋子。穿鞋之前，没忘取下火炉边厚厚的毡片鞋垫——她每天晚上睡觉前都坚持要把它掏出来在火炉边烘烤，以免有潮气——塞进小鞋子。前前后后足足花了二十分钟。穿好后往那儿一站，浑身又展又顺，哪儿哪儿都不塞不鼓。

　　真不错！就算是大人帮忙也得很费一番工夫呢。完全能照顾好自己，太让人省心了。

再感慨一次，如果不哭的话，玛妮拉是个多么完美的孩子啊！

不哭的时候，玛妮拉最喜欢做的事情是扫地。没完没了地扫啊扫啊，把垃圾（无非是些碎柴枝和泥土）整齐地拢作一堆。这还不算完，她还要想法子将它们倒出去。以她的力气，总是得分三次才能倒完。每次都会走很远很远，远到快山下了。真讲究，我平时倒垃圾都不会倒那么远的。

在忙这些事时，若经过炉子，她总不忘顺便填一块柴。虽然是客人，但共同的生活还是令她充满了家庭责任感。突然下起大雨的时候，大家都冲出去抢收晾晒的奶制品。玛妮拉也歪歪扭扭跑出去——对了，她是个残疾孩子——冒着雨去拉毡房天窗上的毡盖。这件工作对她来说实在太吃力了。但经过不断的坚持，沉重的毡盖还是被拉了下来，严实地盖住了漏雨的天窗。我远远望着这一幕，感动又羞愧。面对大雨，我第一反应是各种担忧，而一个小孩子的第一反应却是尽力保护这个家……

玛妮拉才三岁多。我想，她这么做也许并非因为真的乐于承担义务，更多的怕是出于对劳动的好奇吧？她常常看见自己的父母做同样的事情，于是饶有兴趣地模仿之（没有电视，没有大城市的繁华，也就没有别的什么可模仿的了）。然而正是这种好奇，让她不知不觉地成为一个强大的孩子，令她不会害怕生活的艰难与沉重。让她很小很小的时候就知道了：维护一个家，保护其他人，其实是很容易做到的事情。

之前很长的一段时间里，我一直以为玛妮拉是男孩。虽说很多哈萨克族小姑娘的确像极了男孩，每次见到小孩都忍不住怀疑一番性别（我发现，六岁以下的哈萨克族小孩只看外貌很难分辨性别。我看不出来倒也罢了，当地人也一样没眼力。曾经有上门的客人向我打听沙吾列是男是女），但不知为什么，第一次看到玛妮拉时，我立刻认为她铁定是男孩。大概因为她是个坚强的（呃，不哭的时候）残疾孩子吧。

玛妮拉有着漂亮清秀的面孔，腿却一长一短地拧着长，呈严重的内八字。走起路来缓慢而拘谨。在她家店里，也生活着一只残疾的黑羊羔。浑身皮毛漆黑闪亮，没有一点儿瑕疵，整个身子却严重地左右扭曲着，脊梁呈"S"形，走路一拐一拐。它原先是爷爷家的羊，由于这个体质无法跟着大部队长途跋涉，便留在了玛妮拉家店里。后来我们去耶克阿恰，在玛妮拉家店里喝茶。当我看到小黑羊艰难而孤独地慢慢走动在房前房后，看到玛妮拉捧着一大碗客人吃剩的面汤蹒跚地向小黑羊走去，严厉而喜悦地呼唤它过来吃时，感到说不出的悲伤和欣慰。

玛妮拉大约也知道自己和别的孩子不同，但她仍然自信地成长着。只是较之别的孩子，更容易哭泣。

　　玛妮拉很多时候也会蛮不讲理，尤其在孩子们中间，总爱霸着白皮球一个人玩。但大家都愿意让着她。连原先最任性骄横的小姑娘加依娜，在她面前都会变得异常宽容和气，绝对满足她的所有要求。

　　玛妮拉说："打！"加依娜就把脑袋伸过来让她打（用一个榔头状的塑料充气玩具）。

　　玛妮拉说："等我！"正在追逐奔跑的孩子们会立刻一起停下来，一起看着她一拐一拐靠近。

　　玛妮拉很容易哭泣，但同样地，也很容易快乐。快乐的时候就不停大笑，其激烈程度与她的哭泣一般壮观。有时哭和笑之间相隔不到半个小时，如此剧烈地一张一弛，居然也没事。

　　有趣的是，伤心时，小家伙哭着要回家，一分钟也不想停留。但高兴时却说什么也不愿走了。那时，谁要在她面前提一个"走"字，她就大大地生气，手里无论握着什么都会统统丢掉。

　　尤其到了晚上睡觉前，小家伙总会到达兴奋的顶点。将每个人的被窝都钻一遍，在花毡上到处爬，喋喋不休地自言自语。大家都累了一天，都不理她，各自捂头大睡。她并不介意，一个人也能唱全台戏，还能同时兼任演员和观众。有时候半夜三更的，小家伙突然醒来，在黑暗中摸到太阳能灯的开关，打开灯，又唱又闹，演出继续。

当然，这些都发生在不哭的时候。更多的夜里，我们在玛妮拉的哭声中反复地醒来又睡去。她坐在黑暗中愁肠百结地哭啊哭啊，长夜似乎永远没有尽头。

玛妮拉不哭也不兴奋的时候则占三分之一。那时她一个人静静地游戏。她尤其钟情木屋门口那小半盆粗盐粒，总是长时间蹲在那里，欣赏晶莹的灰白色颗粒从手心撒落的情景。若是不小心把盐粒撒在草地上，又正巧被妈妈撞上了，就会挨几句骂。那时她倒不会哭，还饶有兴致地帮着妈妈一粒一粒往回捡。

大家总是很忙，顾不上玛妮拉。但玛妮拉一个人也能玩得很好。一会儿玩盐，一会儿扫地，一会儿进森林拾柴，一会儿又找小羊说话。那时家里有一头白山羊刚产了双羔。羊羔太小，便没让入栏，每晚系在木屋旁过夜。每到黄昏，妈妈说："玛丽，去看小山羊！"玛妮拉会立刻放下手里的一切，欢天喜地跟着妈妈跑向暮归的羊群。然后这一老一小一人抱一只有着粉红嘴唇的雪白小羊回家来。羊妈妈则焦急地紧随左右，仰头盯着自己的宝宝，凄惨地咩叫不休。

有玛妮拉在的日子里，小小的人儿不时出现在林海孤岛的各个角落。或哭，或笑，或默默无语地蹲在草地上长久地凝视着什么。甚至睡梦中都能感觉到她强烈的存在。午睡时，睡着了都能听到她和扎克拜妈妈在旁边绵绵不绝地聊着什么。

六月的吾塞总是很冷很冷，每天上午摇完分离机再收拾完房间后，总是瞌睡得不得了。又冷又瞌睡的感觉特痛苦，尽管身上披着斯马胡力沉重的厚外套，还是会睡得浑身冰凉，咳个不停。咳醒后，记起睡梦中四周的情形欢乐又嘈杂，可起身一看，分明只有扎克拜妈妈和玛妮拉两个人面对面躺着小声说话。妈妈极富耐心，虽然瞌睡得眼睛都睁不开了，仍坚持应付与玛妮拉的交谈，并且像对待真正的大人一样，口吻郑重。我赶紧凑过去把玛妮拉抱开，逗她转移目标，让妈妈好好睡觉。

玛妮拉在生人面前从不说话，总是拘束地紧皱眉头。可一旦混熟了，便会甜蜜蜜地黏着人不放。她坐在我对面，滔滔不绝说个不停。我不能完全听懂，却感觉得到其情节相当曲折，大起大落。虽心不在焉，还是积极做出各种反应，这使她异常快乐。

当她对我说到有什么东西是两个的时候，坚定地对我伸出两个指头，嘴里重重说出"两个"这个词。为了强调其不可思议的程度，还闭上眼重重地点了一下头。我说："真的是两个？"她立刻说："对啊，对啊。"怕我不相信似的，摇着我的胳膊激动地大嚷："真的是两个呢！"

但到底是"两个"什么呢？我真想问个明白，但又怕暴露了自己其实什么也没听懂的事实，扫了她的兴。

炉火很旺。不知不觉，一块木柴烧至炉门口，冒着烟掉落在地。玛妮拉停止讲述，赶紧走过去拾起断柴丢进炉膛，免得烟呛人。

把玛妮拉送走后，家里顿时空了许多。到晚上铺床的时候，妈妈觉得很欣慰："太好了，玛妮拉没了！"要不然，这一晚上又不得安宁。

但到了第二天早茶时，妈妈又重重地叹息："玛妮拉没有了，没有了！"

期待已久的弹唱会

弹唱会结束后，扎克拜妈妈从狼藉的草地上拾回了一大堆被观众扔弃的小国旗带回家，插满我们小木屋的墙壁缝隙，红红的一大片。

小国旗是弹唱会的会务组发给牧民观众的道具，要求他们一边看节目一边不停地左右摇动。这样，拍新闻的时候好增强镜头的气氛。可牧民们都不太配合，都端端正正安安静静地坐着，极其庄严地观看节目。倒是不用维持秩序了。每结束一个节目，大家便认真鼓掌，低声啧啧赞叹。

那些节目在我看来傻气极了，可观众们却非常满意。漂亮的女演员和她们漂亮的演出服更是引起大家长久的议论。况且她们跳舞的动作又那么整齐划一，更是令大家钦佩极了。

对了，观众里可能只有扎克拜妈妈一个人愿意挥舞那些小国旗，还舞得很起劲。直到回了家，坐到了饭桌前，还意犹未尽。喝着茶，忍不住放下茶碗，从墙上拔下一面小旗大力摇给我们看，身子也跟着左摇右晃的，极投入地回味了一番。最后满意地对我说："李娟，弹唱会好得很啊！"

发给最前面几排观众的是大大的榔头状气模玩具。玛妮拉和加依娜也各得到一个。但玛妮拉的那个坏了个小洞，怎么也吹不饱。她坐在木屋角落里鼓着腮帮子吹啊吹啊，耐心地吹了快一个钟头。

后来我帮她找到了那个洞，揪起来用细线扎紧。于是一下子就能吹饱了。玛妮拉非常高兴。往后几天里，一直孜孜不倦地玩着这个玩具榔头。一会儿用来砸木桩，一会儿用来当马骑，后来还咚咚咚地砸自己的小脑袋。我、扎克拜妈妈和卡西也很配合地挨个儿伸出脑袋让她砸了一遍，令她更是兴高采烈。

妈妈也很喜欢那个榔头呢。玛妮拉不玩的时候，她便拿过来东砸砸，西敲敲，乐在其中。

玩到第三天，玛妮拉的兴趣才转移。她不停地将那个榔头的气栓拔掉放气，再呼哧呼哧吹起来。再放气，再吹。那么大的气模玩具，她自己就能吹得硬邦邦的。对于三岁多的孩子来说，这样的肺活量真不简单。

弹唱会共举办三天。第一天我们就赶回家了，但斯马胡力和海拉提还留在那里继续玩。第二天，斯马胡力仍然没回来，海拉提回来时牵回了他的马。天啦，马都骑不成了，不晓得在那边狂欢成啥样了。

这小子第三天上午才回家。不晓得骑的谁的马。还从弹唱会上的小地摊买了红色的染发剂回家。于是到了下午，他就顶着满头红发放羊去了。染发剩下的一点儿药粉舍不得丢掉，他便染了红指甲……这家伙整天都在想什么呢？

弹唱会第一天是开幕式、文艺演出、弹唱比赛、叼羊和姑娘追等表演性质的活动。第二天是摔跤、赛马和拾银子（也是一种马术比赛。参赛者一边策马奔驰，一边俯身拾取地上散落的包着奖品的红绸巾）；第三天还有刺绣比赛之类零里零碎的活动，最后就是颁奖仪式了。

去之前大家都很担忧，因为那天一大早就阴着，朝霞绯红。万一下雨就糟了。自己淋点雨倒无所谓，怕的是会影响演出和比赛。好在后来天气竟一直不错，就是风大了些。

为了看弹唱会，那天卡西和扎克拜妈妈凌晨两点就起来挤奶。再煮牛奶、脱脂，忙到天亮才出发。

所有人都去看弹唱会了，爷爷一家也走空了，我们的林海孤岛空空荡荡。这一天，深山中每一顶毡房应该都是空的。若这时候来了个小偷，他可得忙死了……不过就算是小偷，这一天也会忍不住去看弹唱会的。如此隆重的盛会，谁愿错过？

但妈妈出门前还是仔细锁了门。此处和冬库尔不同，偷偷来到此处采木耳、挖虫草的内地人很多，有的会入室盗窃。这也是近几年才有的事。

山野里每一顶毡房都空了，弹唱会上却人山人海。到了吃饭时间，所有小馆子都供不应求。中午，妈妈好不容易才买到一个包子吃了。卡西和我什么也没吃成，又不愿买小摊上昂贵的零食，都饿得发晕，拖着步子在附近一家毡房一家毡房地转悠着找吃的。

找着找着，却摸进了努尔兰的毡房。原来他家扎在杰勒苏的毡房离沙依横布拉克很近，而且房子也很新，便被政府租用了。这几天扎在赛场外，住进了喀吾图的三十名运动员和代表。

我问他能赚多少钱。他喜滋滋地算了起来，一人一天六十块钱，三天的话收入就五千多！我大喊："天啦！发财了！"

但他又苦恼地告诉我，运动员们胃口都很好，除了饭菜，每天还要宰两只羊。一只羊六百块，算下来嘛……

他领我俩去参观他的毡房。极大，从进门的地方起就铺满了新花毡，雪白的被垛沿墙根堆满一整圈。真气派！

但令人失望的是，参观完毕他就送我们出门了。真是的，明明看到我们很饿的样子，也不给弄点儿吃的。再说我们又不是运动员，又吃不多。

在弹唱会开幕式上，一个看起来德高望重的大阿訇当着所有观众的面，用麦克风做了祷词，现场宰了一匹马和一只羊。我一直惦记着这事。分不到肉吃也就算了，汤总得一人发一碗吧？妈妈却说："豁切！哪来的肉，哪来的汤？"果然，到了最后肉味都没闻到，肯定都给领导们吃了。领导来了很多，赛场边的空地上停了一大片小汽车。但领导再多也不可能吃完那么多肉啊，领导又不是运动员。

之前，还在冬库尔的时候，大家就在不停地议论关于这场弹唱会的事了。我也和大家一样非常期待。虽说弹唱是听不懂的，但摔跤和赛马比赛总还看得懂点。再说，说不定斯马胡力也会参赛呢！我们家不也有一匹赛马吗？而且也曾在几十匹马里取得过名次呢。我问斯马胡力会不会参赛，问过好几遍。他总是不好意思地含糊其词："去啊……"可临到头再问，却说："马丢了。"岂有此理！

后来才知道，那可是全县的比赛啊！那种比赛哪轮得到他……

弹唱会上漂亮姑娘真多，全是从城里来的。老头儿们也着实修饰了一番，不约而同地戴上了豪华隆重的传统帽子。一顶一顶，蒙着绸缎的面子，翻着狐狸皮的金毛，又高又沉，也不管会不会挡住后面观众的视线。小孩子们一个个被包裹得花花绿绿，闪闪发光。尤其是刚刚举行过割礼仪式的孩子，还披着金丝绒斗篷，背后挂着猫头鹰或白天鹅的羽毛，神气活现。最出风头的是一个三四岁的小孩，穿着一件半旧的蓝色条绒坎肩。坎肩前前后后竟然密密麻麻缀了一百多枚古老的纽扣，每一枚都独一无二。其中不少都是纯银的。门襟上还缝着好几枚中亚国家的银币。还有一枚是中国旧时的银圆"蒋大头"。这件坎肩一看就知道是一件传家之宝，相当耀眼。

距弹唱会半公里处的临时商业区也热闹非凡。所有小馆子和小杂货店全是临时搭建的简陋帐篷，吵吵嚷嚷挤满了人。

我在人群里跟着挤来挤去，一家店一家店地参观。买了一条雪青色底子粉红花朵图案的纱巾。后来又看中了一个地摊上的狼髀石。我见很多人身上都佩戴着这个，但不知眼下这枚是真是假。幸好这时在人群中遇到了在冬库尔认识的男孩塔布斯，他悄悄告诉我那其实是小马的髀石。

出门时，卡西带了五十块钱去花，斯马胡力竟带了两百块。他不但把两百块钱花得光光的，还向卡西借了二十块。卡西就那么点儿钱，还好意思借。

卡西在集市上转了半天，最后才下定决心花一块钱买了一把瓜子。弹唱会上还有人持着拍立得相机走来走去，卡西忍不住又花了十块钱照了一张相。

钱是她花的，照片上却挤进来了一大堆人。——她刚往镜头前一站，就路过一个熟人。熟人不用招呼就自己挨了过来，一起对着镜头笑。紧接着又路过一个更熟的熟人。三人刚站好，熟人的熟人也路过了。大家赶紧挤一挤重新排队形。但熟人的熟人也有自己的熟人啊，于是接下来……唉，只能怪弹唱会太热闹了。

最终这张照片洗出来后，上面足足塞了二十张脸。每张脸绿豆大小，鼻子眼睛都看不清。我一个一个地点着那些脑袋问卡西是谁，结果卡西真正认识的只有三个……

总之，卡西一共只花了十一块钱。剩下的钱在往后的日子里全用来哄玛妮拉了。

话又说回来，斯马胡力那么多钱都花到哪里去了呢？两天就没了，而且也没见添置过什么东西。妈妈说："全送给那里的姑娘了。"

斯马胡力也照了一张相回来，就是和两个姑娘的合影。相片上斯马胡力站在中间，两个姑娘一左一右挽着他的胳膊。然而，就算是被挽着的，大家彼此之间也保持着十公分以上的距离。因此这小子看上去像被挟持了一般，脸上笑容极其紧张。我指点照片，蔑视地评论："既然花了十块钱，应该拍成左搂右抱的样子才值嘛。"

总之，大家都很满意这次弹唱会。只有我很郁闷。因为在会场上东走西走的，把新买的纱巾给弄丢了。人山人海，哪里找去？肯定被人捡走了。结果刚回到家，妈妈宣布一个好消息，她在人群里捡到一条新纱巾。取出来一看……居然这么巧！

至于比赛，因为总是挤不进去，几乎什么也没看成。

后来爬到附近小山上远远地看了一会儿。只见所有人围着赛场起劲地喊啊嚷啊，令人一头雾水，不明所以。

弹唱会结束了，我们回到家，比运动员还累（运动员至少是吃饱了饭的）。马也很累。因为马儿散养着，出发头一天只套回了两匹，我和卡西只好共骑一匹。就是亨巴特家的那匹白蹄马。穿过林子上山的最后一截路又陡又长，马走得很艰难，马背都被鞍子磨破了，血淋淋的。

接下来的日子里我们一直都在谈论弹唱会的事。生活更加安静了，只有小木屋里四处遍插的小国旗仍处在当初的热烈与兴奋之中。只有它们不知道盛会已经结束。

我也会常常回想起那个热闹的一天，想起草地上老人们华丽高耸的帽子簇在一起的情景。想起他们高大的身材，沉重阔大的衣袍，他们背在身后的双手持握的考究的马鞭。还有他们彼此间平静、傲慢又庄重的交谈。那时的时光一下子进入到最完整的古老之中。而城里那些美得出奇的姑娘们身着耀眼的演出华服，轻松骄傲地站在草地上，一个挨着一个，一言不发。于是时光又在古老的道路上稍稍有所迟疑。

开幕式上，当全体观众在阿訇的引导下伸出双手做巴塔时，那样的庄严肃穆则是时光的另一种不可动摇。而我茫然无措。现场还有别的一些汉族人，他们也纷纷模仿着这种姿势，既出于礼貌也出于新奇。而我一动不动，无

56

所适从。我不能那样做。虽然之前在很多时候很多场合里我曾轻松地模仿过这种礼仪。但眼下在这样一个盛大的集会上，在人山人海的哈萨克牧人之间，从来没有像此刻这样，真切地感受到自己是个汉族人。我是汉族人，我没有这样的宗教传统，我不能面对没有的文化，没有资格效仿——甚至些许的表演也做不到了……这深沉纯粹的氛围，我不能冒犯。

哎，总的来说，这场弹唱会嘛，之前值得期待，之后也值得怀念啊。虽然各种节目本身没什么大惊小怪的。

对了，那天的弹唱会开幕式上，有一支集体舞是表现牧民日常生活的一些劳动情景的。当漂亮的城里女孩跳起舞，围成圈做手搓羊毛绳的动作时——真胡扯，现在哪怕是牧区，也很少有女孩子会搓绳子了。

接下来，当那些女孩子风姿绰约地甩绳套时，我心里又想："我们斯马胡力甩绳圈套马那才叫地道呢。"

马的事

　　我很喜欢问的一个问题是："什么名字？"整天指这指那，扯着卡西问个不停。卡西逢问必答，有名字的就直说，没名字的则随口现编一个。于是在她那里，万事万物都没有重样的，一花一草无不特别。这点让我很喜欢。

　　"什么名字？"有一天我指着我的马也这么问。

　　她用磕磕巴巴的汉语说道："这个的是'红的马'。"

　　从此以后，我远远地一看到我的马，就会用这个名字冲它打招呼，念诗一样大喊："我的'红的马'，过来！我的'红的马'，啊……"每到那时，就会感激地想起卡西，是她令我的马变得独一无二。

　　我的"红的马"是一匹老马，老实巴交，壮实稳妥。在我之前，它的主人是可可的媳妇阿依古丽。

　　话说刚开始相处时，"红的马"对我很不服气，很不乐意被我骑。但时间久了，看我这人还不错，便原谅了我不会骑马这个过错。我们一起出门时，总是商量着走路。遇到在草地中平行向前的两条路时，我提议说："走左边吧？"它稍微估摸一下也就同意了。但是如果它记起左边小道上的石头比右边多的话，会客气地说："还是右边好。"于是，我俩出门从来都顺顺当当，迷路、绕远这样的事从来没发生过。

我沿着下游的杰勒苏峡谷出入过很多次。唯有步行的那一次极不顺利，频频迷路，步步茫然。结果原本只需三个小时的路程让我走了足足八个小时。那时，对我的"红的马"无比思念。

而我的"红的马"恐怕只有在载着胖子前行时才会思念我。

六月的那场婚礼拖依上，我遇到过一个极胖的女人。以裁缝的眼光目测了一下，她身上那条裙子可以裹住两个半正常身材的女人。这么胖，偏还要骑马。于是上马下马主人家都得专门指派两个小伙子过去又扶又托的。那情景要是让我的"红的马"看到的话，肯定会大嘘一口气，从此死心塌地地跟定我了。我敢打赌，我还没那个女人的一条腿重。

参加赛马的选手全是很小的小孩。大约正是年龄小、分量轻的原因，才能让马轻松自由地角逐竞争。

然而体重轻对于人来说怕不是件好事。尤其像我这样刚开始骑马的，怎么坐都不稳当。马儿稍微跑起来，就被颠得甩来甩去，屁股根本压不稳鞍子，脚也踩不稳镫子。若再跑快一点儿，肠子就颠得断成一截一截，胆汁横流，心肺碎片纷纷从嗓子眼儿蹦出来。我便怨恨地想：为什么马鞍不能像汽车那样给装一根安全带呢？

尤其那些坡度陡得要命的路面上——那样的路我徒步走都害怕，更别说高高地坐在马上……只好安慰自己：马是有四个蹄子的，比起我的两只脚，总算稳当一些……但它毕竟是庞然大物啊，一脚踩空了，就很难刹住脚了。"马失前蹄"是可怕的事。在陡峭倾斜的路面上，我常常看到行走在前面的马会突然拐一下后蹄，然后整个身子不由自主地跪下去，却又立刻站起来继续走。真是担心它的脚脖子扭着。人要是那么扭一下，痛也痛死了，非伤筋动骨不可。

好在骑得多了，很快克服了最初的恐惧感。也渐渐学会随着马背的起伏调整自己的姿势，并有节奏地耸动身体以缓和冲势。于是骑马也能成为轻松享受的事。每当独自小跑在山谷石头路上，马蹄声静悄悄地敲击坚硬的路面，突然迎面过来两三骑。打过招呼，错马而过，还能听到他们在后面惊疑不定地议论："汉族！是个汉族！"便头也不回，洋洋自得。

高高地坐在马背上，真是极特别的感受。尤其在大风之中，我和我的"红的马"缓辔而行，在最高处，面向整个空谷停了下来。"红的马"低头默默吃草，在大风轰鸣的世界中我仍然能清晰地听到它肚子里哗啦啦的水流声。在我的身下，稳稳当当托住我的这个庞然大物之中，一定流淌着河流，遍布着森林，满是连绵的高山和一望无际的大地……马是多么有力量的事物啊！能迅速地奔跑，能稳妥地承载，四只蹄子铁铸般稳当，令人依赖。所有马背上的民族，正是因为被马这样强大的事物延伸了肉体，延伸了力量，才拥有了阔大的豪情与欢乐吧？

自从来到吾塞，家里的四匹马全都放养在外，很少套用了。放羊或出门办事时，大家都轮流使用亨巴特家的白蹄马。有时甚至两人骑用一匹马。我们帮亨巴特家代牧，看起来是免费的，其实所有代价全让那匹可怜的白蹄马担着。

大家都是自私的，我爱我的"红的马"，卡西爱她的红腿黑马（那可是家里最好的马，用她的话说就是"最厉害的马"），斯马胡力则爱他的红色白鼻马。他给马洗澡的时候，简直比自己洗澡还要认真。又擦又刷又泼水的，把沼泽边唯一的一坑水搅得浑浊不堪，也不管旁边正在洗衣服的李娟的脸色。后来居然还找我要肥皂！而我就只捏了一小块肥皂头出门，只够自己用的，便死活不给，要他自己上山回家去取。这小子居然要求我说："那你明天再洗衣服吧。"我说："那你明天再洗马吧。"

他一桶接一桶，没完没了地往马身上泼水，污水溅了自己一身。马洗干净了，自己却给搞脏了。我冷笑："不如再往自己身上浇一桶吧。"

我看他给马洗头发洗鬃毛洗尾巴时，显得非常麻烦，于是又出主意："不如像吾纳孜艾那样剃成光头吧？"

他笑了。但想一想又告诉我说，马是要剪头发（鬃毛）的，不过只有一两岁的小马才剪，尾巴也会剪去一半。成年马就不剪了。他的马已经四岁了。

原来如此。我经常见到有的马的毛发给剪得瓜头瓜脑，飘逸的尾巴也只剩短矬矬的半截，还以为是马的主人磨完剪刀后，顺手逮着它们试试刀刃快不快。

然后我又指责他只洗自己的马，也不管妈妈的和卡西的。他笑着说："自己的马自己洗嘛。"我立刻说："那自己的衣服为什么不自己洗？"反正无论怎样他都说不过我。

再说一些马的事。

骑马人都有自己专用的马，当然也都有自己专用的马鞭。但扎克拜妈妈和斯马胡力就没有，随便拾一截羊毛绳就抽打上路了。我呢，本来是有的，斯马胡力给我做了一根新的，但用了不到半天就弄丢了。

我很喜欢马鞭这个东西。家里来客后，我常常会要求借他们的马鞭一观。大部分马鞭很简朴，无非一根光滑的红色沙枣木短柄上系一截皮鞭。但简朴不是随便，它们同样也受到了郑重对待——那根木柄光洁而顺直。要知道，沙枣树虽然木质坚实，但总是长得歪七扭八，疙里疙瘩。要找多少棵沙枣树才能觅得这样的直木棍！棍上还细致地缠着牛皮绳，裹了细铜丝。而皮鞭部分则是用大约四股细细的牛皮绳呈"人"字形纹路编结而成，柔韧结实。皮鞭和鞭柄连接处的结扣也极精致结实，就算鞭子给抽散了，也未必能从木柄上脱落。若是女人用的马鞭则会更讲究，更美观。有的木柄全裹着铜片，镶满指甲盖大小的银饰。多为飞鸟、花瓶、羊角的图案。

一个家庭里，最贵重的马鞭平时都是作为装饰品挂在壁毯上的显眼处。和最值钱的头巾、镶银祥的宽皮带、豪华沉重的皮帽、年长女性的白盖头或珍贵的动物皮毛挂在一起。

像每个人都有自己的马鞭一样，每个人也都有自己的马鞍。平日里大家共享一匹马，但鞍却决不混用。卡西刚从外面回来，斯马胡力就急着要去赶羊。而要赶的只有两三只散羊，也没跑多远，只需一会儿工夫就能追回。但就那么一会儿工夫，他也要卸掉卡西的鞍换上自己的。又套又拽又捆又系又扣又拉，不辞辛苦。鞍非常沉重，何况还有马嚼、马笼套、马肚带等一整副装备。在我看来，换个马鞍麻烦得要死。

牧人的马鞍也总是极力雕琢，有的甚至描金镶银，争奇斗宝。那样的马鞍不用时会供放在房间的显眼位置。常见的则都是普通的红漆木鞍，上面搭一条薄毯。

只有骑马的时候才给马上鞍、戴笼套。平日里马儿们都空身轻行，优哉游哉四处吃草上膘。

还有一样东西与马关系密切，那就是马绊子。一般都是羊毛绳编的，呈"8"字形，两个圈上都有活口，用木销子别着。暂时不用马的时候，就给它上了绊子，让它随意走动，吃吃草喝喝水什么的（除非去到人多热闹的地方，或停留时间非常短暂，一般都不会拴马）。

上了绊子的马，一小步一小步地四处瞎逛。虽然活动自由，却没法走太远。走远了也容易追回来。虽说是限制行为的措施，但依我看，马是非常乐意的。大概它也知道被绊起来总比被拴起来强。它一看主人解下绊子（大都挂在马鞍旁）弯下了腰，就晓得要干什么了。赶紧很配合地挪挪蹄子，使左边的前腿和左边的后腿靠拢了。这样，很轻易就能被绊住。

很多粗心的人，到了地方直接将马拴起来了事，一拴大半天。而拴的地方又没什么草，就薄薄的一小片。马儿仔细地啃着那点儿草皮，委委屈屈，把鼻子挤得皱皱的。我都想帮它挪一挪，拴到另一处草厚的地方去。

我很喜欢给马上绊子，满足于一种奇妙的沟通——它是顺从的，而我是坦然的。我们都不存戒备之心。

一开始是大家帮我做这种事。我旁观几次后，就自个儿去做了。当大家突然看到李娟蹲在马肚皮下，已经套好了一条腿，正用力握着马的另一只蹄子拼命又拽又拉时，吓得要死："李娟！马踢你！"被踢当然很可怕，但它干吗要踢我？我又没惹它。马也莫名其妙。它想：动作这么慢，真笨。为了帮助我，它又把两条腿靠得更拢一些。

马总是很辛苦的，所以结束长途跋涉后，一到地方就要喂它一些好东西，是犒劳也是表彰嘛。所谓好东西，一般会是黄豆、玉米粒之类。为了防止别的牲畜和它争抢，大家会把这些好东西装进一只布口袋，再把口袋整个儿套在它的嘴上，并用带子系在它脑袋上。由着它好好地吃独食。

那个布口袋完全兜住了马的嘴脸，马要做的只是张一张嘴。它一动不动站在那里，仔细地嚼啊嚼啊，越吃越少，渐渐就够不着剩在袋底的最后一点儿苞谷粒了。那时，它就甩一下脑袋，令苞谷粒跳动起来，然后赶紧张开嘴接住几粒。于是就这样边甩边吃，一直到口袋轻飘飘地完全空掉为止。

真聪明啊。故事里那个脖子上套大饼的懒人，够不着时都不晓得转一下饼。

吃饱了没事干的马则会原地站着，一上一下极富节奏感地晃动脖子。一顿一顿，猛地点头状。不知又是什么道理，难道是帮助消化？

有的马吃饱了则会在草地上满地打滚，还四蹄朝天，一扭一扭地蹭背。蹭半天才翻身起来，浑身一抖擞，把毛发抖顺了，一副舒服得不得了的样子。

之前常常纳闷为什么有的马背上会糊有牛粪，牛能站那么高吗？原来是打滚时蹭上的。

快到成龄的马得用烙铁在屁股上烙下印记。很多人家都有这么一块烙铁，上面的图案各不相同。或是阿拉伯字母，或是三角形之类的符号。烙铁扔在火里烧得通红，准备烙印的马侧躺在地，四蹄被绑得结结实实，气得直哼哼。

有的小马群，不是赛马也会给打扮一番，拴条红布，戴朵红花什么的。不晓得是不是也是一种记号。我见过一匹小马，戴着两朵花，扎在两边的耳朵上，搞得跟丫鬟似的。

我的"红的马"平时都放养在外。有事需要骑马出门，一时套不回来，就借骑卡西的马。除了家里的赛马外，卡西的黑马最烈。每到那时，斯马胡力总再三嘱咐我不可抽打马屁股。为以防万一，还没收了我的马鞭（一根树枝）。奇怪的是，似乎这匹马很有名，大家都认识。一路上遇到的牧人都会叮嘱我慢点儿骑。有一次与强蓬同行，他甚至几次提出同我换骑。本来我并不害怕的，这么一来也很有些发怵了。而马又是敏感的，一感觉到我驾驭它的信心动摇了，便心生蔑视，开始左颠右颠乱跑起来，勒都勒不住。于是，赶紧和强蓬换马。强蓬小心地扶我上了他的马，又耐心地帮我调整马镫子的高度，并亲自把我的脚放进镫子里——好绅士啊！一点儿也不像当初和斯马胡力打架时那个瞪红了眼珠的家伙。

虽然感知模糊，也说不太清楚，但我能体会到哈萨克牧人对骑马这一行为的重重礼性。

比如骑不熟悉的马时，上下马都有人搀扶。途中若我不知会任何人擅自下马，扎克拜妈妈会非常生气。

在牧人们迁徙转场的途中，大家一起经历了种种艰难和痛苦。人也一样，羊也一样，马也一样。但大家都静默无声。在绵绵无边的行进途中，山陡路滑，雨水不绝，又冷又饿。各自载着主人的两匹马，走着走着会不由自主走到一起，互相亲亲鼻子，再知足地分开。马背上的人看着这幕情景，再痛苦的心灵也会滋生些许温柔吧。

我最长时间的一次骑马是一连骑了三天。差不多都是每天凌晨三点出发，一骑就是八九个小时。山路遥遥无边。当道路平缓的时候，我会趁机在马背上打会儿瞌睡。那种悠长的疲惫感像一根针穿着长长的线缓慢而敏感地经过身体。

有一大群马，五十匹或六十匹，总是在吾塞一带的山头活动。在一些夜晚里，总是成群结队呼啦啦冲过我们的林海孤岛。那时，马蹄踏踏，大地震动。睡在地上的我们被震得快要弹起来了。但为之惊醒的似乎只有我一个人，总是只有我在黑暗里猛地坐起，大喊："怎么了?!"发生什么事了？是群奔的野兽正惊恐慌乱地躲避灾难吗？那场震动消失很久后仍难以入眠。

后来在一个白天里也经历了同样的情形后，才明白是马群的动静。谁家的马群？真阔气，全部算下来值几十万块钱呢。把几十万随便放在外面满世界瞎跑，也不怕丢。

哎，那样的体验太震撼了。那样的奔跑，无比清晰地迫近耳畔。毡房似乎被什么巨大的事物轰隆隆碾压过一般。而我们睡在群马奔腾的腿缝间，我们的头与它们的铁蹄只隔一层薄薄的毡片。它们奔跑时，可能以为经过的只是一顶静止的稳当的毡房。哪知道是紧贴着几具熟睡的身体，险象环生地冲过去的呢。

最后关于马的一件事是——大家都知道马会踢人，但少有人知道马也能咬人的。我后来认识的兽医马合沙提的肚皮就曾被马狠狠咬过一口。我相信他没有骗人，但就是不明白怎么会咬到肚子。他当时撩开衣服在马嘴边晃悠什么？

汽车的事

哪怕在深山老林里，汽车也一天天多了起来。能走汽车的那条石头路将深山里最繁华的几处商业点连接在一条线上。从阿拉善到沙依横布拉克，到耶克阿恰，再到山下的桥头，蜿蜒盘旋在深山之中。出了桥头，又有一条尘土飞扬的烂土路往南延伸了几十公里，直抵可可托海镇。到了可可托海，就有像样的沥青路通往县城了。此外，桥头西边还有一条石头路，弯弯曲曲插进库委牧场。再沿着前山绵延无边的丘陵戈壁通往喀吾图小镇。无论从哪条路进城，都得走两百公里。

想进城的人得一大早出发，骑马穿过重重大山，去到石头路边等车。于是，不到半天，"某公里处某人要进城"的消息就在这条路的上上下下传播开来。司机便赶往那边接人。等凑够了一车人，就跑一趟县城。

前几年，除了拉木头和贩牛羊的卡车外，能在这深山里跑的只有那种啥证都没办过的军绿色北京吉普（俗称"黑车"）。这些车结实得就像脸皮最厚的人，横冲直撞、所向无敌。连台阶都能爬，还可以当飞机使。哪怕开到四面挡风玻璃和前后车灯全都不剩，开到拧根铁丝才能关紧车门，开到只剩一个方向盘和四只轮子……也不会轻易下岗。由于这样的车会吓到城里人，尤其是交警，因此从不敢上公路，只在深山里以及僻塞村庄的土路（又称"黑路"）上运营，零零碎碎捡些乘客。一个个生意相当不错。他们一般只能将人送到桥头，胆子大的敢送到可可托海。这种车，若是运气不好坏在路上，司机和乘客就一起高高兴兴地商量着修理，你出一个主意，我出一个主意。女人们则解开餐布裹儿，往草地上一铺，切开馕块，掏出铝水壶，一边欣赏男人们修车，一边悠闲地野餐。

那种车基本上开半年停半年。大雪封山之前，往桥头的雪窝里一埋，到了春天从雪堆里挖出来倒腾一番，加上油就出发继续揽活儿。

不过这几年牧区管理渐渐严格起来。在山野里，无论路况还是车况都被大力整顿了一番。一路上看到的汽车都有鼻子有眼的，靠谱多了。

但某些司机们却还是过去的德行，不喝够了酒决不上路。右手握方向盘，左手握酒瓶子，一路高歌。迎面过来的车不认识也罢了，若认识，定会各自熄火下车，大力握手，热情寒暄，再掏出啤酒你一口我一口地喝。然而乘客们却和过去大不相同，也开始讲效率了。等他们刚喝完一瓶，大家就开始催促。喝完第二瓶，大家就有些脾气了。两人只好依依不舍地告别，死不情愿地上路。

我从沙依横布拉克搭车去富蕴县，倒没遇上酒鬼司机，却遇上一个臭美司机。开车时双肘撑在方向盘上，一手持小镜子，一手持小梳子，仔细地梳头。只有到了拐弯的地方，才腾出一只手去转方向盘。他的头发明明很短，不晓得有什么可梳的，还梳个没完。

斯马胡力也这样。骑马的时候，骑着骑着，会突然摸出一把梳子梳啊梳啊。而周围只有峡谷和河流，又没有漂亮姑娘。

对了，乡里开村民大会时，领导发言前也会从口袋里掏出小梳子，当着所有与会者的面摆弄两下头发，然后揣回梳子，才清清嗓子说话。

不过在同一件事上，所有的司机都显得很地道。当路面上有羊群经过时，无论再赶时间也会放慢速度，一点一点耐心地经过。有时索性停下来，等牲畜过完了才重新打火。他们尽量不按喇叭，以防止惊散牛羊，令赶羊的人不好收拾局面。

但牲畜哪能明白司机的善意呢？有一次我们迎面遇上了马群。没驯骑过的小马容易受惊，看到有车过来，不分青红皂白扭头就跑。车开始还缓缓开着，希望马儿会转身绕过车赶上马群。但那几个笨蛋笨死了，车一停，它们也停下来一动不动；车一开，它们也撒腿往前跑。以为跑快一点儿就能把车甩掉。于是离马群越来越远，弄得它们自己也越来越惊慌。牧马人气坏了，沿着路边的树林策马狂奔，围追堵截，大喊大叫。

我们的车停停走走，耐心地等待着那几匹笨马悔悟。好半天工夫，它们才被牧马人集中起来，掉头绕过车向北踏入正轨。虽然耽搁了不少时间，但司机一点儿抱怨的意思都没有。

若是个汉族司机，大都一看到羊群就拼命按喇叭，把它们哄散开去。生怕撞死了被索赔，根本不管自己的行为有没有影响到牧人的管理。

我想，其中的差异并非在于有没有更细心的关爱。由于深知，才会尊重。当他们在羊群的浪潮中停车、熄火，耐心等待羊群如巨流般缓慢经过自己——那是他们在向本民族的古老传统致敬。

另外，我发现，当汽车经过穆斯林墓地时，不管是什么样的哈萨克族司机，不管老的少的，不管是严肃踏实、爱听阿肯弹唱的中年人，还是染了红毛、整天沉浸在震天吼的摇滚乐中的小青年，都会郑重地关闭车载音乐，等完全经过墓地后才重新打开。关掉又打开，也就几十秒时间，我从没见哪一次被含糊过去的。敬重先人、敬畏灵魂，我猜这是不是一种民族性。

既然被称为"石头路"，那这样的路就全都是石头铺的啰。结实倒结实，就是高低不平，到处大坑小坑。坐车走这种路，那个颠啊，比骑马还颠。身体在车厢里甩来撞去，撞得浑身大大小小的裂缝儿。偏偏司机们都热爱音乐，音响总是拧到最大音量，还总调成重低音模式。于是那个唱歌的小子像是正搂着你的脖子唱，趴在你耳朵边唱，对准你的耳鼓膜唱……这样的音乐配这样的路，真搭。久了，心跳也跟着搭了起来。我哀求道："我晕车，我快要吐了。音乐还是调成正常效果吧？"那个年轻司机非常同情我，调整一番后，唱歌的小子一下子离我远了十来步。我长舒一口气。但没过两分钟，他又装作换歌的样子，悄悄恢复了重低音。还以为我察觉不到！

有的司机特没人情味。一上车，先板着脸开价，并摆出一分钱不让的架势。但价钱一谈定，就变了个脸乐呵呵地向我问好，向我妈问好，还向我外婆问好。我大吃一惊："你认得我？"

他提醒："今年你们过汉族年（我们这里把春节叫作"汉族年"，把古尔邦节叫作"民族年"），我还去你家拜年呢！"

哼，亏他口口声声地左一个"老乡"右一个"老乡"叫得亲热，五十块钱车费一分也没给我便宜。

我说："哪来的老乡？别人的车只收四十！"

他握着方向盘紧张地盯着路面，一声不吭。

等从县城返回时，又遇到这小子的车。我板着脸，还没开口，他就抢着说："四十！四十！这回只收四十！"

从沙依横布拉克到县城，若是不转车，中途司机也不频频停车喝茶的话，至少得走六七个小时的路程。

无论哪个司机，都会在中途的可可苏湖边停下来让大家休息一会儿，并且会请乘客吃一顿饭。到了桥头，还要再请大家喝一道茶。谁叫他们收那么贵的车费。

我搭过一辆羊贩子的小卡车，倒是蛮便宜，只收了我三十块。上车时，后车厢里只系了两只羊，等出了可可托海，就增至十几只。一路上，他见到毡房就停车，做了一路的生意。我无奈地跟着他四处喝茶，帮他牵羊，替他算账，耐心地生着闷气。我对他说："要是我坐别人的车，现在已经到了县城又回来了！"

他很愧疚。于是到了耶克阿恰，给我买了一瓶娃哈哈。到了桥头，又给我买了一瓶。不明白为什么大家都爱喝娃哈哈。

在冬库尔牧场时，从汤拜其方向进城的话，会常常遇到汉族司机。那时，他们往往比我还要惊讶："汉族？你是汉族吗？你一个汉族，跑到这里干什么？"

有一次我天刚亮就出发，骑了三个小时的马，穿过三条山谷、两座大山，又绕过一个高山湖泊，经过两三个前山一带的小村庄，才到达能搭上车的一条土路旁。送我的斯马胡力把我的马牵了回去。我独自在路边等了两个多钟头才拦住一辆拉铁矿石的大型重卡。再往下，三十公里的路足足走了三个多小时……因为严重超载，不敢跑快了。司机说轮胎受不了。

这三个小时里，那司机不停地和我说话，说得快要口吐白沫。我也算是话多的人，但遇上这一位，只好闭嘴。实在找不到插嘴的机会。我猜他一定很寂寞。

他是河南人，二十四岁，去年秋天跟着一个同乡老板来新疆干活。但是除了喀吾图，新疆哪儿也没去过。工作又辛苦又单调——想想看，每天都以每小时十公里的速度（还没我走得快）在眼前这条光秃秃的土路上来回，沿途一棵树也没有（环境有些像吉尔阿特），偶尔出现的黑车全是语言不通的哈萨克司机开的。

等聊完了自己，他又开始聊家庭。他幸福地告诉我自己刚结婚两年，孩子八个月大。等下个月向老板结一笔工钱，第一件事就是寄钱回家让媳妇买空调。然后又向我请教哪个牌子的空调比较好……我感觉很怪异，在这条荒凉的土路上，在这异常缓慢的行进途中，居然聊起空调的牌子……太不真实了。

聊着聊着，就熟了一些。这家伙开始向我倾诉他对他老婆的爱情。说当他第一眼看到她时，是如何地中意云云。还背诵起他给她写的第一封情书……

等再熟一些的时候，又忍不住向我透露他深藏的一个秘密。原来他还有一个小老婆——怪不得如此拼命地打工，原来要养两个老婆。

他痛苦而略显得意地谈论着这份计划外感情，并津津有味地描述了自己在两个女人间周旋时的种种惊险。

接下来还能怎么样呢？以此种情形看来，只能越来越熟了。于是他又略微悲观地向我阐述他的人生观和爱情观。末了，深沉地指出：其实，他真正喜欢的，是像我这样的！！

实在惊吓不小……我只好尽量不吭声。

但不吭声又觉得更不对头。毕竟对方只是一个大孩子，要当真同他计较，就压不住阵势了。于是，我也开始发表看法。尽量显得比他更深沉，还尽挑一些他绝对听不懂的词汇，组织成逻辑混乱的句子，以营造距离感。

幸好这趟行程只有三个小时，否则真不知他往下还会对我说出什么惊天之语。

后来我又想，大约这样的行程实在太漫长、太单调、太疲惫了，他便渐渐把握不住自己的真实心意，无法确定此时此刻的真实想法。只好一边叙述，一边不停地改变主意，不停重新构思，不停变换相处方式……以平息自己突兀的热情。这热情曾被漫长荒凉的寂寞所压抑。

上车时，讲定价钱是二十块，下车时他坚决不收钱，可我哪敢不给。

到了喀吾图，就全是熟人了，先串串门再说。还没串到第三家，就有司机找上门来大喊："听说有人刚刚下山，是不是你？要不要去县上？"消息传得真快。在我这样一个刚从山里出来的人看来无比繁华的喀吾图，其实也是个小地方啊。

那辆车上坐的竟然全是汉族人，备感亲切。大家纷纷猜测我的来路，我高深莫测，一口咬定自己是个放羊的。他们当然不信，推理了一路。最后大家一致认定我背景深厚，肯定是高干子女，下基层丰富履历，夯实群众基础……等到了地方，还互留了手机号。天啦，好久都没说过这么多话了，而且全是汉话！

到了县城，汉族人就满街都是了。但我已经顾不上体会此种汹涌的亲切感，接下来还得马不停蹄地继续坐车——去阿勒泰的班车马上要开了！急忙买了一份凉皮（啊，亲爱的凉皮，好久都没吃了）和两瓶酸奶就往车站跑。买了票就赶紧上车。

由于凉皮味儿太冲，为了能自由自在地吃，我特地坐到前头车门旁边可以折叠的小椅子上，远远避开其他乘客。然而发车后不久，不时有人在路边招手拦车。于是车停了又停，车门开了又开。我只好不停起身让路，酸奶、筷子和纸巾不时滚落一地，显得很狼狈。司机慢悠悠地说："别着急，慢慢吃。怎么饿成这样了？"直到车上了国道线才安静下来。那时我也吃完了。

司机似乎百无聊赖，问："为什么不吃了？"

"吃饱了。"

"怎么可能？一份凉皮就能吃饱？"他不由分说，从座位旁掏出一个大苹果扔给我。

我咔嚓咔嚓咬完苹果后，他又问："这回饱了吗？"不等我回答，又说："再不饱就没办法了，苹果没了。"车上的人都笑了。明明是他强迫我吃的。

后来我也拿出自己的酸奶和他分享。他很高兴，我也很高兴。我们一起吸得嗞啦嗞啦响。

由于这天凌晨三点就起床，天刚亮就从冬库尔出发，骑了三个多小时的马，马不停蹄倒了三趟车，已经非常疲惫了。我吃饱了便渐渐睡去。往下还有两百多公里的路程。公路正在翻修，汽车开得极慢，不时拐下路基，在漫天尘土中摇摇晃晃前行。我心里却踏实极了，睡得又沉又稳。

常在山野里搭车的话，会成为某些司机的回头客。那时我们会惊奇地互相说："咦？是你呀？又见面了！"寒暄完毕，司机一边打方向盘，一边叹息："真显年轻啊，真想不到你的孩子都上小学了……"

我很吃惊："胡说，我还没结婚呢！"

他更吃惊，差点儿踩刹车，嚷嚷道："明明是你自己说的嘛，上次你坐我的车时说的……"

奇怪，我居然也有如此无聊的时候。

此外，作为在这深山里来去多年的人，在许多第一次进山的汉族人面前，我是很有底气的。陪老司机们吹嘘最艰险的库委达坂啊（在炸山修路之前，那个鬼门关我至少经过了十来次），冲过塌方路面的惊险瞬间啊，种种翻车经历啊……嗓门大，手势强有力，听得满车人默默无言。过瘾极了。

一次，也是在喀吾图转车，同车有一个文静的高个子汉族女孩，说话举止像城里的孩子。才开始时，她一直静静地听我和司机聊天，后来突然主动搭话，叫我"娟娟姐姐"，并有些害羞地问我记不记得她。看我一脸茫然，又细声细气地自我介绍，说我们曾经是邻居。还说她小的时候，我经常领着他们一群孩子到处玩，还教他们跳舞呢。我想了又想，一点儿印象也没有。只记得当年喀吾图的确有一群两到八岁的汉族孩子，常常来我家杂货店惹是生非。而眼下这个孩子都已经念高中了，成了真正的大姑娘。当年的我也不过十八九岁吧。居然还教人跳舞！想不到我年轻时候居然还是社区文艺骨干……

能被人记着，尤其是被孩子记着，一直记到长大，真是越想越感动。哎，我的群众基础不用夯也很牢实。

不知为什么，说起搭车这些事，还总会想起一个只有一面之缘的陌生人，一位朴素而庄重的哈萨克老妇人。她的手杖是手工削制的，用染料染成了不太匀净的黑色。一定使用多年了，凸出的木节处全磨出了原木色。这原本是一根平凡简陋的拐杖，可上面却镶钉了许多菱形或圆形的纯银饰物，使之成为体面的贵重物品。当时，她正拄着这根手杖纹丝不动地站在路口处等车，但是并不招手，也不呼喊。只是站在那里，像女王等待摆驾的仪式。

司机看到她后，立刻关闭了音乐，并且在离她很远的地方就开始慢慢减速。最后几乎是无声地停在她身边。他摇下玻璃，满车的哈萨克人轮流以最繁复的礼仪向她问候。前排座的乘客立刻把位置让给了她。等这位老人上了车，司机重新打开音乐时，特意拧小了音量。

我的游荡

从阿拉善到桥头的这条石头路把外界和山野连接起来。而遍布山野的无数条纤窄山道又将每一顶毡房和石头路连接了起来。因此，深藏在山野中的每一顶毡房其实都是被稳稳当当地系在现实世界之中的。

这些年，除了牧人、伐木工人和生意人外，游客们也悄然而至。作为深山的最繁华之处，号称"小香港"的耶克阿恰，旅游服务这块立刻跟上。至少有五顶毡房挂出了"招待所"的牌子。住宿者每人每天五块钱，并提供一顿早餐。有一家特黑心，竟然收八块钱。

但是由于没有手机信号，大部分游客对这里深感失望。

说实在的，要只是旅游的话，对这山野，连我都不会太感兴趣的。想想看：一大早就从富蕴县（游客差不多全是富蕴县的）坐车过来，石头路颠得跟筛豆子似的。等筛到地方太阳也快落山了，顾不上找吃的就得抓紧时间扛着相机拍黄昏，拍牛拍羊拍骆驼。在夜色降临之前，得赶紧住进五块钱的招待所平躺着不动。好不容易休息过来，缓点精神，还得赶紧就着蜡烛打会儿扑克牌。并且不能打太晚，第二天还要早起拍日出。拍完日出就得抓紧时间往回赶。回去的路上又得筛一整天！

至于为什么就玩两天？因为双休日就两天。

好容易两天假期，却花钱出来挨筛。

　　幸亏我不是一个过路者。相比之下，我与山野的缘分更深一些。眼下这个世界因为与我的生活有关而使我心有凭恃。这石头路上上下下每一个角落，也因我时常穿梭、耽留而令我深感亲切、踏实。当我骑着马走在石头路上，迎面遇到的游人羡慕地打听："多少钱租的？"我说："自己家的。"口气淡然，却无疑给他当头一棒。

　　总之，和游客比起来，我底气十足。但比起牧人，我又是个彻头彻脑的走马观花者。我这算什么啊，没法解释的，莫名其妙的一个人……

　　夏天是繁忙的季节，家庭中的每个成员都被分配了固定的工作，离开一个人都会引起日常生活的混乱。因此从早到晚无所事事地到处游荡是不可能的，只有干完所有活后才可以去附近林间散步，且黄昏之前一定得赶回家为大家准备晚饭。但总的来说，在吾塞，大部分散步还算从容悠长。

　　来到吾塞半个月后，基本了解了周遭环境。虽不曾

——拜访，但最近几家邻居的具体方位和家庭情况都清楚了。我出去散步，每当行至一最高处，站在那里遥望，远远的毡房和木屋像钉子一样静静地钉在群山间，炊烟细细上升。遥想一番那里的生活，立刻感觉不是身处山巅之上，而是遥远孤独的行星之上。

在吾塞，我独自去过最远的地方是西面方向。一路沿着台阶般绵延上升的坡体爬了很高很高，甚至远远抛下了森林（虽然寒温带森林只生长在海拔高的地方，但超出一定高度森林也会停止绵延）。后来在尽头的最高处，看到空谷对面更为高远的空旷山顶上静止着一个石头砌的空羊圈和两只盐槽，却没有毡房。"遗迹"的力量比真实的生活场景还要强烈。不晓得曾经在那里生活过的人是怎么把家搬上去的。那么高，骆驼都会累死的！另外取水肯定也是个麻烦事。不过，在那么高敞的地方生活，拥有世上最壮观的视野，肯定永不害怕孤独吧？

在所有雨过天晴的时刻里，天空像舞台的幕布一样华美，我的心像盛大的演出一般激动。我沿一碧万顷的斜坡慢慢上升，视野尽头的爬山松（铺地柏）也慢慢延展。突然回头，满山谷绿意灿烂，最低最深之处蓄满了黄金。水流边的马群深深静止着。视野中，羊道是唯一的生命，只有它们是"活"的。它们在对面斜坡上不时地束合分岔，宽广蔓延。

而不远处的另一座山头，斯马胡力静静地侧骑在马上，深深地，又似乎是漫不经心地，凝视着同一个山谷。我看了又看，不知羊群在哪里。但他一点儿也不着急，似乎早已知道这世上没有什么事物会真正丢失。他长时间凝视着山谷底端的某一处。那一处的马群长时间地静止在沉甸甸的绿色中，羊道如胸膛的起伏般律动……这悠长得令人快要哭泣的情景……

我不知该继续向前行走，还是等待这一切的结束。这时，前方山路起伏处突然并排出现三个骑马人，并且突然就迫近到了眼前。看着我，三人都笑了，齐刷刷三口白牙。

在我的照相机没坏的时候，每次出门散步总会挂在脖子上。如果路上遇到牧人，对方可能会勒停马儿，请求我为他拍照。那时的我，总会比他更高兴。我端起相机，看着他整理衣襟，扶正帽子，然后肃容看向镜头。

除非被要求，我很少主动掏出相机给人照相。最开始是怕自己无礼，怕打扰了他们。后来则是有所期待——期待能得到更柔和的沟通，期待一个最适合端起相机的、毫不生硬的契机。

我不知道自己对着他们按下快门的行为是如何被理解的。我给他们照相，然后与他们告别。山野浩荡，从此缘分结束，永不再见。我得到的是一些瞬间的影像，他们又得到了什么呢？分别的时候，他们谁也不曾说："照片洗出来后送给我一张吧？"他们只说："谢谢。"似乎我按下快门那一瞬间，他们就被满足了。"照相"是契机，令我们所得稍多。否则的话，这样短暂脆弱的相逢还能承载些什么呢？——往往互相问候过就再无话可说了。我与他沉默相向，最后只能说："好吧，那么再见！"……可是，我们明明都心怀期待，都想更亲近一些。

如果拍照的话，我们能多寒暄几句，还能一起凑在小小的显示屏前欣赏一会儿。也不管看没看清楚，对方都会说："很好！"如果他家就在附近的话，往下还会邀请我前去做客。于是我被热情款待，还吃了一顿好东西。最后他们全家出动，送我到山谷口……可惜这种事只遇到过一次。

在冬库尔时，我们的驻地附近有好几家邻居，散步时常常会遇到牧人。到了吾塞，就很少能在外面遇到人了。吾塞的邻居，就算离得最近的，也得一个小时步行的路程。

总是没有人，总是没有目的，总是时间还早。走在寂静的森林里，脚下的隐约小径因为有人走过的痕迹而显得无比神秘。似乎走过这条路的所有人的面孔都恍恍惚惚地闪动在意识里，他们遥远的想法在路过的黑暗中沉浮。林木重重，越走越哀伤似的。尤其总是一个人，只有一个人……说不清道不明地难受。

而走在开阔地带的阳光中又是另一种孤独。在晴朗的正午时分，明日高悬，四处明晃晃的，我的影子却很奇怪地伏在脚边。之所以觉得它奇怪，是因为世界这么明亮，它怎么能做到如此顽固地阴暗着呢？远山、树林，甚至是路过的石头的阴影都淡了，虚茫茫的，浮在空气中，晃在风里，怎么也沉不到地上。甚至那些阴影都在恍恍惚惚地闪着自己的光。只有我的影子是纯黑色的，掘地三尺也仍是黑的，界线分明地黑着，与世界截然断裂开来。更让人不安的是，我动它也动，我不动它就不动了。想想看，它是我造成的。我身体里有着怎样沉重深厚的事物和想法，才会投下这么暗的影子……站在自己的影子边上，天上的眼睛会看到我正站在一处深渊的边上——看到我站在洞口，每走一步似乎都非常危险……天上那人心想：总有一天，这人会坠落下去的。会消失进自己的影子里，掉进自己投下的黑暗之中。

　　携着这样的影子走在这样光明万里的天地间，就像是举着火把走在茫茫深夜里。"目标太大"。世界永远只在我对面，行星永远遥远而孤独。

　　微雨的时光又湿又绿。阴云沉沉，世界却并不黯淡。相反，比起在通澈的阳光中，阴天里的世界更加清晰，更加深刻，满目的绿意也更加鲜艳生动。阴天里的红色花也比平时更红，河水也更清澈锐利。

下雨时，当阴云密布的天空破开一个洞口，阳光会如火山熔浆一样从那里涌出，强有力地穿透雨幕，做梦一样在群山间投下金光耀眼的光斑。

而一半阴云密布一半阳光灿烂的天空，更是一个巨大的梦境。世界的左边沉浸在梦中，右边刚从梦中醒来。

而我脚下的小路，恰从这世界正中间通过，像是天地大梦中唯一清醒的事物。我稳当当地走在路上。这里是大陆的腹心，是地球上离大海最遥远的地方。亚洲和欧洲在这里相遇，这是东方的西方，西方的东方……但是在这里，真正属于我的世界只有脚下的小路那么宽。我一步也不会离开这条路。我从不曾需要多么宽阔的通道，能侧身而过就足够了——像鸟在天空侧身飞翔，鱼在大海里侧身遨游。我从来不曾渴望过全部的世界，我只是经过这个世界，去向唯一一个小小的所在。我只依赖熟知的事物而生活。我心有牵挂，不想迷路，不想回不了家。我在山野里，在节制中游荡，但已经感到足够的自由。

只有在进城的时候，我才会有一次长时间游荡的机会。在城里不过只待一两天，可在路上却得走三四天（运气好的话）。那时，我会经过许多牧场，走进许多毡房。

进城的日子总是大家在很久以前就议定好了的。六月底的一天，我和送我的斯马胡力一大早就骑马离开吾塞，向着西北方向出发了。我们穿过沿途重重叠叠的寂寞美景，去往石头路边的沙依横布拉克牧场。那里是附近牧场上最大的一个商业区，也是进城的牧人们较为集中的一个等车的地方。但到了那里，开小饭铺的巴合提古丽告诉我，昨天才走了一辆车，那车等了三天才装够一车人。我一听蒙了，不会还得再等三天吧……

巴合提十八岁，矮个儿，黑脸，短发，眼睛亮晶晶。和顾客做生意打交道的样子稍显腼腆，但干起活来却像小鸟一样利索欢快。她的小店只是河边草地上四根木头撑起的一块塑料棚布，菜单上只有拉面、汤饭和康师傅方便面三种食物供顾客选择。不过这三样已经能够全面满足各类顾客的需求了。连我这样大大见过世面的人到了山里都不敢奢望更多。要知道，在扎克拜妈妈家顿顿奶茶干馕、干馕奶茶，吃得肠胃欲壑难填。虽然妈妈每天都会给我们发两颗糖，但就那几滴甘露，对于我们久旱的大地来说，地皮都打不湿。

总之，找车的事先不急，系了马赶紧点份汤饭再说。端上来一看，哎，巴合提盛汤饭的碗跟盆一样大！而且汤饭的色泽鲜艳，内容豪华，铺有青椒片、青菜、芹菜和蒜薹……还没品尝，就已经感到了幸福！等吃到嘴里更是幸福，烫乎乎酸溜溜，呼噜呼噜一会儿就喝得碗底朝天。巴合提真能干！不过想想看，若是我来做的话，味道也绝对不差，可能面片没她揪得匀……说不定这门生意我也能做呢。在山里开个小饭铺还蛮不错的，经营内容简单（只有三样），本钱小（只需一块塑料布、四根木头、一张桌子、两根条凳。再到河边捡几块石头，和点泥巴糊一个灶），运气好的话还不用交工商管理费。

斯马胡力好有名气，还在和我喝汤饭时，他来到沙依横布拉克的消息就传遍了附近的毡房和帐篷。刚吃完饭，就有年轻人拎着啤酒找上门来了。我赶紧回避，让年轻人闹去。一边四处转悠一边打听车的事。

一个穿着红雨靴的八九岁小孩拎着两个小桶，正小心地涉水蹚过山谷中哗啦啦的小河，去往对岸的泉水边打水。返回的时候，他先拎着一桶水过河，把水放到岸上后，再转身去取另一桶水。很好，不掉以轻心。水流虽浅，却很急促，水底卵石也应该很滑。等两桶水都平安送抵此岸了，小家伙这才爬上岸，一手拎一个桶，保持平衡，稳健地快步向家走去。

过去我在这里生活的时候，也曾天天去那眼泉水边打水。当时这条河还很深很宽，河心有个小洲，河上架有独木桥。每到下雨的时候，那根木头滑溜溜的。我曾经从桥上掉下去两次，我妈掉过一次。

中午，南面一公里处下起了雨。斯马胡力说还要回去赶羊，浑身酒气地牵着我的空马回去了。我一直目送他消失在山路拐弯处。真有些犯愁，不会真的要在这里等三天吧？

巴合提的小饭铺旁还支了顶毡房，因此她的店还包住宿。她自己睡在塑料小棚角落里的几块木板上，非常简陋，但给客人们准备的房间却收拾得漂亮又干净。毡房里铺着崭新厚实的花毡，墙脚整齐地堆放着雪白的绣花被罩的被子和胖胖的绣花大靠垫。一走进去，就有强烈的"被尊重"之感。顿时安心了许多。在这样的房间里住三个晚上也不错啊。一天五块钱，还管一顿早餐，餐桌上还免费提供野生的黑加仑酱……

正思忖着呢，车就来了。

运气可真好！居然只等了小半天。

车是巴合提帮我联系的。她一忙完手头的事，就四处帮我打听车的消息。远远地，只要一听到汽车马达声，她就赶紧跑到石头路边挡车，问去不去县城。果然很快就问到了一辆羊贩子的小卡车。哎，这姑娘太热心了。要是她不管这事的话，原本还可以再赚走我几顿饭钱和一到三个晚上的住宿费……

从县城返回时，一般在沙依横布拉克南面的耶克阿恰下车。然后在马吾列家休息一晚上，第二天步行回吾塞。如果赶上下雨天，得停两天。马吾列家无论商店还是小馆子，生意都极好。马吾列作为一个体面的大老板，不苟言笑，乏味至极。好在他会弹双弦琴，似乎他所有的柔情只绷在琴弦上。虽然他弹琴时脸板得更长，但琴声却那么温柔。外面下着雨，这琴声一片一片地长出了白色的羽毛，渐渐张开了翅子……这时马吾列突然停下来，把琴递过来说："你来弹吧！"我接过琴，试着拨弄琴弦，摸清音阶后笨拙地弹起"一闪一闪亮晶晶"。大家听了都无奈地笑。马吾列笑了下便向后仰倒，躺在花毡上，大黄猫赶紧走过去偎着他一起躺下。刚才琴声的翅膀仍空空张开着，渴望着飞翔……在这样的一个下雨天，这样一个华美丰盛、饰以重重花毡和壁毯的房间里……

这时路过的骑马人进店歇停。他稍坐片刻，点了一包康师傅方便面。在山野小店里买方便面是会享受配套服务的——那就是马吾列会提供一个空碗，还帮他撕开包装放进去，再亲自为他冲上开水。方便面可能不是什么好东西，但到了山野里，它奇异的香味是牧人们单调饮食之外的巨大诱惑。

等客人香喷喷地吃完面、喝完汤后，他挂在火炉边的湿外套也差不多烤干了。于是他付钱，穿上衣服继续赶路。之前的安静又在房间里继续漫延。

除了巴合提小店和马吾列家，我还在上游阿拉善的迪娜家店里落过脚。迪娜十一岁，头发浓密，长胳膊长腿，瘦得像一根铅笔。因为上的是汉校，小家伙的汉语发音非常标准。但用的还是哈语的语法和表达习惯，说起话来千奇百怪，细节迂回不绝，怎么也绕不到点子上。我倒宁愿她用哈语说。

迪娜非常亲我，她问我在此住几天，我指着刚洗完的衣服说，等衣服一干就走。她立刻大喊："不行！"并严肃地告诉我，哈萨克人洗衣服得晾五天才允许收回家！我吓一大跳，这什么风俗……很快得知小家伙是在骗人，想多留我住五天。

六七月间正是学生放暑假的时候，家家户户的小孩都回到了牧场上。在迪娜家的小馆子吃饭时，有四个孩子站成一排在饭桌边盯着我吃。我感慨："孩子真多！"迪娜妈妈笑道："是很多。"过了一会儿，我才知道什么叫"多"——又涌进来五个！

这群屁大的小孩，互相之间见了面还像模像样地问候健康和平安，握手，然后排成队继续盯着我看。这顿饭让人吃得百感交集。

吃完饭去补鞋，这群小孩继续尾随。在补鞋摊前蹲了一圈，深深地看着我的光脚。

等补完鞋子回店里，尾随的小孩数量又陡然增加了一倍！天啦，阿拉善可真繁华！

年纪稍大一些的孩子很有出息，决不见人就跟。但他们会客气地在路上拦住我，指着我的相机，请我为他们照相。似乎非此不能表达"礼貌"。此种"礼貌"，并不是为了显示教养，而真的是一种"礼"，真的是为了人际关系的舒适（哪怕只是擦肩而过的一点点社交）而付出的努力。

在牧人转场的日子里走这条石头路的话，一路上会不停地遇到驼队和羊群。我们搭乘的汽车只好不停地熄火让路，总是得耽搁不少时间。但从来没人抱怨，无论司机还是乘客。

除此之外，一遇到路边的小馆子或毡房，司机也会熄火招呼大家同去喝茶（估计也有信息交流的需要）。三十公里的路能走两个钟头！幸好搭车的一般都没啥急事，都不用赶时间。

几乎所有的司机到了桥头都会去同一间小饭馆落脚休息。这间饭馆就在路边，虽然破破烂烂、歪歪斜斜，但却是土坯房！既不是毡房，也不是塑料棚！而且土坯墙上还有白石灰大大地写着四个汉字：公用电话。

第一次见到这个小店时，车一停，我赶紧跑进去看电话。原来也是一部靠天线接收信号的移动座机。当时非常激动，好久没和外界联系了。赶紧拨出第一个想到的朋友的号码。可是等电话接通了一开口，满屋子喝茶的人都安静下来盯着我看。还有几个最无聊，一边咬包子一边学嘴。我这边说一句，那边立刻复述一句，连带着模仿口气。

我说："你们那边热不热啊？"

他们一起说："热不热啊？"

我说："这次我可能只在城里待一天吧。"

他们打着拍子一起嚷："待一天、待一天、待一天……" 害得我这个电话实在没法打下去。电话那边说什么也没法听清楚，最后只好草草挂掉，转过身冲那帮闲人发火。可他们都豁达地笑，还有人说："电话费那么贵，为什么要说那么多话？"

再一问老板，果然贵！一分钟两块钱。

耶克阿恰是大地方，在那里能遇到许多稀奇事。比如我曾遇到一匹马，屁股长得跟鹌鹑蛋似的，不晓得是得了老年斑还是牛皮癣。

还遇到过一个骑摩托车的人，脸上一圈一圈地缠着厚厚白布条，只露出眼睛和嘴。还以为受了什么重伤。一问，才知道家里没头盔。

还有一家小杂货店，大约生意好，室内的泥地被踩得瓷实又平整。店主便用金光闪闪的啤酒瓶盖细心镶嵌在地面上，还拼出许多漂亮的几何图案。这也是一种"装潢"吧？

从耶克阿恰到吾塞的那条山路，我一共走过四次。但到了第四次，还是会迷路。妈妈和斯马胡力他们都觉得不可思议，我自己也纳闷。好在鼻子底下还有嘴，一旦遇到骑马人就赶紧问路。而那些人因为有马，走得比我快，会迅速把我问路的消息传递给其他路人。于是乎，往后一路上再遇到骑马人，往往不等我开口，他们就主动说："是这条路没错，一直往下走就到了。"

七月初，正是这一带的牧人开始小转移的季节。高处的人家纷纷往下挪，靠近边境线一带的毡房也开始往回迁。但挪动的距离一般都不算远。我第一次经过从耶克阿恰通往吾塞的那条山谷时，从头走到尾，空荡荡没有一户人家。而在最后一次，沿途每条岔沟的沟口几乎都扎有毡房。远远路过这些人家时，主人若是没看到我也就罢了，若是看到了，必会使唤孩子们追上来邀请我进房子喝茶。虽然并不认识。这是古老的礼俗，不能放走经过自家门前的客人。对此，我虽然感激，但一般都会拒绝。

但其中一家是我家过去的邻居，比较熟识，忍不住去了。当时也实在饿了。这家女主人冲的茶额外香美。本来打算多喝几碗，但这个女人很无聊，突然说："听说你妈妈又结婚了？"大怒，只喝了一碗就走人。

在中途的一眼天然温泉边，还遇到过一户格外富裕的人家。他家一共扎了三顶毡房，都极白。尤其是中间那顶最大的，还蒙着帆布，墙脚处还画着大团的蓝色羊角图案。像招待领导的房子一样花哨。主人远远地看到我就招呼起来："进来坐一下吧？"我好奇地进去一看，原来是间山野旅馆。干净舒适，共有七床缎面被褥，沿着墙架子五光十色环绕了一大圈。主人自豪地说："从县上骑摩托车来钓鱼的人都知道我呢，全都住在我这儿呢！"

我赶紧说："我不住，我不是来钓鱼的。"

他说："我知道。给我照个相呗！"

于是，我从各个角度把他和他引以为豪的"招待所"摄入镜头，令他非常满意。

　

一次半路上躲雨时，竟撞进了刚搬到山脚下的卡西姐夫家——也没搞清具体哪一门的姐夫。总之是个亲切的年轻男孩，之前在弹唱会上见过一面。结果正赶上他家宰羊，煮得满室肉香。女主人正在擀面条片，满屋子的客人都在等待，躺得横七竖八。

卡西的姐夫有一个不足一岁的小女婴，雪白、娇柔。刚睡醒，爸爸把她抱出摇篮，为她穿衣服。一看就知道爸爸不常干这活，笨得要死，把小婴儿颠来倒去，左塞右塞，怎么也塞不进衣服里。小婴儿似乎也习惯了，无论被折腾成什么样都不吭声。当爸爸给小婴儿扣倒穿衣的扣子时，她出其不意地捡起小鞋子，捧到嘴边啃起来……等终于穿好衣服，宝宝累坏了，爸爸更是累坏了。他把孩子往花毡上一放，跑到远远的角落躺直了开始休息。孩子孤零零坐在花毡中央，左顾右盼，颇为茫然。

山里的雨一般下几分钟就停了，可那场雨足足下了一个小时。不得不在他家一直等到肉出锅了才离开。当时真想吃了再走啊，虽然姐夫一家也盛情挽留，但实在不好意思。自己毕竟空手上门。

还有几次漫长的行走，远远偏离吾塞和石头路，去往完完全全的陌生之处。那些永无止境的上坡路，连绵的森林，广阔的天空……然后突然降临的小木屋，屋前绿草地上的红桌子——多么巨大的一场等待！

　　绕过红桌子走进木屋，炊台一角挂着锅盖大小的干奶疙瘩，似曾相识。又看到圆木垒砌的墙壁上历历排列的宽大缝隙。这墙壁挡住了一切，但又什么也不能挡住。四面林海苍茫，床榻静静停在木屋一角，铺着浓墨重彩的花毡。好孤独的等待啊……站在木屋里，既陶醉，又不安。突然搞不清自己为什么出现在这里，像做梦一样。总是像做梦一样。尤其在这些华美的陌生之处，看着陌生人的华美眼睛——因看多了永恒不变的美景而温柔又坚定，安静又热烈的眼睛——无论多么粗糙的面孔，多么苍老的容颜，都不能模糊这眼睛的光彩。

　　还有手执马鞭，从远处牵着马缓缓走来的妇人，肩披白色镂空花纹带长长流苏的大方巾，身材高挑，穿长长的裙子……她是最沧桑的，也是最宁静最优雅的。她侧身坐到我旁边，抬起下巴，谦恭又矜持。对于我这样整天东游西荡、不知所终的人来说，她是最遥远的等待。

　　还有吾塞山下那块白色大石头，高二十多米，方方正正地耸立在山脚，远远望去像个石头门。每当在山路上遥遥看到这块白石头，就知道快到家了。石头后面藏着回家的路。它是我的石头，也是孩子们的石头，在孩子们广阔的童年里巨大而深藏不露。有好几次，靠近它时，看到孩子们在石头最上端闪动着鲜艳的衣服，锐利地尖叫不止。又好像看到了孩子们长大后一一离去的寂静。这石头也是一场等待，最固执的等待。

伟大的小孩子卡西

　　还在吉尔阿特的时候，有一次看到卡西准备用洗衣粉来洗头发，我大惊，大喊道："啊，不可以！"连忙拿出自己的小袋装洗发水给她用。

　　结果这家伙一下子就给我全部用完了！于是，轮到我洗头发时，就只好用洗衣粉……

　　用洗衣粉洗头发的后果是：一连好几天，头发又黏又涩。脑袋上像顶了一块结结实实的毡片，头发丝儿盘根错节，怎么都梳不顺。而且那光景似乎是再浇一点水，再揉一揉，立刻会泛起丰富的泡沫。

　　卡西揉完洗发水，开始清头发时，直接把糊满泡沫的脑袋插进浅浅的小半盆清水中晃荡两下就捞出来。然后用毛巾用力擦去剩下的泡沫。

　　而我清头发时，坚决要求她帮我用流水冲洗。她就捏个小碗舀了热水往我头上浇。浇完第二碗就再不给浇了，说热水没了。我说冷水也行啊。她大喊："啊，不可以！"

　　于是我只好满头散发着"奇疆"牌（假冒"奇强"）

洗衣粉的刺鼻味道站在阳光下晾晒，指望干了以后情况会好一些。

干了以后头皮奇痒，头发黏涩。哪像刚洗过，反倒像一百年没洗过似的。还不如洗之前清爽呢。很想再清洗一遍，但当着众人的面……不想做个事儿多的人，尤其还是一件小事。不想把自己的习惯带到陌生的环境里，觉得丢人。只好趁某天正午天气最暖和的时候，跑到山脚下牲畜喝水的沼泽里，跪在一洼小水坑边，把头埋进去狠狠洗了洗。虽然搅得水坑浑浊不堪，但就算用浓度更甚的泥浆水来洗头，也总比洗衣粉温柔多了。就当是敷发膜吧。

卡西洗衣服的情景也很恐怖，她把肮脏得快要板结的裤子和相对干净多了的内衣、被罩泡在一起，打上羊油肥皂揉啊揉啊的，揉出来的黑水又黏又稠，泥浆似的。洗完了也不清洗，直接从泥浆水中捞出来拧一拧就晾起来了。

不过有一次我总算看到她清洗了一遍，但清洗过的水也同样黑乎乎、黏答答的。

卡西十五岁，还是个孩子啊。这样马马虎虎、百事不晓地打发着自己的生活，扎克拜妈妈为什么不好好教教她呢？我看妈妈洗衣服的情形就地道多了。

大约"教"也是一种干涉吧。妈妈可能已经教过一遍了，看她不怎么理会，只好耐心等待她自己明白过来——等她自己去触动某个机关，然后如大梦初醒般，突然间就了解了一切，突然间全盘逆转，突然间就一下子变成最善于把握生活的人了。

就像卡西做的饭，无论再难吃，扎克拜妈妈也从不指责。似乎不忍打击她的积极性。要等着她先将"做饭"一事纳入生活中理所当然的轨道，然后再等着她自个儿慢慢发现技术上的问题。反正妈妈最善于等待了。

卡西不可能一辈子做饭都那德行，毕竟她正在不断地接触做饭这件事情的"真实"之处——她会在亲戚家做客，到了繁华的地方也会上小馆子……总有一天，她会发现好吃的饭与不好吃的饭之间的区别。那时她会疑惑。像她这么骄傲自信的人，总会想法子学习改进的。她正在不停地长大。

生命总会自己寻找出路。哪怕明知是弯路，也得放手让孩子自己去走啊。

而那些一开始就直接获取别人经验稳妥前行的人，那些起点高、成就早的人，其实，他们所背负的生命中"茫然"的那一部分，想必也同样巨大沉重吧？

最奇怪的是，不等卡西意识到自己的错误，我就先替她释然了。在这深山里，这样的一个世界中，能有什么脏东西呢？顶多是泥土而已。况且所用的肥皂都是自制的土肥皂，原料清清楚楚、简简单单，没有任何莫名其妙的添加剂。

再说了，从黑水里捞出来的床单，晒干后是那样地白。

有一天扎克拜妈妈从下游的耶克阿恰串了门子回家，带回一小瓶"娃哈哈"。斯马胡力兄妹俩喜滋滋地一起喝，你一口我一口，有时斯马胡力多吸了一口，卡西会大闹不休。

我嗤之以鼻："那是小孩子才喝的东西嘛！"

斯马胡力闻言有些不好意思。卡西却边喝边可爱地说："我就是小孩子嘛！"

我一想也是啊，卡西才十五岁嘛。

那瓶"娃哈哈"喝完很久了，卡西还在津津有味地啜着空瓶子。第二天，从木屋角落里拾起来又啜了一会儿，似乎里面还有香甜的空气。

小孩子卡西啊……

在冬库尔，六月一号那天，我对卡西说，今天是儿童节。卡西听了立刻从花毡上跳起来："啊，我的节！我的节！"然后哀叹不已，离开学校的孩子永远也没有儿童节了。

我们富蕴县有个奇妙的传统，儿童节不只是孩子的节日，更是全县人民的节日。那天全县上班的人都要放假的。所有的学生——从上幼儿园直到读高中的——都会穿得漂漂亮亮，由老师领着上街走队形。此外还有各种活动和比赛，满街都是观看的人。在队伍中找到自己孩子的父母会大叫孩子名字，啪啪啪拍照。而孩子们则目不斜视，昂首挺胸，万分骄傲地经过他们。城里如此，乡间也是如此。

下午斯马胡力放羊回来，我再一次提到儿童节的事，说："今天是你们俩的节日！"

卡西不屑道："豁切！斯马胡力太老了，哪里是儿童？"

卡西一方面四平八稳地过着她的牧羊女生活，另一方面也有自己美妙而奢侈的梦想。她常常说自己以后还会继续上学的。她打算今年九月份去阿勒泰市上卫校。学护理专业，以后想当护士。为此，她极为期待，憧憬：当了护士以后，家里人就都不会生病了，邻居也不会生病了。大家哪里不舒服就赶紧去找她……憧憬完毕喜滋滋地抹了一把鼻涕，随手蹭到裤腿上。这情形不由令人忧患。

卡西骑术了得。每当她风驰电掣地从我身边打马奔过，笔直地冲向高高的山岗，我就忍不住叹息：要真做了护士，真是可惜了一个好骑手！

又因为九月份的这个远大目标，她急于学习汉语。总是坚持用汉语和我对话，搞得我整天云里雾里。

为了这个，扎克拜妈妈总是无情地嘲笑卡西。她惟妙惟肖地模仿道："李娟！你！大的石头！我的哥哥的！多得很！那边那边！"意思是：她的哥哥海拉提家驻扎的地方有许多漂亮的大石头，约我一同去看。

本来没什么好笑的，毕竟人家说得那么辛苦。可被妈妈一学，就非常可乐了。

为此卡西非常气愤。但每每气愤完之后，再回想一下，也会扑哧一笑。

卡西真的很想当学生啊！为此她最喜欢背我的书包了，到哪儿都背着不放。放羊时也背，揉面时也背，到邻居家做客时也背。

卡西这两个礼拜共穿坏了三双鞋。她总结了两条原因：一是质量问题；二是劳动太多。斯马胡力嗤之以鼻，都懒得举例驳斥她。

总之，卡西这个远远还没长大的，还带着野蛮精神和混沌面目的小姑娘啊……一想到不久后也许会俨然成为阿娜尔罕的模样，整洁又矜持，说话含蓄又得体……便深为可惜。

对了，后来在杰勒苏的集市上，我出于特殊目的请卡西和斯马胡力吃了一次饭馆里的拌面。果然，我达到了目的。之后很长一段时间里，卡西一直都很郁闷，终于开始对自己有所怀疑：为什么他们拉的面细，而自己拉的面粗？

我窃喜。之前她一直以为自己拉的面最规范最合理，觉得全世界所有的面都应该拉得跟她的一样粗。

神奇的大孩子斯马胡力

斯马胡力很讨厌的。我在外面洗头,刚打上肥皂,卡西就用汉语喊我:"李娟!哥哥茶的倒!"

我只好顶着满头的泡沫冲进毡房给这个臭小子铺餐布冲茶。

扎克拜妈妈头痛又牙疼,正躺着休息。卡西正在奋力揉面,浑身面粉。所以正在洗头的我是最闲的了(要是不闲的话,洗什么头?)。

我边倒茶边骂斯马胡力:"没长手吗?倒茶很难吗?羊都会放,茶还不会倒?"他不作声,边喝边笑。

斯马胡力的懒惰是相当可恶的,但大家都乐于帮他保持这种懒惰状态。毕竟这样那样的家务事对我们三个来说只是举手之劳嘛。养兵千日,用兵一时,斯马胡力这家伙得留到出大事时才尽情地使唤。

幸亏家里总是不停地出大事,否则太便宜这小子了。

总之，被惯坏的斯马胡力的空闲时间比谁都多。还在冬库尔的时候，每过两三天就洗一遍头发，穿得漂漂亮亮的，扔给卡西一堆脏衣服就出门了。

每到那时，卡西就恨恨地告诉我，斯马胡力又去马吾列的杂货铺给女朋友打电话了（那时有电话机的阿依努儿家还没搬来冬库尔）。

斯马胡力每次千里迢迢去打电话，卡西就得帮他去放羊。卡西去放羊了，我就只好帮卡西找牛、赶牛。妈妈就只好一个人挤牛奶。

总之，斯马胡力的悠闲是建立在我们三个的焦头烂额之上的。

于是，一看到斯马胡力洗头，我就忍不住奚落："头发洗那么漂亮有什么用？电话那边又看不到。"

他大笑，继续卖力地洗。

我问他女朋友多大了。回答："十八岁。"

怪不得总是苦恼地说还要再等两年才能结婚，原来两人都还没到法定年龄。

再一想，那莎里帕罕妈妈家的保拉提又怎么结婚了？所以也有可能是经济问题。结婚好花钱的。

斯马胡力出门一定要穿新衣服，还要穿新袜子。为此我们都斥责他。衣服倒也罢了，袜子穿在鞋子里，是新是旧有什么关系？

斯马胡力袜子上的洞全在脚心上，站着时什么也看不见，一躺倒就全露出来了。真奇怪，我们的袜子一般最先破大脚趾和脚后跟那两处……对了，他常常骑马嘛，骑马得用脚心紧紧踩马镫子。

斯马胡力的爱美之心还体现在对衣物的爱惜上。不像卡西经常打扮得漂漂亮亮地去放羊，他的漂亮衣服都无限怜惜地深压箱底，平时则穿得乱七八糟。

我有一条化纤面料的非常宽松的运动裤，被卡西借去穿过一次后就弄出了三四个大洞。实在没法穿，一直扔在毡房外的墙根下，风吹雨打了很长时间。斯马胡力居然看中了那裤子，说这种面料不粘毛，便拾起来抖巴抖巴穿上了，长长地露出一截小腿。弯腰干活的时候，整条小腿都能露出来。

我们都笑他，前来做客的赛力保和哈德别克也笑他。他自己也笑个不停，但一点儿也不介意。

我大声说："珠玛古丽来了！"

他笑嘻嘻地说："胡说。"

然而这时珠玛古丽真的来了！远远地骑着马从山下上来，越来越近。

斯马胡力呼地闪进毡房北侧的大石头后面，大喊："李娟，领她进房子！卡西，你们喝茶去！李娟，拿裤子来！"

斯马胡力的确辛苦。但他可以忍受一切辛苦的劳动，却不能忍受一个"馋"字。

斯马胡力剪完羊毛回来，我摆桌子布茶，顺手拿起了白色餐布裹着的那包食物。展开一看，是上午邻牧场的一位亲戚路过吾塞时捎给扎克拜妈妈的一包新鲜的包尔沙克。卡西迅速收了起来，说："弄错了，不是这个，不是这个。"

斯马胡力赶紧扑上去摁住餐包，痛苦地嚷嚷："没错，就是这个，就是这个！"

但卡西还是态度强硬地撤了下来。换上蓝色餐布的那一包，里面是妈妈昨天从耶克阿恰带回的旧包尔沙克。这一包要再不吃的话，明天就咬不动了。

这方面斯马胡力不当家，无可奈何。只好埋怨道："这些太少！哪里够吃！"指望能多多少少加一把新鲜的包尔沙克进来。而卡西也毫不含糊，她二话不说掏出一只四天前的干馕。咔咔咔几刀下去，干净利索地切碎了一大堆，统统扔到他面前。这回保管够了。

晚上最后一道茶时，餐布上只剩下最后一块馕。除斯马胡力外，我们三人都吃饱了。斯马胡力却死活不愿碰那块馕，也说不出什么原因，反正非要扎克拜妈妈再切一块新馕。妈妈不干，生气地说马上就要睡觉了，只为了吃一小块馕而切开一整只馕，剩下的放到明天会变得更硬。两人为此争执不休，各不相让。一旁沉默半天的卡西终于不耐烦了，她拾起那块旧馕啪地扔进斯马胡力的茶水里。事情立刻圆满解决。这下他不吃也得吃了。

斯马胡力的馋还体现在生活中的方方面面。有时候客人还没走，他就能当着客人的面，毫不客气地打开客人刚刚带来的花布包裹的礼物，翻翻拣拣，把看起来最好吃的糖挑出来，嘴里塞一颗，口袋里揣两颗。然后跳下花毡，该干啥干啥，毫无惭色。

喝中午茶时，大家围着餐布吃东西，只有斯马胡力在睡觉，怎么都叫不起来，装听不见。我们默默吃了一会儿，突然，卡西用咏叹调一样的声音唱道："海依巴克真好吃，真好吃，海依巴克啊海依巴克，真好吃……"斯马胡力像触电了似的一骨碌跳起来，冲到外面去洗手。边洗边凶狠地说："既然有海依巴克，为什么不早说！"

他真的好喜欢海依巴克啊！常常是一道茶都快结束了，斯马胡力才发现餐桌一角摆有稀奶油。他便惊叫一声，把奶油碗夺过去捂进自己怀里。

进了夏牧场后，斯马胡力总是最辛苦的一个，因此生活中处处优先。他也泰然受之。吃汤饭时，有时卡西盛到第二碗，锅就见底了。她刚吃没几口，就被妈妈喝止，不让她再吃了。妈妈把她的碗推到斯马胡力面前，这小子毫不客气地接过来翻个个儿，全扣进自己碗里。

尤其吃拉面的时候，我、妈妈和卡西分到的面加在一起还不到斯马胡力的一半。

大家都对斯马胡力关怀备至，尤其是卡西。斯马胡力一喝凉水，她就惊叫着喝止，一副惊吓不小的样子。然后亲自给他盛酸奶。而她自己呢，喝起凉水来跟吃饭一样随意。

一次进城时，我给斯马胡力买了一条运动裤和一件天蓝色的T恤。他平时从来不穿，出远门或参加拖依时才穿，非常珍惜。更珍惜的却是卡西。每次斯马胡力穿着这身衣服回家，她就会催他赶紧换下来。然后帮他叠得整整齐齐，单独放在她自己的一个小包里，高高挂在房架子上，决不和其他衣服塞在一起。哎，要是她对待自己的衣服也如此这般珍惜就好了。

扎克拜妈妈总是把斯马胡力错叫为可可，大约出于对长子的依赖吧。往年都是可可上山放羊，斯马胡力留在定居点种地。

但看看斯马胡力干活时的情形，实在不像第一次进山挑大梁的人。在游牧生活中，他显得如鱼得水，游刃有余。

斯马胡力最动人的时候是唤羊的时候。他并不像卡西那样"啾！啾！噢噢！啊"地大喊大叫，而是抿着嘴轻轻地发出亲吻般的声音："么！么！"温柔地反复呢喃。语调有急有缓，有高有低，如倾如诉。那时，乱跑的羊会不由自主停下来，扭头定定地看着他，并转身慢慢向他靠拢。

斯马胡力在羊群里逮某只特定的羊真是又快又准，麻利痛快。我则不行，还没冲到近前，就给它跑掉了。我想抓的羊统统都晓得我要抓它，而那些从不躲我的羊，则统统知道我抓的不是它。

扎克拜妈妈说，八月打完牧草（为到达乌伦古河后不再继续南下迁徙的牲畜准备过冬的饲草。这也是一年中比较重大的一项劳动）后，她和卡西，还有爷爷及爷爷家的三个孩子会在九月之前回到乌伦古河畔的家里。那时，刚当了爸爸的可可就会来夏牧场接替两个女人。于是我们吾塞的林海孤岛上就只剩下这两个大男孩和海拉提夫妇了。那时，就轮到斯马胡力当家搞内勤，可可天天在外放羊。到了九月，羊群回到冬库尔，并赶在十月大雪封山前迁回吉尔阿特。同上山的路线大体一致，驻扎地稍有不同。

想不到斯马胡力也有主持家务的一天。也会整天忙于做饭、揉面、烤馕、提水、生火、叠被……那情景想想都觉得有趣。又想象斯马胡力挤牛奶和摇分离机的情形，更是乐不可支。可是妈妈说，到那时就没有牛了。妈妈和卡西会把牛群赶回阿克哈拉（骑着马赶，从南到北好几百公里的路呢），留下的两个小伙子只负责放羊。那时也没有奶茶喝了，也没有他最心爱的海依巴克了。

可是我错看斯马胡力了，他是能屈能伸的。能大男子主义时便拼命地大男子主义，如果条件不许可，他立刻自觉适应新角色，依旧如鱼得水。

有一次我同卡西去下游的商业区耶克阿恰玩了大半天。回到家，妈妈向我们报告了斯马胡力今天做的事情：摇分离机、搓干酪素、挑水，中午还做了一大锅抓饭。从来都不知道他还会做饭！

再想想，其实斯马胡力也并不是真的啥活都不干。至少没外人的时候，斯马胡力也会帮着往炉膛里添块柴。闲下来时，他还会不声不响进林子扛一根木头回来，然后劈了一堆柴码在门口——抵我和卡西背两天的分量。有时候放羊回来，马鞍后会系一大把野葱，为我们的晚餐增添明亮的美味。

还有一次我离开了足足一个礼拜。回家时路过耶克阿恰，正巧碰到斯马胡力也在那里的机器弹花店里弹羊毛。他一见到我，满脸委屈，哀怨道："李娟你不在，我烧茶。天天早上四点起床，以前五点半才起的。"

回到家，妈妈得意地指着被垛："看，斯马胡力叠的！" 被垛上还装饰性地披着白头巾，垂着长长的流苏。便想象斯马胡力如何把头巾仔细地搭上去，拉得平平展展，再用心整理好流苏穗子。

妈妈又指指暖瓶："看，斯马胡力烧的茶！" 我一尝，不错不错，盐味刚好。

伟大的厨子李娟

家里难得做一次包子吃，但每次卡西都会切一大堆触目惊心的肥肉块进去，块块都有手指头大小。吃的时候，想忽视它们都很难。

后来才发现，并不是每次做包子卡西都会切肥肉进去，而是每当家里有了肥肉，卡西就会做包子。

那些肉一般都是去耶克阿恰的人带回来的，大都是煮熟的。肯定是从谁家宴席上剩下来后，被互相送来送去，最后流传到了吾塞。

虽然包包子的情景令人发怵，但吃的时候却顾不了那么多了。说实在的，我长到这把年纪，之前根本是一粒米那么大点的肥肉都没吃过。瘦肉上沾了一点点隐隐约约的肥肉丝儿，都会仔细扯掉才入口。若是不小心吃进嘴里一块，一咬，口感不对头，立刻恶心反胃，吃下去的一切喷薄而出。为此，我从来没在外面吃过包子、饺子、丸子之类由不明内容剁碎成馅的食物。但是托卡西的福，这个毛病总算改过来了。不知是喜是忧。

物质生活一旦简单了，身边的一切便清晰地水落石出、铅华洗尽。于是再没什么不放心的了。肥肉嘛，退一万步讲，终归不是毒药。再说了，用肥肉炼出的油我能吃，炼剩下的油渣我也能吃，为什么这两样东西的结合物就不能吃呢？什么毛病……

每当我横着心、绷着脸，大口大口地把填满肥肉的包子塞进嘴里，虽然多多少少有些犯恶心，但领略美味时的幸福感千真万确，不容抹杀。

也许与体质及生活习惯有关，之前的我几乎从不喝水，除非剧烈活动后嗓子渴得冒烟才喝。而对于一般的渴，能忍就忍，多忍一会儿也就不渴了。反正就是讨厌喝水。

作为补充，则一日三餐顿顿稀饭，一年喝到头。煮得又浓又稠那种，从不腻烦。嘿，四川人嘛。

不喜面食，不好消化，多吃一口都会顶得难受。

但来到山里，情况全面逆转。每天差不多只有茶水（一天最少喝八碗，斯马胡力他们至少二十碗）和干馕（大部分时候还是用没发过酵的死面烘烤的）可充饥。此外每天一次的正餐几乎只有面食，拌面、汤面、包子之类。偶尔吃一回珍贵的米饭，又总是被卡西这家伙煮得坚硬无比，嚼在嘴里似根根钢钉。

奇怪的是，如此急转直下的生活巨变，却并没有导致什么严重后果。看来人到底是坚强的，只是表现坚强的机会太少。

其实，生理上还是多多少少有些影响，比如……便秘。听说便秘是所有大龄女性最悲惨的际遇，它毒素多多，影响皮肤、影响睡眠、影响情绪、加速衰老等等。

才开始我也忧心忡忡。后来想通了：只听说过有人死于尿不出小便，还从没听说有人死于解不出大便的……看来这事也不太要紧。说到影响，仅仅是"影响"而已，又不是"全面摧毁"。影响皮肤的话就影响呗，反正被风吹得早就满脸起皱结疤了，破罐子破摔了。失眠就失眠呗，真到瞌睡的时候，怎么着都能睡着。至于衰老，人怎么着都会老的……这么一想，更心安理得了。至于毒素问题，则更可笑。如果真有毒，狗也不会去吃了。

总之，我很坚强，既坚强又脸皮厚。无论哪里的生活都能很好地混下去。

到了现在，我不但饮食上完全习惯了，还接受了许多奇怪的吃法。比如用辣椒酱拌酸奶喝（估计这是卡西家的独创），酸奶拌白水面条，酸奶酪酱拌羊肉汤。

最最实用的一招是习惯了吃一口饭再喝一口茶。这是迫不得已的。家里总是用羊油做饭。无论煮抓饭还是汤面，都会挖一大块白白的羊油扔进锅里。老实说，饭菜滚烫时，吃着还蛮香的。但羊油较之猪油之类更易凝固，且凝固后更为坚硬。加上天气总是很冷很冷，吃饭时，稍微吃慢一些，饭菜就凉了，和着羊油块凝结成硬硬的一团一团。即使含进了嘴里也很难化开。嘴唇也总是被一层硬硬的油壳包裹着。整个口腔也硬硬的，像敷了满嘴蜡烛油。咀嚼这样的饭菜，更是跟嚼蜡烛似的。这时，唯一的办法就是赶紧喝口热茶来帮助化开那些油脂，再用力咽下肚子。

当我的肠胃被全面改造过来后，我也开始全面掌控家里的厨房（其实也就一只炉子、一张矮桌、一把菜刀加一个纸箱），成为家里的首席大师傅。强硬自负如卡西，都默默认同。斯马胡力更是赞不绝口。只要是李娟做的，无论是什么他都吃得极卖力。连她烧的白开水都喝得津津有味。

为什么呢？

因为我有爱心。

比方说，卡西这家伙做起饭来天马行空，总结不出一点儿路数。但做出来的食物往往有意想不到的效果，总是能保持食物最原始最醇厚的香气，并且越吃越香——包括大火猛炖了两个钟头的青椒片在内。这就是爱的力量。

我怀着无限乐趣（绝对无法忍抑的乐趣！）一次又一次用力剜出一大块细腻洁白的羊油，丢进热锅。看着它面对我愉快地苏醒，看着它丝丝入扣地四面融化，润物细无声。再出其不意扔进切碎的洋葱和固体酱油。香气"啊"

地尖叫一声，喜气洋洋地烟花般绽放。毡房被香得微微地鼓胀。赶紧倒清水！浇灭它的热情！于是香气迅速退却到水的内部。盖上锅盖煮啊煮啊，柴火烧啊烧啊。一旁的面团早就等得不耐烦了，暗自变软，并且越来越柔软，越来越柔软……温顺地任我把它切成块儿、搓成条儿、捏成片儿。无怨无尤，躺倒了一桌子。水开了，边开边说："来吧来吧，快点快点！"满锅沸腾，无数只手争先恐后地招摇。我每丢进几块面片，面汤就会稍稍安静一点点。但还是无法安抚。直到"熟"这种力量全面覆盖上来，锅中诸位才满意地、香喷喷地渐渐静止下来。炉火也渐渐熄灭。汤饭如鲜花怒放一般盛了满锅。至于放多少盐，不必操心，我的手指比我更清楚。

哎！作为众望所归的首席大厨子，我得到的赞扬远不及做饭本身带来的乐趣更令人满足。但如此澎湃的热情，却只能做饭给三个人吃，连扎克拜妈妈他们可能都觉得可惜。于是大家一有机会就帮我传播美名。从此以后，当附近的邻居要进行联合协作的大型劳动（如擀毡、卷羊毛），大家都会邀请我前去炒菜。

然而，在人多的地方表现，多多少少有些心虚。心一虚，爱心也虚了，于是饭菜准备得很是狼狈。十几个人的分量堆在一口锅里，搅都搅不动，恨不能扔了锅铲抄起铁锨上。满锅杂碎，横眉冷对我一人。奋力铲三下，也不肯翻一次身。对付犯犟的菜，我唯一的办法只有以暴制暴，大火猛炖。不管三七二十一，煮你个滚烂再说。到最后，满锅呈现的不是鲜花，而是蔫巴的——呃，尸体。

只好浇点醋，撒点味精，假模假式地提点鲜，悲伤地端出去……

可是，大家还是吃得高高兴兴。对于我的自责，大家都莫名其妙。

看来，爱心这东西，无论出现在做饭的人身上，还是吃饭的人身上，其效果都是一样的。

我要赞美食物！我要身着盛装，站到最高最高的山顶，冲着整个山野大声地赞美！——谢天谢地，幸亏我们的生命是由食物这样美妙的事物来维持的。如果走的其他途径，将会丧失多么巨大深沉的欢乐和温暖啊！

谢天谢地，食物往往是可口的。如果都非常难吃的话，活着真是没劲……

谢天谢地，固体酱油是固体的。否则在动荡的搬迁途中一不小心就会洒得精光。我们的生活也将失去一抹颜色和一缕咸香。

谢谢蒜，它是辛辣的，却又明明是香甜的。它洁白饱满，举世无双。把它切碎后拌进饭菜里，饭菜的灵魂会立刻变得热烈而高亢。

谢谢盐，它是咸的，且充满力量地咸着。没有盐的茶水，喝起来轻浮虚弱、怯声怯气。有了盐，茶水才实实在在地厚重起来，才有了"食物"的质地。才能作为可充饥之物，坚实地顶在肠胃里。

谢谢每一样能吃的东西，哪怕是两根细细的、放了两个月的干肋骨条，我也热切诚挚地尊重它。

还有雪白的羊油——脂肪摄入过多怎么会发胖呢？发胖明明是因为好吃懒做。

还要赞美寒冷，赞美湿润的空气。它们令肚子饿得飞快，令食欲旺盛，令味觉警敏，令最平凡的食物都能带来世上最感人肺腑的享受。

还有新鲜奶油，用馕块厚厚蘸了大快朵颐，便深知何为"幸福"……可惜的是，为了长期储存这种牛奶的精华，鲜美的奶油只能进一步加工制成固态黄油。当然，黄油也是美味迷人的。但相比之下，黄油像是失去了丰满肉身之后的灵魂，有些缥缈，无以依托。

我还爱菜刀，出神入化地运刀如飞是每一个美食加工者所追求的境界，可是我却轻易就达到了。唉！……

当然了，到目前为止，也并非什么都令人满意，比如说揪面片的技术……不知为何，我总是揪得跟巴掌一样大，而且总是揪得慢吞吞。前面下锅的都煮烂了，后面还有一半没揪完。面又总是那么多，大家都太能吃了！总之，一到揪面片时我就紧张得不得了，又心烦意乱，从手指头到手腕累得快抽筋。卡西那么笨的姑娘，都能揪得飞快，流利又轻松。因此我猜这与技术无关，大约是手指长得不一样……偏偏这种活又总是我一个人干，更是手忙脚乱。

挤完牛奶的扎克拜妈妈回到家，看我围着锅团团转，快撑不下去了，便叹口气，洗了手过来帮忙。别看她叹气时显得怜悯又大度，实际上揪起来比我还磨蹭，就像掐花一样仔细地掐。而且每掐下一块面片，得甩三下才能使之脱离手指。不由令人欣慰。

伟大的扎克拜妈妈

扎克拜妈妈总是无情地模仿别人说话，还故意模仿得怪里怪气，难怪老是牙疼。

扎克拜妈妈牙疼时，腮帮子肿老高，整天捂着脸不吃不喝，不停呻吟。大家一筹莫展，只好一声不吭，眼睛尽量不往她躺的地方看。

妈妈除了牙疼，还三天两头地头疼、胃疼，还总是嚷嚷脖子疼、腰疼。用来治疗这些疼痛的药物有：水煮的蒲公英，一块红色矿石泡出来的红色水，以及索勒的脂肪。但统统没啥效果。

最见效的治疗只有呻吟。她躺在那里，有气无力地念叨着："安拉，安拉……"并发出嗞嗞嗞的倒吸冷气的声音。如是半小时，就能起身继续干活了。

妈妈总是每天早上第一个起来，晚上最后一个躺下。白天的午休时间也最短，实在是家里最辛苦劳碌的一个。但是若要写年终总结的话，怕是啥都没得写。

外面赶牛放羊的活由兄妹俩包了，家里的活由两个女孩分担。说起来，除了挤牛奶，妈妈倒是没什么具体的固定任务。但不具体不固定的那些任务一点儿也不轻松——她的任务就是督促和帮助年轻人完成任务。要不然，年轻人拖拖拉拉，总是啥活也干不好。

往往天黑了，大家结束了一天的劳动以及晚餐，准备洗脚睡觉时，才发现没水了。妈妈生气地说："女孩有两个，水却一点儿没有！"说得我很不好意思。但那会儿很晚了，外面黑乎乎的，我才不会摸黑下山挑水呢。好在灌完开水瓶后，茶壶里还剩有一小口水，我便珍惜地将之注入洗手壶。妈妈拎拎手壶，又叹息："水倒是不少，就是脚太多！"

从那以后，一到黄昏，我总会密切注意用水情况。一到傍晚挤完奶腾出桶后就赶紧出门提水，并且死死地盯着斯马胡力，不准他乱用水。

在冬库尔的时候，妈妈是我们那条山谷一带的大能人。今天被强蓬家请去搓绳子，明天又去帮莎里帕罕妈妈熬肥皂。熬肥皂是极慎重的事，失败的话就会浪费许多羊油和油渣。熬制的尺度又不易把握，因此需要有经验的年长者帮忙。但奇怪的是，莎里帕罕妈妈也上了年纪啊。（说到熬肥皂，莎里帕罕妈妈一边熬一边把手伸过来给我看，上面破了好几处圆形的伤口。她说是做肥皂时弄的。实在不明白，不就煮一锅碱水和羊油吗？怎么就这么危险？）

而搓羊毛绳显然不需要特别的技术，只要熟练了，谁都能掌握。可是，不管是强蓬媳妇、赛力保媳妇还是莎拉古丽，统统都不会。不过依我看，不是不会，是不想学会。搓羊毛绳不是个好活，妈妈才搓了两天，手掌全磨破了。没有药水，妈妈只在伤口上抹了点儿黄油，又撕了块塑料袋，请我帮她裹住伤口包起来。可没过两分钟，她就把塑料扯掉了，因为不方便搓绳子。

她边搓边说："莎拉家的绳子还好搓些，强蓬家的不好，强蓬媳妇给的羊毛又粗又硬！"

我看着又粗又硬的羊毛绳在妈妈手掌的伤口上碾来碾去，都替她疼……

我问："她们给钱吗？"妈妈撇嘴："哪来的钱？"

晚餐时，妈妈又跟兄妹俩提到这事："李娟还问我有没有钱！"然后大笑不止。

是我太功利了。哈萨克人之间的互助行为是传统礼数，没有交易意识的。

第二天，妈妈搓完绳子回到家，唤我过去。她解开一块打着结的红色仿绸碎布，里面裹着七八粒糖果。她挑出来一块给我，说："这就是钱！"她的手更烂了。

给恰马罕家搓绳子回来，得到的是一个刚刚擦洗出来的旧铝壶。四处瘪塌，没了壶把，用一根铁丝穿在耳孔里代替。妈妈告诉我，可以用来替代我们失去盖子的那把洗手壶。

是的，这个壶虽然破，好歹还有个盖儿。但是，我又说："用来洗手，太大了吧？"四升的容积呢。是我们小手壶的三四倍。拎着浇水也不方便。

她笑着说："那就用来洗澡吧。"

市场里卖的现成的尼龙绳又便宜又结实，年轻人谁还愿意自己手搓羊毛绳呢？传统正在涣散。而我们的扎克拜妈妈，看起来似乎到了今天仍牢牢依附旧式的习惯生活。比方做饭，她只做较传统一些的食物，如烤馕、煮抓肉之类。而平时的炒菜、煮汤饭之类全都交给卡西和我，从不插手。不管卡西做得多难吃也决不抱怨（若实在是难吃得过分，卡西自己也会知道，也会悔过的），好像真的敬重和防备一切陌生事物，好像真的是一个旧式的妇人。但其实我知道并非这样。妈妈聪慧又敏感，怎能不明白如今的现实和新的规则？之所以不随波逐流，大约出于骄傲——难以言说的一种骄傲……又似乎是自尊。再说，她的童年和青春已经完整地结束，她的生命已经完全成熟。如果她乐意表现的话，仍能够游刃有余地把握最时髦的生活。但她知道，那没必要。她早就明白生活是怎么回事了。她已经强大到不惧怕陌生，强大到不需要改变。她会随着录音机里的音乐一起哼唱流行歌曲，然后突然转调，唱起古老的草莓歌……让人听着却一点儿也不觉异样。

　　每次喝茶，我只喝两碗茶就结束了。妈妈说我像猴子一样。开始我还没听明白"猴子"这个词。妈妈便把手遮在额头上东张西望，做出孙悟空的样子。我哈哈大笑。

　　为什么说吃得少就像猴子呢？大约因为猴子太瘦了，肯定平时吃得少。

　　卡西嫌自己胖，有一段时间只喝清茶不放牛奶。妈妈也说她是猴子。

　　而斯马胡力荡秋千，一会儿站着荡，一会儿蹲着荡，一会儿头朝下倒着荡，花样百出。妈妈还是说他像个猴子。

　　妈妈总是说人像猴子，就像杰约得别克只会骂人是母鸡。一般来说，人们的比喻往往离不开身边的事物。可新疆明明没有猴子啊。

　　有一次聊到西瓜。我没听懂"西瓜"那个词，问是什么。妈妈先凭空画一个圈，再端起莫须有的东西从左啃到右。我立刻就明白了。

　　刚开始接触临时帐篷"依特罕"这个词时，卡西解释得口干舌燥，心烦意乱。而妈妈，只需十指交叉着比画一下，立刻让人恍然大悟。

　　妈妈只教过我很少的几个哈语单词，可每一个都异常生动，难以忘怀。如檩杆上端打结的临时房子、叠被子。

若是请教卡西的话……

我们三个年轻人聊天、争论的时候，一旁的妈妈只顾捻线，很少发言。但一发言必是经典，令我和兄妹俩大为折服。连卡西这么自负的家伙，也会感慨地用汉语说："我的妈妈的厉害的！"

收拾房间，折腾些小摆设，都是年轻姑娘的事。妈妈从不干预，实在感到脏乱差看不过去时，也会一边嘟噜一边整理一番。一个装过蔬菜的白色泡沫箱，会被她立放起来，像个端端正正的壁龛一样，再整齐地供入干净碗筷和瓶瓶罐罐。我们惊叹："像商店一样！"她闻言高兴地吆喝起来："便宜的，便宜的！快来买啊，酱油有，西红柿酱有，苏打粉有，碗有……"

对于快要断掉的挎包带子，她就用一块串门时用来包糖果的小布头裹起来打了个补丁。为了掩饰这块补丁的本质，即使没有坏的另一根带子，她也给对称地补了一块。

妈妈很能说笑话，上门做客的女人总是被逗得爆笑不止，隔一条山谷都能听到。妈妈又擅长模仿，连别人打个喷嚏，也要兴致勃勃地学一下。卡西的汉话更是每句必学。每当翻看影簿时，她总是看一张就模仿一下照片里的人的动作，逐一取笑。还指出，照片中的阿勒玛罕无论出现在哪里，胁下都夹着个破塑料袋子。果真如此。

看到可可一家三口的照片时，她笑道，可可的媳妇阿依古丽怀孕时，肚子没怎么大，胸脯倒先大得不得了。为了进一步形象地说明，她往自己的毛衣里塞了只靠枕，并一直推到胸前，然后在花毡上步履蹒跚地到处走，引起兄妹俩的"豁切"与大笑。

然而几分钟后，妈妈又沉默了。她久久看着同一张照片，说："可可的孩子……"眼泪就掉了下来。

可可夫妻之前生过一个男孩，一岁多就夭折了。

我从没见过比妈妈更会削苹果的人，皮削得跟纸一样薄！她削出的苹果，比别人削的能多吃两到三口。削完后，一个苹果分四瓣，分给眼下的四个人。那时，我总是不吃，把自己那份留给妈妈。因为她手脚总是开裂，严重缺乏维生素。可兄妹俩脸皮真厚，立刻替妈妈说："妈妈胃疼！"硬是给瓜分掉了。于是兄妹俩一人占据了苹果的八分之三，咔嚓咔嚓两三下就吃完了。而妈妈还在慢吞吞地嚼着自己的那四分之一。他俩又眼巴巴地望着她。妈妈被看得实在吃不下去了……于是，两兄妹又各自分得了一个苹果的十六分之一。

妈妈总是声称胃不好。每到吃拌面时，只吃一点点就停下来，厌恶地推开盘子。于是兄妹俩立刻扑上去争抢，最终总是斯马胡力赢。

妈妈劳动时总用背部负重，久而久之，平时走路也如负重一般佝偻着腰身。才五十岁，她的双肩就有些变形了。虽然时常抱怨健康问题，行动上却总是满不在乎。下雨时，晾晒的奶疙瘩一定要及时盖起来，而自己长时间待在雨里干活却完全无所谓。

抢救完奶疙瘩后，妈妈穿着湿衣服喝茶、烤火。雨还在下，妈妈突然说："真冷！"然后出主意把炉子从木屋挪进毡房。木房子四面透风，不如毡房保暖。于是大家立刻付诸行动。此时雨越下越大，四面雷鸣，闪电大作。我说："等一会雨停了再说吧？"但妈妈已经坚定地拔下了烟囱。卡西也开始拆炉子了。然后两人一人抬一截烟囱，站在门口的雨幕里磕啊磕啊。先把里面厚厚的炉灰磕空了，再把两截烟囱对到一起套接（这些活儿在室内做的话，会把房间弄脏）。烟囱在搬家途中变形了，一时怎么也套不上。风大雨大，两人冒着雨，努力奋斗，好像非要和老天爷犟到底。我也帮不上忙，只能站在木屋里往外看。真是的，冷是冷了点，但每天不都是这么冷吗？为什么突然急成这样，还非得冒着雨干？（后来我又想到，也可能是特意挑在雨天清理烟囱，这样就不会荡得到处都是烟灰。）

好不容易把烟囱接上，炉子装好，雨也停了。

不管怎样，也算完成了一件大事。想到从此要改在毡房里做饭喝茶，又觉得小木屋空着真可惜。

结果，就在拆炉子的当天，就在临睡前，妈妈和卡西居然又费了老鼻子劲儿把炉子拆了从毡房里重新挪回木屋……她们说毡房太小、太挤了。我才不信挪之前没考虑到这个！总之就三个字：能——折——腾。

　　在赶羊回来的路上，妈妈走着走着，总会突然一屁股就地坐下，往路边草地上一躺，摊开胳膊腿就开始休息。我呢，无论再累，总会坚持回到家了才上花毡休息。觉得就那么胡乱躺着，被人看到多不雅观。又一想，真是的，哪会有人！渐渐地，我也学会了随时置放身体。哪儿不是一样的呢？毡房里无非多了一圈毡片的围挡。

　　扎克拜妈妈是从容的。给我们三个人分糖的时候，若有客人一头走进门来，那时妈妈一边和他殷切地问候，一边继续从容不迫地给我们分。也不给客人递一个……谁叫他是男的。男的还吃什么糖。等糖分匀了，把剩下的糖原样用头巾扎成裹儿，锁进箱子里。这才开始摆桌子铺餐布招待客人。不愧是妈妈。要是我和卡西碰到这种局面，只会掩藏不及——虽然搞不清有啥好心虚的。

　　在单调的生活里，糖的甜，简直甜得摄人心魄。有时在外面走着走着，看到路过的泥巴地里陷着糖纸的一角，都会蹲那儿刨半天。心怀一线希望，愿那糖纸下面不是空的。

而扎克拜妈妈最偏袒李娟。从外面串门回来，还没进家门就大声问："李娟在哪里？"我应声从房子里出来。她连忙塞给我两粒糖，再转身掏出卡西的一份。我一看，我的糖果里有一枚猕猴桃干，而卡西的只是普通糖果。于是，吃在嘴里就更甜了。

熬胡尔图汤时，煮沸的奶液表层会浮起一层薄薄的油脂。斯马胡力和卡西总爱用汤勺底子在水面滑过，然后两人轮流伸出舌头分三次舔完粘在勺底上的那层黏糊糊的油脂。为此妈妈不时训斥他们。然而，当他俩不在时，妈妈也会用勺子粘一层油递给我舔。我舔了一下，果然香极了！不是纯黄油的味道，酸溜溜的，乳香浓郁。

每当与我独处的时候，妈妈总是一边忙着手中的活计，一边不停地和我说这说那，忘了我可能会听不懂。有时会说到苏乎拉，有时候会说到冬牧场……这些话题似乎发生在几万公里之外，几万年之前。

黄昏暂时没有别的事情可做的时候，扎克拜妈妈和卡西坐在山顶的爬山松边，居高临下望着整个山谷，等待牛羊归来。卡西倒在妈妈怀里，任妈妈拨弄自己的长发，像找虱子一样仔细地翻看，然后对着她失聪的左耳喊了又喊。

牛羊还是迟迟不归。于是妈妈把女儿额头的碎发细心地拢往头顶，并一路扎成小辫，一直编到末梢。最后再把她所有头发光溜溜地盘了起来。带着无限爱怜。

而就在这天早上，妈妈还凶巴巴地把卡西从热被窝里骂起来挤牛奶。中午卡西刚背完柴回家，还没歇口气，又催着她去找牛……此刻却是十足的慈母。

卡西搂着妈妈用汉语娇声娇气地对我说："这个，我的妈妈，我的妈妈的，我的好的妈妈！"

接下来卡西又给妈妈梳头。妈妈的身体虽然在生活压力下处处损坏，头发却非常健康，五十岁了，还没有一根白发。她略显骄傲地说，自己年轻时，辫子长得一直垂到小腿。

羊群终于出现在山坡下的林间空地上。母女俩站起来，一起拍着巴掌，咯噜咯噜地呼唤犹豫不前的羊群。

这一天羊和牛差不多同一时间回来。妈妈和卡西得去赶羊，便让我一人系小牛。我将小牛赶入牛栏，命令它们排成队，在一根横杆上系得整整齐齐。以为完成了任务，拍拍手就走了，去帮忙赶羊。可刚走到山顶的雷击木下，妈妈就在远处大喊起来："李娟！牛！李娟！赶牛！快点！快……"扭头一看，原来系牛时，有一头小牛的绳子留得长了一点儿。牛妈妈此时靠近了它，小牛两条前腿往下一跪，仰头就喝上了奶，正吮得痛快呢！我立刻冲回去，拾根树枝就打。可那母牛非常蔑视我，任我打断了树枝都不正眼瞧我一下。我扔了树枝，直接对着它的大屁股一连串地击掌，纹丝不动。大怒，抬起脚踹，仍不奏效……绕着这个大家伙转了好几圈，从各个方向攻击，对方始终稳如泰山，半步也不肯挪开。怪不得大家都说脸皮厚的人，厚得跟牛皮一样……果然厚，一点儿也不怕疼。

正气急败坏时，突然看到海拉提骑马从山下上来了，赶紧呼救。海拉提勒转马头走过来，只吆喝几声，甩了两下鞭子，就把母牛赶跑了。

才开始，妈妈站在坡顶上远远看着这一切，显得很着急。可越到后来越感到有趣，哈哈大笑起来。晚饭时她反复提到这件事。为进一步说明当时的情形，还用手拍桌子，用脚踹墙架子，表演了半天。大家都笑个不停。

病的事和药的事

不知为何，进入深山夏牧场之后，我又一次蔫巴了。整天疲乏无力，浑身酸软。早上叠个被子都累得气喘吁吁。喝完茶下炕时，弯下腰穿鞋子都得使出三分力气。

连着好几天，总是哪儿也不想去。到了傍晚赶羊，必须得全体出动的时候，便有气无力地跟在大家后面跑。晕晕乎乎，一步三喘，三步一歇。难道生病了？

而卡西这家伙一点儿也不会看人脸色，总在我刚脱脂完几十公斤新鲜牛奶，甩甩酸胀的胳膊，大嘘一口气准备往花毡上躺倒的时候，硬拉我和她一起去赶牛。她觉得大家都应该像她那样精力蓬勃，爆发力十足，否则不可理解，也不可原谅。而我总是拒绝不得。只好昏头昏脑、软手软脚地跟着她顶着正午的大太阳瞎跑。奇怪，天气这么好，阳光这么明亮热乎，人也应该精神清爽才对啊。

卡西在前面像小羚羊一样又蹦又跳，而我，两条腿跟两根鞋带一样提不起半把劲。还没爬半座山，就再也走不动了。趁她不注意，我赶紧闪进山坡阴面的森林，不管她怎么呼喊都假装没听到。

　　我气喘吁吁，汗流如瀑，顿觉好久都没出过汗了。奇怪，天气怎么突然变得这么暖和？难道马上又要降温，又要下雪了？在树下的一块大石头上坐了一会儿。等气息喘平了，阴处的凉气幽幽围袭上来，又沉甸甸地渗入皮肤，只好起身离去。我沿着密林里潮湿的小路朝下山的方向走，脚步所到之处，四脚蛇纷纷四处躲避。在树木稀疏、阳光充沛的地方长着细碎明亮的白色满天星。渐渐走出了林子，低矮的灌木丛开着白色的圆形花朵，团团簇簇挤生在山石缝隙里。越往下，坡面越是平顺。草地上东一棵西一棵分布着圆团状的爬山松。经过它们时，偶有鸟儿从中忽地掠起。

　　出了大量汗，下山又被冷风一吹，气力更是被抽走了三分，走起路来恍兮惚兮，脚不着地。这回可能真的生病了……

　　从春牧场到夏牧场一路上，我随身只带了一种中成药丸，是一个中医朋友推荐的。说明书上说针对的症状之一是畏冷怕寒。正合我意。没事便大把大把地吞嚼，然而照样怕冷。但是大家都认为，是因为李娟穿得太多了，所以怕冷。若是少穿点儿，习惯了就不怕冷了……"冷"能习惯吗？

　　想起在吉尔阿特，过寒流时，胡安西和沙吾列两个孩子仍光着胳膊赤着脚到处跑。这样长大的孩子，将来也许真的"习惯"冷了，真的不怕冷了，但他们生命中一定藏有隐患吧？寒冷总是这样伤害人的：假如不曾把这个人击倒的话，就会暗暗潜伏在他的身体深处，静待这人到了最虚弱的时候，再突然跳出来给他以致命一击。

卡西倒是不怕冷，可这几个月来，她从没停止过呼呼啦啦地吸鼻涕。斯马胡力也不怕冷，过寒流还只穿T恤和单层夹克，可他的鼻子从来没通透过，说话齉声齉气。照我看，这两个孩子才病得真不轻。

对大家来说，像扎克拜妈妈那样胃疼、牙疼、头疼之类有着实实在在的疼痛症状的病才算是病。妈妈才算是生病的人。她会因此吃不下饭，因此辗转难眠，不停忍耐、呻吟。而卡西和斯马胡力呢，虽然也为鼻子的问题烦恼，但时间久了也就习惯了，基本上影响不到劳动、欢乐和胃口。

记得刚认识卡西时，一次闲聊时她告诉我，她的左边耳朵很痒。我当时听了并没放在心上。

可一个月后，她还在说耳朵痒。怎么会痒这么久呢？我很吃惊，揪着她的耳朵用手电筒往里一照——天啦，里面灌满了暗色的脓水！我吓坏了。认为事态严重，要求家人立刻带卡西去城里看病。但大家都不以为然。卡西本人也一副"真是大惊小怪"的神情。我急得团团转，吓唬她说："不去医院，再过几天，耳朵就烂掉了，就没有了！"

卡西"豁切"一声，笑嘻嘻地说："烂了三年了，没有三年了。"

怎么能怨怪大家不关心卡西呢？因为已经没法治疗了，早就聋了。大家早已接受这个事实了……

——甚至，连这个，都不能算是病。

我无法理解这种满不在乎。失去一只耳朵，比起失去整个生命来说，当然是微不足道的。可是……不知该怎么说……

我有一个哈萨克族朋友有一次请我帮忙带他和他小儿子去医院看病，帮他挂号、问诊。因为他不懂汉语。好在那天的医生也是一位哈萨克族，我便没能帮上太大的忙。

孩子的病情有些复杂，医生提出要住院观察。这个朋友急了："羊还没过河！"当时正是迁移的日子。

医生一听，生气了："这孩子是你亲生的吗？"

"是的……"

"那还有什么舍不得的？"接下来噼里啪啦一顿臭骂。又扭过头用汉语激动地对我说："你不知道，他们这些哈萨克……当然，我也是哈萨克——可我就是无法理解！怎么这么看待生命？死了就死了，活了就活了。一条命还不如一群羊！愚昧！"

这个医生虽说也是哈萨克人，但是她已经长居城市，已经过着与羊群没有关系的生活了。当她愤怒指责的时候，她又有什么指责的立场呢？她永远不能体会饥饿羸弱的羊群停留在额河南岸迟迟不能动身时牧人的焦虑与心痛。她是善良的，但她的善良离现实太遥远了。

一个人的生命当然比一群羊重要。将来也许会因为一群羊而失去一个孩子。可是，"将来"不是现在。人却只活在现在。现在羊正在受苦，而现在人尚能忍受……难道这是愚昧吗？

大家共同的毛病是缺维生素。不仅因为长年缺乏水果蔬菜，大约还有水的问题。这一路上，我们喝的不是冰块化开的水，就是冰川融化的溪水、河水，少有喝泉水或沼泽水的时候。到了南面的冬牧场上，一整个冬天更是只有雪水可喝。这些水太过纯净，微量元素不足。而最好的水据说是从大地中、从泥土中渗出的水。老一辈人总是说，没吃过泥土的小孩长不好，还是有些道理的。

所以牧人们在白雪茫茫的冬季里都习惯戴墨镜，并不是扮酷，而是缺乏维生素的话易患雪盲症。

所以全家人的手脚都裂着血口子，指甲根部全都烂兮兮的。听妈妈说，可可最严重了，他的手掌心顺着掌纹不停地裂血口子。

至于我，搬家到冬库尔时遇到了坏天气，双脚裹了两天的湿袜湿鞋，到地方后奇痒难忍。这也是潮湿加上缺维生素引起的脚气。好在不严重，换了干鞋袜没几天就好了。

卡西的脚气却一直好不了，总是又痒又疼。

可怜的卡西，每天出去赶牛、找牛，总有意外发生。回来的时候，要么一瘸一瘸，要么鞋子湿透。沟谷里的路不好走，又正值雨季，一路上沼泽遍布，难免涉水。

在没有雨靴的日子里，小姑娘每天一回到家，第一件事总是脱鞋子烤脚。那时可看到她的脚趾和脚掌被泡得惨白，气味又极大（偏她晚上睡觉总把脚伸到被子外面）。

大约实在太痛苦了，有一次她冲我生起气来，质问道：我给妈妈买了胃疼药，给斯马胡力买了牙疼药，为什么就没给她买"脚痛药"？！（她不知道"脚气"这个词，一直称之为"脚痛"。）

我无语。的确考虑不够周全……

但听说治脚气几乎没有什么特效药，只能靠缓慢地调养。

突然想起来，在冬库尔的时候，家里好像还有一小包高锰酸钾粉，便建议她找出来泡脚，好歹也是杀菌消毒的。她闻言大喜，立刻翻箱倒柜找了起来。并问我得泡多少时间。我不小心说了句汉语："十分钟。"她"嗯"了一声，陷入沉思。

扎克拜妈妈说："怎么了？"

她凝重地转述："李娟说，要泡十个小时……"

我吓一跳，连忙嚷嚷："哪里！十个小时，脚都泡没了！"

大家哄堂大笑。妈妈笑得最开心，直到睡觉前，她还在喃喃自语："十个小时，脚没了！"

可是，那包粉末始终没能找到。

我每次进城，都会给大家买许多药片。我给大家仔细读了说明书，又分类存放妥当。反复叮咛什么颜色的盒子是治什么的药，千万别乱吃。可扎克拜妈妈总是记不住。一到吃药的时候，就把整个药包摘下来给我，要我给她选药。

斯马胡力则是自信的，他牙疼时就自己去找药吃。等我发现时，妈妈的两盒胃药已经被吃得干干净净。我和妈妈大惊。

我问："那牙疼不疼了？"

他想了想说："不疼了。"又想了想，更加确定地说："真的不疼了。"

妈妈没了胃药，疼痛时只好另想办法。

一次喝茶时，妈妈紧摁着胃部呻吟了一会儿，突然想起什么似的，另取一只空碗沏了开水，摸出一块红糖状的东西丢进水里。水中一丝一缕地慢慢沁出浓重的褐色。她把这种水摇匀喝了起来。我马上意识到这是个治胃病的土方子，便打听是什么东西。可妈妈怎么也说不清，只说是什么"塔斯玛依"——石头的油。我凑近闻了一下，还尝了

139

一口，一股无法形容的古怪味道。又用手指捏一下，质地松散柔软。

那天妈妈喝了一大碗这样的水。我问有效果吗？她痛苦地紧摁着胃部，说："好了。"

又一天傍晚，羊群只回来了一部分，我和妈妈在山坡上等待着。一时无事，妈妈吩咐我帮她一起拔蒲公英。回家后，妈妈把这一大堆蒲公英洗剥干净，连根一起塞进茶壶里煮了起来。她说这种水也治胃病。我倒也知道蒲公英的确是一味清热解毒的中药，没想到还能治胃病。

可后来牛瘸了，大家也用这种水浇洗蹄缝……好吧，俗话说："样样通，门门瘟。"太万能的药往往哪方面都靠不住。

妈妈的牙痛病也非常厉害。一疼起来饭也不能吃，话也不想说，只能喝清茶，喝不得奶茶。她的愿望是拔掉那颗折磨她的蛀牙，可又总为拔牙的昂贵费用而忧愁。

有一天，炉子边扔着两块雪白的干馕。我以为是妈妈整理装食品的纸箱时翻出的被长时间遗忘的旧馕，便想拿去给班班吃。可一握在手里，顿觉分量不对。仔细一看，原来是附生在树木上的坚硬菌类。卡西说，把这个煎水服用，能治妈妈的牙痛。我高兴地问，有效果吗？回答"有效果"。既然如此，为什么不早点煮来吃？我扭头教训斯马胡力："整天宁可乱吃药，也不好好想办法！"

那天，妈妈和斯马胡力一人喝了一大碗这种木菌煮出来的水。可到了该疼的时候，仍疼个没完。我失望地说："这个药不好。"大家都反对："豁切，好的！"也不晓得好在哪里……我猜，可能大家都不愿说不吉利的话。

至于大家治感冒的土方子，往往是爬山松的枝条。爬山松的名字里虽然有个"松"字，其实是一种柏树。每一个进入冬窝子的家庭都会提前储备一些这样的柏枝。遇到高寒的天气，就取几枝放在炉板上烘烤，烤出浓郁的烟气，据说能预防感冒。妈妈每天赶牛回来，手里总会拎一束柏枝，把它折一折塞进洗手壶里泡着。用泡过的水洗手，手上也会沾染柏枝的浓郁气息。妈妈洗过手，一边闻着手心一边说："很香啊，李娟！"还伸过来让我闻。我觉得还谈不上"香"吧，只是一种比较特别的、热烈的植物气息罢了。可对妈妈来说，这是她所熟知、所依赖的一种味道。

我从城里回来，为妈妈买了风油精和清凉油，据说这些东西抹一抹也能缓解头疼。可妈妈坚决不用，她厌烦地说："臭！"可我倒认为这个挺"香"，它们刺激又鲜辣的气息闻起来明明令人心明意朗。大约因为我从小就抹这种东西驱蚊、避暑。大家喜欢的事物其实都是自己熟悉的事物。

记得在六月的那场婚礼上，一个男孩子突然流鼻血了。大家静静围着他，包括他母亲，等着一切结束。他低着头，血大滴大滴地往下淌，很久都没停，满地都是血。我本不打算干涉，因为周围人统统无动于衷的样子，肯定有其原因。后来实在看不下去了，掏出纸巾替他堵上，又用凉水敷他的后脑勺。大家看着也没说什么，但显然有些不以为然。后来这种事情见多了，也就明白了，传统认知不同而已。大约他们觉得鼻血只在该流的时候流，所以流鼻血是疾病的一个出口。流完了病就好了，不应阻止。我不知如何判断。这也是源自古老的生存经验，应该也有其合理性吧。

总之，一开始说的是我的病。来到吾塞后，我连着半个月有气无力，咳个不停。尤其深夜里，好几次咳得气都喘不过来。那时，扎克拜妈妈总被我的咳声惊醒，在黑暗中连连叹息。

雨季渐渐过去了。在阳光充沛的正午时光，兄妹俩脱得只剩短袖T恤。每当他们光着胳膊经过裹得跟大白菜似的李娟时，后者既难为情，又忍不住为眼前的情景连打寒战，再披一披外套……

真的好冷。太阳像个装饰品一样挂在天上。阳光也不过是装饰品，它的明亮和灿烂只进入了眼睛，进入不了心里。好像全身上下都关紧了门，外部的温暖一点儿也进不来。而之前那些被阳光抚慰过的体验像发生在梦中一样不真实。

那样的冷，绝不是突然来临的，也绝不是一天两天造成的。早在冬库尔的分家拖依那场舞会上，我就已经成为寒冷的割据地。再往前，在哈拉苏的牧道上，就已经被冻透了。后来这寒冷一直在我体内闭着眼睛。现在，它醒了。

毫无办法，也没有药。我只好在没人的时候，蹲在火炉边，用梳子柄蘸着润肤霜在脖子后和背后能够着的地方刮刮痧。小的时候，外婆就这样帮我刮痧，扛过了许多感冒。

渐渐靠近七月，天气也越来越暖和。我虽然仍每天裹得厚厚的，但却明显感到身上有劲了。散步时，也能走得远一些了。

再往下的日子，开始猛流清鼻涕。为此我还挺高兴，这意味着感冒进行到了最后一个阶段。

只是流鼻涕太麻烦了。家里那种廉价的手纸又粗又硬，很快，鼻子被擦得破破烂烂，疼得要死。

奇怪的是，卡西整天也不停呼啦着鼻涕，为什么从不喊疼？观察之后，发现她用袖子擦。

手纸是有限的，用完就没得买了。于是几天之后，自己便也……

才开始，还是很悔恨的，恨不能往袖口上别一根针（怪不得西装袖口上要钉一排扣子）！然而很快就习惯了。唉，小时候挨了多少揍，才改过来这个坏习惯，结果……

我的病好了，可卡西的状态开始不对头了。从来没有怕过冷的小姑娘有几天老嚷嚷着冷，不时揭开炉盖烤火，手快要伸到火焰里面了。妈妈说："卡西感冒了。"我还以为她永远不会感冒！再想一想，又好像她一直都处于感冒状态。

尽管这样，她还是上下单薄，不肯加衣服。我说："不穿衣服，病哪能好？"

她肩膀抖个不停，仍虚弱地抗议："豁切！哪来的病？"

随处明灭的完美

整个上午只有我一人在家，在淅淅沥沥的雨声中独自摇动嗡嗡作响的分离机。脱脂了满满两大桶牛奶之后，我洗净了器具，收拾了房间，裹紧大衣倒在花毡上深深睡了一觉。醒来时，一束光斑静静地打在身边的花毡上，像追影灯笼罩着孤独的演出。被笼罩着的几行彩色针脚像做梦一样发着光。而光斑四周的空气幽凉阴暗。

毡房门外却阳光灿烂，不知雨停了多久。去门口站了一会儿，裂开的云块大朵大朵地在高处移动，头顶正上方有一大片干净的蓝天。木架子上晾的奶疙瘩一连几天都被蒙在塑料布下，此时塑料布已掀开。奶疙瘩一块一块新鲜地敞在明亮清晰的空气里，似乎还在喷吐奶香。

这时，有人骑着马从北面山谷的树林里缓缓上来了。

他笔直走向山顶上我们的院落，边走边看着我。我也站在那里看了很久，却是一个不认识的人。自从到了吾塞，除了恰马罕家的两个小伙子，家里还从没来过客人呢。但此刻家里没人，我又不认识他，便犹豫着要不要单独招待他。

那人走到近前下了马，却并不系马，牵着马向我问好。这人看来是会说几句汉语的，他自称是杜热那边的牧民。杜热离阿克哈拉很近，不到一百公里，也在乌伦古河流域的戈壁滩上。我的妈妈此时正在那边种葵花。

听他介绍完毕，我却不知再说些什么才好。只能告诉他现在家里没人。本想问问他有什么事，又觉得直接这么说有些无礼。

不过看他的样子，大约也没有什么事。

后来我终于鼓足勇气说："喝茶吗？"但他立刻辞谢了。他又在那里站了一会儿，似乎也在思量该和我说些什么好。他的马轻轻地啃着地上的短草，不时左右晃着脑袋。

过了一小会儿，他开口了。像给领导汇报工作似的，简要地告诉我吾塞的北面和西面一带毡房的分布情况。最后还取出他的身份证给我看。我接过来一看，是张漂亮挺括的新一代身份证。怪不得那么珍惜地用重重塑料袋包着，揣在怀里最深处的地方。此时，新的二代身份证刚发放不久，我们这里很少有人使用新证的。我的身份证也是旧式的呢。于是我好奇地翻来覆去看了一会儿。

身份证上印着他的汉字名"思太儿罕"，四十岁。

我看了连忙说："真好！"想了想又说："照片拍得好。"比他本人白多了。

然后才问他是不是有什么事。他回答说在放羊。原来只是路过吾塞啊，还以为是特意拜访呢。

和一般牧民不同的是，思太儿罕不但使用新身份证，穿的也干净整齐，有棱有角。衣服上没一个补丁。脚上踏着的军用大头靴看起来还很新。这身装束别说用来上门做客了，用来结婚都绰绰有余。只是穿出来放羊的话未免可惜了。不过，这也只是我的想法。我们家卡西兴致好的时候，不也总爱往头发上抹点炒菜的油，梳得一丝不苟再出门放羊吗？

这时，他又说话了："姑娘，去我家喝茶吧！"

我顿时很高兴，连忙说："好啊好啊。"又问："你的房子远吗？"

他指了指西北方向。那里隔着阔大的峡谷有一座高高的山峰，高得半山以上都不生树木了。他说："在那个石头山后面，只有五公里。"

我一下子就很喜欢这个人了。他是善良的。我猜想他放羊路过吾塞时，突然想起早就听说这里住着一个汉族姑娘。许多人都见过她，自己却从未见过，应该前来打个招呼，便勒转缰绳，充满好奇和希望过来了。他是纯洁而寂寞的。

正想再问问他的家庭情况，好好聊一聊呢，这时突然又洒起了雨点。抬头一看，不知何时，上方压过来好大一块深色的云。我连忙跑到架子边，把掀开的塑料布重新拉拢，盖住奶疙瘩。然后又跑到毡房那边，扯着羊毛绳把毡顶拉下来盖住天窗。正干着这些事，雨水中又夹着冰雹急速地砸了下来，从烟囱旁的破洞里啪啪啪撒进毡房。这时扎克拜妈妈也回来了。她一踏进毡房就看到卡西扔在花毡上的外套，便大声埋怨起来。这天气变幻不定，忽冷忽热的，出门放羊居然不穿外套！

这时，我才发现思太儿罕不知什么时候离开了。

我对妈妈说刚来了一个叫思太儿罕的客人。她想了好久也想不出这个思太儿罕是谁。我形容道："脸是黑的，牙是白的！"令妈妈大笑起来。

我一边想着思太儿罕的事，一边吹燃火炉烧茶。没带厚外套的卡西和感冒很久的斯马胡力一直都没回家，令人有些担心。又想到思太儿罕，他此时正衣着整齐地冒着雨策马穿行在重重森林之中。那人笑起来的样子，温柔小心得像独自横渡宽阔河流的黑眼睛鼠兔。

喝完这道滚烫舒畅的奶茶，正准备收拾茶碗，扎克拜妈妈却叫我先放下手里的活，跟她一起去爷爷家。去了爷爷家能干什么呢？无非还是喝茶。为表示格外的招待，莎拉古丽打开加了锁的木箱，取出一些糖果、饼干撒在餐布上的馕块间。

外面雨不停地下着，木屋阴暗，炉火旺盛。十岁的男孩吾纳孜艾蹲在火炉边，专心地用一根烧红的粗铁丝在一块小木片上钻孔。钻一会儿，铁丝凉了，就插进炉火里重新烧红。他一共做了两块这样的小木片，忙得不亦乐乎，连今天餐布上出现的平时难得吃到的好糖果都吸引不了他。小加依娜紧挨着他蹲在一旁，无限期待地盯着他手中的活计，激动而耐心。我好奇地看了好一会儿，才看明白做的是一辆独轮手推车的小模型，准备送给加依娜的。我觉得很有趣，忍不住无聊地问道："能拉柴火吗？"没人理我。对于郑重地做着这件事的孩子们来说，最重要的不是这个小玩意儿能否派得上用场，而是它的确和真正的独轮车一模一样啊。

这时，托汗爷爷回来了。他手持一根系着一截羊毛绳的长木棍弯腰进门。正干得热火朝天的吾纳孜艾连忙放下活计，起身去拿水壶帮爷爷浇水洗手。莎拉古丽赶紧添碗冲茶，扎克拜妈妈让座。爷爷入座后，吾纳孜艾也跟着入座，陪着一起喝起茶来。但他惦记着独轮车，只匆匆喝了一碗就离席继续烧他的铁丝去了。兄妹俩面对面蹲在泥地上，不时小声讨论着什么。炉火投到吾纳孜艾年轻光洁的面孔上，他的眼睛里有更明亮的火。

餐布正中放着一碟新鲜柔软的阿克热木切克，但和扎克拜妈妈制作的大不一样，嚼起来没什么奶味，倒有沉重的豆腐味儿。爷爷很喜欢吃这种热木切克。他掰碎了泡进茶水里，用勺子舀着吃，边吃边愉快地哼着歌儿。大家一时沉默，似乎都在认真地听。

小猫也进了房子，身子湿漉漉地偎了过来。莎拉古丽也给它掰了一小块热木切克。小猫趴在那里细致用心地啃啊啃啊，小口小口地，好半天才啃完。然后抹抹脸，舔舔爪子，优雅地去向炉子后的土堆，往里一拱就睡觉了。前两天这只猫的右边耳朵不知在哪儿蹭光了毛，光秃秃的。今天另一只耳朵居然也没毛了，一边各露一团粉红色的光皮肤。

这道茶很快结束了，我收拾碗筷，爷爷躺下休息，扎克拜妈妈和莎拉古丽并肩坐在木榻沿上捻线。两支纺锤在炉光映照中飞快地旋转，蒙着塑料布的小方窗投进来一小团毛茸茸的亮光，妈妈和莎拉古丽粗糙的面容却有着精致的侧颜线条。火炉边，兄妹俩的独轮车雏形初现。车轮居然是我扔弃的一个药瓶盖子。

这时扎克拜妈妈和莎拉古丽又聊了些苏乎拉的事。两人为传说中苏乎拉的行为反复地震惊，并叹息。爷爷睡得非常香甜。爷爷家的大白狗站在门外雨地里，极想进来，又知道不会被允许。它只把头探进木屋，久久地瞅着屋里的人们，很久都一动不动。

我又坐了一会儿，雨渐渐小了，便悄悄起身出去。站在门边的雨地里，先看了一会儿大白狗，再沿着北边的斜坡向下方松林走去。林子虽不密，却挡去了大部分雨势。林子里大都是纤细的幼木，少见粗壮的大树（大约几十年前此处因雷击而起过火灾），并且其间树木几乎死去了一半。活着的树是笔直的，死去的树是弯斜的。死树们身披毛茸茸的苔藓，划出一道又一道弯弧，穿插在笔直的林子里。林间的青草叶片和林外的草地叶片不一样，很少有针状长叶，大都是掌状的。成片的毛茛淡微微地开着碎花。走着走着，渐渐靠近了一小块林间空地，那里的草地上隆起一团一团的草堆。地面软绵绵的，每走一步，脚印里就迅速渗出一坑水。此处非常潮湿。这片地方因为植物单一而显得整齐纯净。也不知是什么植物，密密地排列着指头大小的圆形叶片。

雨还在下，但云薄之处已经裂出了阳光。这时正好有一束阳光从云隙投入眼下这块空地。雾气蒙蒙的森林从四面八方围裹着这一小片阳光之地，激动地俯视它。我在这块空地的阳光中站了一会儿。直到这阳光渐渐收敛回去，云又重新合拢。

穿过这块空地进入前方更密的林子，沿着坡势继续往下走。走了好一会儿，渐渐听到河水的哗哗声。很快树林稀疏起来，眼前出现了开阔的山间谷地。站在林子边，下方好大一片葱翠娇嫩的沼泽地。中间至西向东流淌着一条两米多宽的小河，流速很急。我们的骆驼正远远站在水边饮水。我沿着树林边缘继续往西走。路很窄，并且依稀难辨。路边白色的野菊花和黄色的虞美人在雨幕中轻轻摇摆。一抬头，对面山坡上好大一片被雨水渍湿的草滩，从半山腰一路拖到山谷底端，像一卷深色的布匹滚落谷底，一路舒展开去，整齐平直，色泽沉暗。这样大面积的深绿和下面沼泽地清亮欢欣的浅绿撞合到一起，令整条寂静的山谷充满了惊叹。面对山谷站着，左边世界的雨越下越大，而右边世界却渐渐开始放晴。云隙间几缕阳光淡淡地投向对面的山顶。

雨一小片一小片地下着。雨幕在开阔的山谷间成片移动，投放在对面山坡上的金色光斑也在缓缓移动。在这阴沉不定的世界中，那块光斑像是从天上投下来的探照灯。光斑笼罩之处有两三匹马正缓缓吃草。我想起晴朗天气里毡房中那几枚小小的追影灯。两个世界，一样完整。

已经出来很长很长时间了，我准备回家，却不愿走回头路，便侧身往西南方向爬坡。路越走越陡，走得头发晕。奇怪，这样慢悠悠地行走居然也能累得上气不接下气。不知是海拔原因还是自己穿得太厚了。

走了好半天都没穿过这片林子。于是改变方向，横穿林子向西走去，一直走到两山夹隙间的林子边缘，再折回南面，沿着林子往山上爬。这边倒是有一条布满牛蹄印的山路，印象中似乎从没见过眼下这条逼仄的山谷。记得回家之路总会经过一大块墙壁般平整的白色巨大山石，但走了半天，也没看到那块白石头。脚下山路蜿蜒不止，没完没了地向上方延伸。难道迷路了？不可能，就这一座山，来来去去一直绕着它走，怎么着也迷不到哪儿去吧？

路很陡，越走越气紧。休息了一两回后，铁了心继续往上爬。虽然越走越觉得不对头，越来越肯定这条路真的有问题。然而，正打算放弃的时候，路一拐弯，视野突然大打而开，一眼看到两块山石间开阔倾斜的绿地，及绿地中央我们两家的两个盐槽——呀，居然这就到家了！这条路真奇怪。平时从林海孤岛往下看时，居然一点儿也发现不了它。

又紧走几步，再一拐弯，一眼看到了远处的爷爷。他不知什么时候也出门了。正斜躺在上方巨大的草地中央休息。杰约得别克披着爷爷的外套，蜷缩在爷爷怀里睡觉。不知在我看到之前，已经这样睡了多久了。这该是多么平安的睡眠啊，哪怕是睡在雨中。

不但下着雨，还刮着风。那么冷，可这祖孙俩毫无知觉般祖曝在阴霾世界之中，互相依偎着。在另一个方向的不远处，我们的盐槽空空地横摆在草丛里，被雨水淋湿透了。我继续往上走，更靠近一些的时候，听到爷爷正哼着歌，又看到他赶羊的柳条棍放在一边。他的肩膀上已经湿了一大片。我看到他柔情蜜意地抚摸着杰约得别克短短的黄色头发和瘦小的肩膀。待一直走到最近处，才看清了杰约得别克，看到他脸颊上和额头上温柔的雀斑。他并没有睡着，正睁着眼睛宁静地注视着我缓缓靠近。就算没有爸爸妈妈了，年轻的面孔上也毫无阴影。

"杰约得"是"路"的意思，"别克"是名字的后缀。他是否和保拉提家的阿依若兰一样，也是在转场之路上出生的孩子呢？

仍是这一天的黄昏，牛奶挤完了，小哥哥系牛，弟弟在林子里玩球，加依娜在山顶荡秋千。雨还在下，这个女孩一个人在雨中孤独地来回摇荡，荡得那么高，一来一去穿梭在崇山峻岭间。再回头看，莎拉古丽一手提一桶满当当的洁白乳汁，从夕阳横扫处的雷击木边经过（这边还下着雨呢，西边的天空却平静而明朗）。她身后是苍茫远山。而她身穿红衣，多么美丽。

羊毛的事

哈萨克游牧家庭中处处充斥着羊毛制品，穿的、盖的、用的……统统厚实又沉重。对此，我的一个朋友提出疑问："他们为什么不用羽绒？保暖性更强，并且轻便多了，更适合颠簸动荡的生活。"并举例，在高寒的西伯利亚地带，羽绒制品自古以来多么普及……

听她这么一说，我也颇感疑惑。想了很久才想通这个问题……真是！这种问题还用想吗？哈萨克牧人当然不会使用羽绒制品了，因为他们放的是羊，又不是鸭子。

在商品交易不便的遥远年代里，除了茶叶、面粉之类有限的物品需要交易得来，其他生活中的一切都得自给自足。现在呢，什么东西都可以买到了。塑料绳能代替羊毛绳，牛奶分离机能代替捶酸奶的查巴袋，机制地毯能代替手绣的花毡，钢管骨架的毡房能代替红栅墙的木架毡房，连笼罩在毡房外的毡盖都有更加洁白耀眼的帆布可代替。

但是，远远不能完全代替。塑料绳虽然便宜，却不结实。它经不起转场路上的风吹日晒，不到一个月就脆裂开来。牛奶分离机制作的奶疙瘩由于干干净净地剔去了奶油，口感又硬又酸。而机制地毯花纹千篇一律，且不如花毡结实耐用。钢铁的毡房较为沉重，不便运送，其结构也没有木架毡房那么结实稳固。而且木栅栏的毡房使用起来更加灵活，可大可小，可高可矮。哪怕就两排房架子还能搭个依特罕呢。

而更轻便更保暖的羽绒垫永远代替不了花毡，羽绒衣也代替不了羊皮大衣和羊毛坎肩。后者抗摔抗打，足以身经百战。羽绒衣呢，森林里、石崖边，扯扯挂挂，磕磕碰碰，没几天，羽絮就飞得剩不了几根了……牧人是天长地久生存于野外的，不是搞户外休闲活动的。

除非逐水草而居的游牧生活方式彻底消失，否则传统细节也很难消亡吧？

全部的生活从羊开始。春天出生的羔羊，秋天死于无罪。它死后，生命仍未结束。它的毛发絮在家的每一道缝隙里，它的骨肉温暖牧人的肠胃，它的肚囊盛装黄油，它的皮毛裹住雪地中牧羊人的双腿。它仍然是这个家的一部分。

早在五月底，就有一部分大羊脱掉了羊毛衣服。到了六七月间，天气越来越暖和，当年生的羊羔也开始脱衣服了。那时羊羔已经很大了。每天赶羊羔入栏时，面对拥上来的一群体态相似的羊，我几乎分不清大羊和羊羔。

晴朗的日子里，在羊群回家吃盐的间隙，斯马胡力和海拉提都会把一部分羊堵在南面石头山下的两块巨石间，挨个儿上绑，脱衣服。那种情景我只观摩过一次，只看了一小会儿，就实在看不下去了……剪羊毛，并不是一绺一绺地剪，而是成片地从羊皮上剪下来。就像剥橘子皮似的，剥下来后仍完整地连成一大片。只见斯马胡力张开羊毛剪子（说是剪子，其实就是两片尾部套连在一起的长刀片，跟个大铁夹子一样，没有剪刀把柄），插进密密的毛丛，一只手夹住一大片羊毛根部，另一只手握住刀尖一端，双手合力一捏，就有一片羊毛从羊身上剥离了。如是一刀一刀又一刀……斯马胡力的羊毛剪刀一尺多长，相比之下，羊那么小。他看也不看，逮着就插刀子，插进去就剪。这一家伙下去，要是不小心夹块肉，非捅出一个血窟窿不可！事实上，也的确给人家夹了好多狭长的血口子，看得人心惊肉跳。想起在吉尔阿特，这家伙给骆驼剪毛，也老是弄得人家一身血口子。真差劲！

刚脱完衣服的羊看上去跟斑马似的，光身子上整齐排列着一道一道剪刀印儿。

剪下的羊毛像一块块完整的羊皮一样，一张叠着一张，在草地上堆起了蓬松的一大堆。听说不久后会运到下游耶克阿恰那里卖掉，我便又开始瞎操心了：这么多的羊毛，小山一样，怎么运走啊？如果紧紧地塞进大麻袋的话，至少得塞十个麻袋吧？而我家根本就没有大麻袋，只有二十五公斤容量的复合饲料袋和面粉袋。这种袋子起码也得装三十个吧，可我家总共就十来个……

接下来，只见大家把羊毛片抖开，平铺在地上，像叠扑克牌一样，一张叠一张，铺了长长一溜儿，最后用一根短棍横着裹在最端头的那张羊毛里。接下来卡西手持棍子两端开始拧动。斯马胡力蹲在地上，随着拧动幅度一点一点把羊毛块朝相反方向卷掖。于是很快地，像拧绳子一样，这一长溜羊毛片被拧成了一大股水桶粗的"绳子"（因羊毛片之间有摩擦力，不至于卷散了）。斯马胡力卷到最后，用手拽住最端头不动，另一端的卡西继续拧动短棍上劲。当这股粗壮的羊毛绳被拧得很紧很紧的时候，海拉提才上前帮忙，在绳子的三分之一和三分之二处各拦腰折叠一下。兄妹俩缓缓松手，这三折羊毛卷便像麻花一样，自然而然地紧紧绞成了一大块圆疙瘩。最后抽去棍子，把两个端头紧紧塞进麻花间的缝隙里。这下，原本松散的一大堆羊毛就紧紧地纠缠在一起了，分散不得。其实这样已经很结实了，但两人又把另外两张羊毛用同样方法连起来绞，绞成一股较短较细的"绳子"。再用这根"绳子"把已经团得很紧的羊毛块拦腰一捆，更是上了双保险。哎，我们这里牧人打包起行李来，是出了名的结实、省地儿，毫不含糊。

这样，我原本以为非得装满半卡车的羊毛，立刻变成结结实实的六大坨（我家两坨，爷爷家四坨）。只需三峰骆驼就可以驮走了，哪里还需要装袋子！

干这些活的时候，一直下着大雨。大家冒着雨干了很久很久。而这堆羊毛之前堆了两天都没人管，也不知头两天天晴的时候大家都干什么去了……再一想，莫非淋了雨的羊毛摩擦力更大，打卷儿的时候更不容易散开？

孩子们也不怕淋雨，围在旁边兴奋地观摩，一个个极想插把手。对他们来说，劳动无比神奇，劳动中的大人们也极富魅力。他们已经把看到的一切烂熟于心，等长大了，一上手，定会做得自然而然，熟门熟路。

并不是所有的羊毛都卖掉，家人会把最好的羊毛留下一部分，送到耶克阿恰经营弹花机的小店里弹开了，再带回家制作各种羊毛制品。

弹花机非常厉害，能迅速把板结成块的羊毛片弹打得蓬松又均匀。在没有弹花机的年代里，主妇们只能用双手慢慢撕松羊毛，再以柔软的柳枝千万遍地抽打，工作量相当大。而汉族人则用弹花弓子弹。那玩意儿虽然比柳条省力多了，但未免太长太大，不便携带，不适用于游牧生活。

弹松的羊毛可以用来捻线、搓绳子、擀毡。捻出的线原色的用来缝制花毡，染出各种颜色的则用来绣花毡。另外，染色的羊毛线还能编缠彩色的芨芨草席。这种草席用来围在毡房内部的房架子四周，既装饰又挡风。而羊毛绳合成股后，有粗有细，系骆驼、捆包裹，各有用途。羊毛擀制的毡片的用途则更广了，从毡房本身，到坐卧的花毡，到头上的帽子、脚下的鞋垫、保暖的毡袜、毡筒……充斥在生活的各个角落。当然，城里的市场里也销售各种机制的毡袜、毡筒，便宜又好看，牧人很少再自制了。但花毡的制作却是机器难以替代的。花毡是重要的生活用品，也是主妇们表现才情的最重要的创作阵地。

进入冬库尔牧场后，妈妈就开始不停地捻线。她顺着一个方向，把弹松的骆驼绒毛或细羊毛反复撕扯。再把扯顺的毛摊成一长溜薄片，再裹上一绺撕顺的粗羊毛，卷为一束，蘸点水，揉成一个个小团。这样的小团便可用来捻线了。一根绳子里，粗毛掺得多，就结实；绒毛多，就柔软。

一个小毛团能捻一米多长的绳线，一天就能捻出一大把线。才开始我还担心捻这么多线怎么用得完。后来才知根本不够用，还得另外买毛线代替。

扎克拜妈妈整天纺锤不离身。赶牛回家的路上，走着走着，往草地上一坐，掏出纺锤就搓转起来。哪怕傍晚赶羊入圈前只有两分钟闲暇，她也一边望着已经爬到半山腰的羊群，一边跪坐在羊圈边争分夺秒地捻啊捻。莎里帕罕妈妈也同样如此。过来串个门，也会边喝茶边捻。两个妈妈一起走在山路上时，有时为某个惊人的话题停下脚步，就地坐下讨论许久。讨论的同时，不忘掏出各自的纺锤。

莎里帕罕妈妈的纺锤和扎克拜妈妈的不太一样，捻杆下的锤状物不是铅饼，而是一块坚硬的、半球形的木头，还刷了红漆，刻着花纹。再仔细一看，居然是一个小毡房的造型！上面不仅有门有天窗，还刻出了缠绕在毡房外的宽花带子"特列蒇包"。虽然雕刻水平相当业余，但想法蛮别致。

纺出的线，不久后染上颜色，细密地缝进生活的各个角落，暗暗地紧绷着。一根一根的纤维，耐心地承受着生活的种种磨损，缓慢而马不停蹄地涣散。而新的线也马不停蹄地在妈妈手中搓转成形，一根一根有条不紊地进入生活之中。

比起捻线，搓绳子的活计就辛苦多了。全凭妈妈一双手掌，先搓出细的，再合股成粗一些的，再合成更粗的……整个六月，妈妈的手掌边缘一直布满伤口，手指也破破烂烂的。

而最粗的绳子，跟小鸡蛋一样粗。合股这样的绳子双手根本使不上劲，就得靠大家的力量了。在搬家头一天拆毡房时，大家把三股二十多米长的中粗羊毛绳绷在房架子上，接头处呈"丁"字形巧妙地穿插固定。然后男孩子们用木棍各绞住一股绳子顺着同一方向拧，狠狠地给绳子上劲。三根绳子都拧紧后，斯马胡力在房架另一头拽住"丁"字形的绳头，从反方向一点一点抽取。绳子便自然地拧成了形，又紧又粗又匀，一点儿也不比机器打出来的差。

等这根粗壮的绳子合股到最后，妈妈把三截越来越细的绳头合股，再擗为四股，交叉着搓为两股，两股再合一股。最后的梢尖上裹一块布，用细细的针脚固定。这样，绳头又漂亮又结实。要我的话，处理这种事，只会在末梢打个结儿了事。

"特列蒇包"是另一种羊毛制品，就是手织的长带子。它们作为更美观的绳子，用来缠绕在毡房内外，固定壁毯、毡盖之类的物品。有的也会作为装饰花边缝在花毡上。制作原理与纺布一样，也分经纬线，也会用到梭子。这种带子就是用染了颜色的羊毛线编织的。当然，现在很多女人喜欢以现成的腈纶毛线代替羊毛线，编出来的带子色彩更丰富，且更均匀、柔软。这种带子，窄的不过一指宽，宽的能达一尺。我见过的最宽的带子是冬库尔的阿依努儿编织的，足有一尺半宽，配了十几种颜色！图案繁复至极。她用的是专门编"特列蒇包"的木架，支在家门口的草地上，各色毛线散落一地，梭子别在带子中央，分开了已经编好的部分和仅仅只是绷着经线的部分。看在眼里，感觉奇妙异常。尤其这架子是支在一处幽静美丽的山谷里的，似乎眼下这根华美的带子是阿依努儿直接从四面的天然风景中一滴一滴榨取所需色彩，紧紧拧成一束，像拧湿衣服那样拧啊拧啊拧出来的。

在吾塞，去西南面的邻居阿舍勒巴依家做客时，看到他家的邻居女孩也正在编织"特列蔑包"，却简陋多了，只有一指半宽，并且只有两种图案重复出现。也没绷架子，只是将带子一头系在房架子上，另一头用大腿压住绷直了，直接插上梭子编。可那情景看在眼里，仍然绚丽跳跃，无限丰富。

除了捻线和搓绳子，绝大部分弹好的羊毛是用来擀毡的。把宽大毡片裁剪成合适的碎片，煮出颜色。上面用肥皂片画出花样子，绣上种种优美的花朵、羊角等形象。把这些碎块连缀成一整块后，再衬以厚实的一整块原色毡片，沿着图案边缘穿透两层毡片缝上花边。最后沿着四周绲边。说起来，绣花毡就这么简单，但远不止如此。一块花毡的生长和一只羊羔的生长一样缓慢又踏实。有一个词是"千针万线"，一针扎下去，再一针引出来——就这么简单的动作，像走路，慢慢走遍了天涯海角。

还在冬天，还在荒野中的地窝子里时，扎克拜妈妈忙碌地赶羊、挤奶、烤馕、做饭。一天，在等待茶水烧开的时间里，她在一块三角形的紫色毡片上绣出了黄色花瓣的第一针。一个冬天过去了，这块毡片时绣时停。一直被扔在被褥堆上，时不时用来盖住一盆刚炼好的羊油或正在发酵的面团。于是，等上面的图案最终完成的时候，也稍有旧相了。等这样的毡片攒了六七块，冬天就过去了。

到了春牧场上，妈妈把这些彩色毡片连缀成了一整块。尽管远未成形，已经开始投入使用。晚上妈妈把它垫在被褥下睡觉，白天也坐在上面干活。于是使之越来越平展、妥帖。

到了夏牧场，妈妈把这条单层的花毡两端补缀两溜长长的绿色毡条，并绣上枝蔓状弯弯曲曲的图案。再以长针脚将醒目的橘色线在每一个旧针脚间系两个结，使之更结实，也更丰富完整。这方面妈妈很厉害，她绣周边的装饰花纹时，直接在毡片空白处下针，不用描花样子。

在吾塞牧场，花毡终于进行到最后阶段。这时它已经变得很宽大了，并衬上了底毡，越来越沉重。小木屋里不好施展手脚，每次妈妈都把它拖到屋外草地上，坐在上面绣。像是坐在花园里绣，花朵直接从手指上绽放。她在颜色各异的毡片接合处衬上"人"字形的装饰花边，遮挡接缝处的针脚。同时用这种花边将两指厚的两层毡子密密实实地缝合到一起。然后又裁了几条狭长的毡片煮成艳丽的孔雀绿色，一串一串搭在门外栏杆上。晾干后，用以裹住花毡的四边缝合。但这仍不是最后一道工序，还要在绲边处再缝一道花边，继续装饰，继续加固。

缝完最后一针，妈妈侧身一倒，直接躺在上面睡了。花毡结束时是崭新的，又呈舒适的旧态。

每进入一个牧人的毡房，我都会细细地观摩各种花毡和壁挂。总是对那些热烈又纯洁的冲撞配色心仪不已。很大程度上，牧人的家是一针一线绣出来、缝出来的。如果没有花毡子，没有墙上挂的壁挂和装饰性（其实也有宗教用途）的白围巾，没有漂亮的茶叶袋子和盐袋子，没有马鞍上的绣花坐垫和垂挂两侧的饰带，没有搬家时套在檩杆两头的花套子，没有包裹木箱的绣花袋……那么这个家的光景看着该多惨淡！

顺便说一句，除了羊毛制品，家里的一切皮具也都出自斯马胡力的手工。马镫上的带子、马绊子、马笼头、马鞭……这些都不用买。还有那些细皮条编结的牛皮绳，双"人"字纹的、扁的、圆的、"丁"字形的……结实又精致，交叉处处理得天衣无缝。

斯马胡力做这些事时非常细心。尤其每到搬家前的日子，总是会把每个人的马具都搬到屋前空地上逐一检查，细细加固，以防搬迁途中遇到意外。同时还要制作新的皮绳。皮制品与羊毛制品一样也是持续消耗品。

一个晴朗闲暇的下午，这家伙抱出一大堆裁好的牛皮带子堆在门口的草地上，摆开架势要大干一场。只见他用锥子在一条细长的牛皮带子一端打出眼，把另一条带子的一端剪成细皮条穿进孔眼里，打一个别致美观的扣结。再用榔头在打结儿处敲了又敲，弄得平平展展、结结实实。

再以同样的手法连接下一根……如此这般地干了半天，将那堆牛皮带子全部连接到了一起。

他笑嘻嘻地对我说，这些以后可以用来当马缰绳，或牵骆驼。然后坐直身子，拍拍脖子，准备收工。他扯着这根长长的绳子一圈一圈地拽，拽了半天也找不着头。拽到最后，我们都乐了！原来这个笨蛋一看到绳端就扎孔、打结儿、扎孔、打结儿……最后连成了一个大绳圈。我们笑了半天。亏他处理得那么结实！想拆开都不容易。

卡西不在的日子

耶克阿恰是杰勒苏山谷最南端的一处空地，两条河以及沿河的两条路都在那里交汇。由于是山野里的一处交通要道，森林管护站在那里设立了关卡。渐渐由此聚集了很多生意人，非常热闹，号称"小香港"。当然，让香港人见笑了，不过是一处扎有三十多顶毡房和帐篷的山野角落而已。

从吾塞去耶克阿恰，得骑三个多钟头的马。大家都很向往那里，包括班班在内。每次家里有人去耶克阿恰它都要跟着跑一趟，从不嫌远。斯马胡力说，耶克阿恰有班班的女朋友。

去耶克阿恰，无非为了采办一些日用品，或去卖羊毛。但日用品一次性就能采办齐全，羊毛也一次就卖光了。所以，去耶克阿恰的机会并不多。

但大家很能创造机会。斯马胡力不知从哪儿听说他的一个中学同学从外地回来了，会在耶克阿恰停留几天，于是硬缠着哈德别克同去（奇怪，又不是女生上厕所，非得搭个伴）。卡西鞋子坏了，脾气暴躁，一定要去耶克阿恰买新的。而扎克拜妈妈一接到莎勒玛罕捎来的口信，便立刻准备启程，也不管莎勒玛罕究竟有什么事。

可家务活那么多，哪能架得住大家三天两头地撂挑子，因此扎克拜妈妈去耶克阿恰的头一天晚上顶多只能睡两个小时。忙一整个通宵，差不多做完了第二天所有的活——把两大桶牛奶全部脱脂，又煮沸了，再沥干，制成干酪素。大家也一起上阵，就着烛火（呜呼，那时太阳能灯坏了）干到凌晨一点才睡下。而妈妈仍独自继续忙碌着。半夜睡醒，看到妈妈还在烛光中努力地捶酸奶、揉黄油。酸奶和黄油是准备捎给莎勒玛罕的礼物。

妈妈不在的这一天真是漫长又寂寞。再加上没什么活儿做了（妈妈全都做完了嘛），大家便拼命睡觉。我睡了两个小时，卡西睡了三个小时，斯马胡力最牛，足足睡了四个小时。可是，尽管这么享受，大家还是更羡慕去了耶克阿恰的妈妈。

为了迎接妈妈回来，这天下午卡西把家门口五十米范围内的空地打扫了一通，好让妈妈回家时感受到自己等待的心意。

但山坡上四处都是深深草丛，所谓垃圾，无非是些碎木片和石块，有什么可打扫的呢？再说，不是过几天就要搬家了吗？还扫什么……再一想，这可真是标准的定居者思维！对我们这些人来说，搬家意味着"舍弃"；对牧人们来说，搬家是为了"保护"——为了让大地得到休息和恢复，才不停地辗转迁徙。

是啊，我们来到这个林海孤岛还不到一个月，附近的草地明显变薄，发黄了。

总之这一天，卡西不但将房间和整个山坡大扫除了一番，还抽去所有花毡，搭到外面木围栏上，以木棒狠狠拍打了一番，把尘土拍得干干净净。

拍完花毡，这姑娘把木棒一扔，往草地上一头扑倒，身子拉得直直的，舒舒服服地躺着。好一会儿，突然开口："李娟，耶克阿恰好得很，有温泉，有商店，我们以后也要去！"

傍晚，妈妈在挤牛奶之前及时赶回，然而一回来就大发牢骚。原来莎勒玛罕受有事出门的努尔兰夫妇所托，请妈妈去帮忙照料家中婴儿。唉，本来妈妈还打算在耶克阿恰好好串串门呢，结果小孩哭闹了一整天，只好费尽心思哄了一整天。什么也没干成。

妈妈一边挤牛奶，一边生气地向我们模仿孩子哭的样子，挤着眼睛发出"哈啊哈啊"的声音。

努尔兰家虽说也住在耶克阿恰，但离热闹的商业中心还有两三公里远呢。总之妈妈失算了。别说玩，连颗土豆也没能买回来。亏她还特意打扮了一番，亏她通宵没命地干活。

不过此行还是有收获的，努尔兰的媳妇玛依努儿送了妈妈一大块白白的肥肉。同去的班班怕是也受益不少，回来时肚子滚圆。

妈妈结束耶克阿恰之行后，卡西也开始蠢蠢欲动。两天时间内，她一共申报了五个理由。全都被斯马胡力一一驳回。但又不好恼怒，因为确实都是些鸡毛蒜皮的小事。

最后经过一番协商，两人决定各去一次。妈妈无可奈何。

斯马胡力拉着哈德别克先去。两人回来后的当天晚上，卡西就开始打点行装，第二天一早就立刻上路了。当然，上路前一定要借走我的书包背着，然后又借走我的小梳子。她一边把梳子往口袋里揣，一边说"谢谢"。被放进口袋之前，我冲那把可怜的梳子深深看了一眼，心想：恐怕这是最后一面了……

另外，卡西还狠狠抠了一大坨粉底霜往脸上抹，把脸弄得跟蒙了层塑料壳似的。

我撇嘴："不好的！"蔑视之。

她也撇嘴："贵的！十块钱的！"更为蔑视。

总之，小姑娘脸蒙塑料，身穿新衣，闪闪发光地上马出发了。同去的还有杰约得别克及精神抖擞的班班。班班这家伙连着几天来回奔忙，每天几十公里，也不嫌折腾。

卡西不在的日子突然变得特别忙。以前斯马胡力赶羊前起码得喝四碗茶，今天只喝了两碗就匆忙出门。妈妈代替卡西出去赶小羊和牛。我呢，孤零零地摇了两个小时分离机，再烧茶，收拾房间，挑水……好半天才休息下来，时间已晃向正午，却没一个人回家喝茶。只好自己铺开餐布，自斟自饮。

有一只小牛在东面松林里吼了很久，又刨土又撞树，无比愤怒。我忍不住过去看。刚走到附近，松林深处又跑出一头大黑牛。它跌跌撞撞奔向小牛，边跑边叫。小牛立刻做出回应，欢呼着冲向黑牛……这两头牛非常陌生，显然不是我家的，也不是爷爷家的。但我本能地追上前，想分开它们。却不知怎么赶，也不知该赶往何处。小牛在黑牛肚皮下咬着奶头，一边躲我，一边急促吮吸……好吧，今天傍晚有一家人得少挤半桶奶了。

要是卡西在就好了，以她的神勇，这点儿小事不在话下。得逞的牛母子很快消失在密林深处，我只好慢慢往回走。一大团明亮耀眼的白云稳稳当当地经过南面山巅。别看此刻天气大好，灿烂的阳光会令地面的水汽很快蒸腾起来，等满满当当糊住天空后，又得下一场雨。可怜的卡西，可别在回家的路上赶上大雨。

回到安静的家中，空空落落，困意陡生，便披了件外套躺倒。刚睡着就冻醒了，咳个不停，双脚冰凉。外面果然开始下雨了。天阴沉沉的，花毡潮乎乎的。还是没人回来。

正发着呆，突然斯马胡力低头闯了进来，身上扛着一大卷羊毛，头发和衣服被雨淋湿透了。他把羊毛往干燥的空地上一扔（房间里好几个地方都在漏雨），又转身冲进雨幕。我赶紧跟出去说："先喝茶吧？雨停了再干活。"他似乎没听到，径直走进西面低处的林子里。

突然扎克拜妈妈的声音在身后响起："我们先喝吧。"回头一看，妈妈不知何时回来了，也浑身湿湿的，身子一侧全是泥巴。我连忙跑进小木屋摆桌子，她一瘸一瘸地跟在后面。茶摆好后，我又赶紧生起炉子。妈妈一边喝茶，一边烤火，然后告诉我，赶小牛时摔了一跤。却没提摔坏了哪里，只是惋惜地说："鞋子摔破了！"我一看，果然，她右脚的鞋帮子从鞋底子上撕开了一大截，补都没法补。这一跤摔得真厉害！

喝到第三碗茶时，妈妈突然问我上次换下来的红鞋子还要不要了。上次进城时我买了一双新鞋，便把之前那双鞋尖处已经顶破了两个洞的红色旧鞋换了下来。当时想扔掉，但妈妈阻止了，搬家时便一直带着。我连忙把它找出给妈妈。但鞋太小了，妈妈只能像穿拖鞋一样趿着走。这时我又想起自己还有一双大靴子，是上次进城时特意找朋友讨要的一双旧鞋，只为鞋子大了可以多穿几双袜子，多垫两双鞋垫，更保暖。于是赶紧翻出来。这双鞋妈妈倒能穿进去，但穿上后就拉不上侧边拉链了。但她还是很高兴。这么旧的鞋子送人，觉得很不好意思。我便请她把鞋子脱下来，摸出斯马胡力珍藏的鞋油细心擦了一遍，然后再让她穿。她踩着靴子在木屋里转了两转，非常满意。郑重地说："谢谢！"我索性又把一双还很新的厚羊毛袜也一并送给她。她把袜子和那双旧红鞋放进一只袋子里，小心收藏起来，踩着新鞋高兴地出门干活去了。

正准备收餐布撤桌子，斯马胡力也拎着羊毛剪回来了。我赶紧沏茶。他掰碎了满满一碗干馕泡在茶水里，用勺子舀着大口大口吃了起来。看来确实饿坏了，连吃两大碗后才开始慢条斯理地喝茶。并取来磨刀石，坐在床沿上磨起了羊毛剪。磨一会儿，就转身喝几口茶。看来喝过茶后不能休息，还得继续剪羊毛。

外面雨已经停了。

有一只牛慢悠悠靠近我们的院子，在栏杆外站了一会儿，四顾无人，开始在木桩上蹭痒痒。蹭啊蹭啊，蹭完脖子又转过身蹭屁股。要是卡西看到这情景，肯定会立刻冲过去赶跑。可我看它蹭得那么舒服，实在不忍心赶。结果没一会儿这家伙就把桩子给蹭翻了，栏杆倒了一片。我还没赶呢，它自己先吓跑了。我只好过去把桩子扶正，用大斧头敲了几下，使之重新坚固地立在地面上。再把栏杆扶起，修补了一番。

卡西不在的这一天，林海孤岛格外寂静，我也格外悠闲。在山顶转了几圈，想了又想，回家拎了扫把开始打扫院子，虽然实在没什么可扫的。

又回家把所有的锅子擦了一遍。水桶都是满的，柴火还有很多。坐在木屋床沿上，左想右想，向后一倒，还是继续睡觉吧……虽然困意很足，但睡得并不实沉。花毡硬邦邦的，侧睡时硌得肩膀疼，便翻个身换另一侧睡。没一会儿，另一侧肩膀又疼起来，同时浑身发冷。要是晚上就好了，晚上就可以铺开被褥踏踏实实地睡。迷迷糊糊中，觉得木榻上又多了一个人。睁眼一看，斯马胡力这家伙不知啥时候回来了，裹着大衣睡在旁边。门外天色很暗，不知何时又开始下雨了。浑身无力，闭上眼继续陷入昏沉的睡意之中。

彻底醒过来已是三点半了，雨也停了。斯马胡力还在睡。出去看时，四面茫茫雾气。羊群不知为何漫游到了驻地附近，围着山顶不停咩叫。

妈妈在毡房那边进进出出，见我起来了，便嘱咐我煮上午刚分离出的稀奶油，然后消失在林子里。

我吹燃炉火，把盛稀奶油的小铝锅放到炉沿边，并把炉火控制得很小。

透过木屋小门，远远看到吾纳孜艾和加依娜从林子里走出来。吾纳孜艾挑着水，加依娜跑前跑后，边唱边跳。两人一起进了爷爷的小木屋。很快吾纳孜艾又出来了，抱着一大卷花毡，然后在草地上用力抖动毡子，扬去上面的尘土。加依娜依旧绕着他跑来跑去。

雨后天晴，气温升高了许多。被雨水浸泡后的植物在西斜的阳光中像刷了一遍新漆似的崭新。房顶上的植物又浓又深，开满白花和黄花。爷爷家的屋顶则开着蓝花，还高高地挑出几朵窈窕的黄色虞美人。

我们这边山头晴朗了，可南面群山雾蒙蒙的，几乎快要消失在水汽弥漫之中。

然而光顾着在门口东张西望，竟忘了炉子上的稀奶油，一不留神煮沸了！一听到奶油漫到炉板上的嗞啦声，赶紧冲进屋里端锅。但端下来也没有用，沸腾的奶油仍源源不断地涌出，流得一地都是。连忙用汤勺搅——搅也没用！还是一个劲儿地流啊流啊。这才想起，稀奶油过于黏稠，一旦烧开，比牛奶更难止沸。而止沸的唯一办法是加冷水降温，于是又赶紧加冷水。

奶油在炉板上烧煳的味道极其难闻，一直到妈妈回家了还没有散去。对此妈妈很生气，念叨了半天。我早就听说哈萨克牧人忌讳牛奶洒地，更别提牛奶的精华海依巴克了。唉，真是可惜，浪费了足足大半碗呢……要是卡西在就好了。她虽然粗心大意，但应付这种事还是很从容的。

妈妈是五点回来的，远远地就开始大叫："李娟！李娟！"我一听就知道又有牛来房子附近捣乱了，冲出去就打。果然还是刚才那头肇事牛。岂有此理！到处都是树，哪里不能蹭痒痒？

和妈妈一起回来的还有几头小牛。马上开始挤奶了，可卡西还是不见踪影。妈妈也念叨了起来。系好小牛后，她站到山顶最高处的爬山松边，手遮在眼睛上向北面的山谷看了好一会儿。这时，又下起雨来。

平时这个时候，卡西也总是站在那里视察领地，还像领袖一样叉着腰。当她拍一拍手，呼唤几声，远处的羊群就慢慢向坡顶漫延，逐一向她靠拢。那时，她就像是夕阳中的女王。

虽然只是半天没见，突然那么思念。不但思念她，还思念她有可能会带回家的意外——一个外面的消息，或者一些糖果。

奶牛统统回到了牛宝宝身边，妈妈和莎拉古丽冒雨挤奶。今天牛回来得好早。如果没有意外，今晚可以早早结束一天的劳动，早早睡觉了。可偏偏今天羊回来得好晚，天色很暗了才全部入栏。少了卡西，顿感做什么事都不顺利。

这一天，大家很晚才结束全部的工作。吃晚饭的时候，母子俩议论着，认为今天卡西可能会在莎勒玛罕家留宿。正说着，突然听到狗叫声，妈妈和斯马胡力一同放下碗，起身向外走。卡西回来了！

马儿驮回来了一袋面粉和一只鼓鼓的编织袋。斯马胡力把重物卸下来扛回家，卡西留在后面卸鞍子和嚼子，并给马系上马绊子。马背被面粉染得白白的。

等她进了门一看，穿得可真少！我赶紧给她沏茶。连声问她冷不冷，是不是被雨淋惨了。谁知她说那边根本就没下雨。

喝了一碗茶后，姑娘开始献宝。从编织袋里依次取出一大瓶葵花籽油、一瓶分离干酪素的药水和两节二号电池。最后她在袋里抱住一个圆东西，慢慢掏出来……一个哈密瓜！多么隆重的食物啊！是莎勒玛罕给的！

妈妈立刻把瓜切开。一半留到明天吃，另一半切成月牙，每人分了两片。嗯，太甜太好吃了！我都啃到瓜皮了还忍不住啃了很久很久。但卡西却只挑了最薄的一片吃，又把切瓜时掉落的一些碎屑捡着吃了。不由令人诧异。我问怎么了，她哀愁地冲我伸出舌头。一看，舌尖上起了一小片水泡。她苦着脸说："耶克阿恰的哈密瓜……"原来在那边已经吃得上火了。

斯马胡力一整天没怎么说话，此时突然显得非常愉快。他一边啃瓜皮，一边用汉语对我说："这个嘛，阿克哈拉的房子嘛，多得很！"

开始没听明白，后来才搞清，家里在定居点那边有几十亩地，除了种饲草，也种有哈密瓜。哇，真厉害，看起来好高端的经济作物啊！要知道在阿克哈拉，大家一般只种麦子、苜蓿或玉米。我又问："种了多少？"

答："半亩。"

原来不是种来卖的。又问："收了多少？"

答："四个。"

果然不适合种如此高端的作物……

这顿晚餐结束得慢慢吞吞。我收拾碗盘，妈妈把炉火拨得旺旺的，好让卡西烤火，并伸出脚展示今天刚得到的靴子。卡西一看，嚷嚷着也要穿，却怎么也穿不进去。于是这双靴子仍然是妈妈的。

母子三人围着火炉谈论从耶克阿恰得来的消息，包括羊毛的价格变化和莎勒玛罕家的情形。当谈到一件与马吾列有关的事时，妈妈表示震惊，不停地说："不，不！……"我听着大约是说有一个重大的活动会在一个很远的地方举办。因为实在太远了，大家都去不了。为这事，大家感慨万千，又沉默许久。

直到睡觉时，卡西这家伙才觍着脸慢吞吞地用汉语告诉我："李娟，那个，梳子的，那个，没有了的，那个，马的不好！"——还怪马！

今天中午收拾厨房时，我特意为远行的班班留了两块馕，用剩奶茶泡在一个破盆里。为了不让牛羊吃，我把破盆藏进了柴火堆，睡觉前才悄悄取出来，轻轻地唤班班过来吃。看它吃得那么高兴，一副着实饿坏了的样子，不由得问道："耶克阿恰真有那么好吗？"

耶克阿恰一游

这一回终于轮到我去耶克阿恰了！头天晚上喝茶时，扎克拜妈妈说："李娟和卡西骑骆驼嘛，前面，李娟，后面，卡西。好得很嘛！"

是的，这次得骑骆驼去，家里唯一的白蹄马由斯马胡力骑。这次一共四个人上路，我、卡西、斯马胡力以及海拉提。我们领着一支五峰骆驼的驼队，去耶克阿恰卖羊毛。是我家，爷爷家和哈德别克家三家人的羊毛。

但是，不就是卖几捆羊毛嘛，哈德别克家一个人也没去，海拉提家只去了一个人，我家却要去三个！我家羊毛还最少……

而且我也不知道妈妈为什么要说"好得很"。当时，只见她放下茶碗，很快乐地模仿我们骑骆驼时的模样——身子一前一后、一收一耸地摇摆，极有节奏感。嘴里还奇怪地念叨着："亲、卡！亲、卡！……"

直到我骑上骆驼后才知道"亲卡"二字何其逼真！骑骆驼的感受真是非此而不能形容……

想象中，骆驼走路一定极稳当的。因为它长着四只盘子似的大肉掌，不像马蹄又尖又硬。此外，骆驼大部分时候是一步一步地前行，不像马，总是打着颠儿小跑。于是对于骑骆驼，我完全没有做好心理准备。结果启程还不到二十分钟，就暗暗叫苦，估计这一路怕是没法坚持到底了。

骆驼的"颠"也许没有马的"颠"来得频率急促，但其幅度之剧烈，是马万不能及的。骆驼多有劲儿啊！走起路来坚定有力地耸动。它的身体每起伏一次，我就得紧紧抓住驼峰上的毛，双腿紧紧夹住骆驼的大圆肚子，才能勉强稳住身子不被撞飞出去。尤其下山的时候，好几次差点儿被撞成前空翻。身后的卡西拼命搂住了我，害得她也差点儿跟着前空翻。我俩一起大喊大叫："不行了！不行了！"于是斯马胡力赶紧勒停驼队，扶我们下来步行下山。

怪不得扎克拜妈妈会说"好得很"……

况且骆驼可比马高多了。骑在上面，离地面那么远，四下空空落落，太没安全感了。况且驼峰又歪成那副德行——若是直耸的，就会把我俩稳稳地卡在两个驼峰间。每当我们快要前空翻时，起码能稍微阻挡一下。

以前总幻想能在马鞍上装安全带，现在恨不得在骆驼肚皮上抹强力胶。

斯马胡力用一截羊毛绳为我做了简易的脚镫子搭在驼峰间。可镫子高度没调整好，踩了没一会儿就累得不行，于是把它让给卡西踩。结果腿空垂着更累，垂得快要抽筋了。况且骆驼又腰身可观，肚子比马胖好几倍。骑很多年的马才会变成罗圈腿，要是骑骆驼的话，几个礼拜就能速成。总之，我可怜的腿啊……只好不停地跷起腿盘坐着，双脚夹住歪驼峰休息一会儿。盘累了再垂一会儿，垂累了又盘……到地方后，脚脖子都肿了。

这些都算不了什么，最痛苦的是：太硌了！别看骆驼肚皮滚圆，快撑爆了似的，脊背上却椎骨棱棱，没法直接骑。扎克拜妈妈之前在驼峰间垫了一块毡子，然而一点儿用也没有。硌得我只好歪着身子骑。左边屁股受不了就换右边，右边不行了再换左边。不停左扭、右扭、左扭、右扭……一路上恨恨地打主意：下次进城，一定要买包最厚的纸尿裤预备着。过了一会儿又想：多穿几条内裤可能也行吧。蹚过一条河后又想：在裤子里衬一块硬纸壳的话应该也有效……就这样，不停思念着所有眼下没有的好东西。最后实在扛不住了，大呼小叫地让整个驼队停了下来，委屈地对大家说："太硬了，屁股疼。"卡西莫名其妙："哪里！我怎么不疼？"

大家往我们身下一看，恍然大悟——原来那块宝贵的毡子全都垫在卡西身下……

我坐前面，位置较高，骆驼一走一耸地，毡子很快便滑到后面去了。这一路上我全都骑在骆驼硬邦邦的光脊梁上，难怪呢！大家哈哈大笑。

调整好坐毡，果然舒服多了。加上那时已经走完了山道，来到了峡谷最底端。往下沿着河流一路向南，全是平路。骆驼的步伐立刻稳当了许多，也感觉自己绝对能坚持到底了。

哎，骑骆驼实在是特别的体验！晃晃悠悠，一俯一仰，"亲、卡！亲、卡！"，虽然远没有骑马那么舒服，但高高在上，威风极了。可卡西却深为之难堪。一路上，偶尔遇到骑马人迎面而来，就立刻扭过脸，把打招呼的任务统统交给斯马胡力和海拉提。快到耶克阿恰的最后两公里，她坚决下去步行。

本来我并不觉得骑骆驼有什么丢人的，但看她这个样子，渐渐也跟着别扭起来。一遇到有人经过，也左顾右盼，强作无事。

无论如何，骑一峰骆驼，再牵一串骆驼，那感觉相当风光！毕竟骆驼是庞然大物嘛，驾驭它们的心情堪称"豪迈"。更何况这一路走来，天空蓝得响当当，森林墨绿，山石洁白。身旁流水活蹦乱跳。流水最奢侈，它如此洁净清澈，却毫不可惜地胡乱流淌（每次我看到过分清澈的自然河流，就有一整排公用水龙头拧开了没人关的心痛感）。

而最美的花全开在对岸，成片地呼喊。我们的队伍隔岸孤独行进。每个人默默无语。

我呢，光顾着欣赏与自得，竟牵丢了好几次驼队。害得斯马胡力和海拉提两个打马追了好一会儿（为防止意外，骆驼之间的绳子挽得很松，随时有可能散开，牵骆驼的人得不时回头盯着）。

　　这条山谷时而开阔多石，时而狭窄多树。我们一直沿着河往下游走。这条河沿途吮纳了几条支流后，越流越宽，越发欢乐。对岸的森林边有齐胸深的白花海洋。河边林间幽幽地生长着蓝紫色的鸢尾，垂着长长的花瓣，花心大大地睁着深邃动人的眼睛。

　　这条山谷名为"杰勒苏"，意为"热水"，意指其中有温泉。路过那个温泉时，我们还特意停下驼队过去看了看。如此著名的温泉，竟简陋极了，只是以两根木槽从石壁间引来泉水，细细地流淌着两小串水流。四周以圆木垒成墙，人们可以在其中洗浴。我接了一捧水，还真有一点儿热乎气。但这么冷的天，谁有勇气脱光了洗这种温吞吞的水呢？洗把脸还差不多。于是我就洗了把脸。

　　经过下游的密林时看到路边有一个矮小歪斜的木屋。我以为是废弃的牛圈，可斯马胡力说是"汉族人的房子"。大约是过去的淘金人或挖宝石的人盖的。暂时的寄居地和永久的生活场所到底不一样啊，看我们吾塞的木头房子多整齐漂亮！

　　经过一处岩壁边的山路时，路边的黑石头上有一行以石灰水书写的巨大的阿拉伯字母，看着触目惊心。

我问卡西是什么意思。她想了半天，以汉语慎重地说："木的！柴火不！"

我和斯马胡力都一头雾水。

我说："斯马胡力，你来说，用哈语！"

于是斯马胡力说："不要砍树当柴烧。"

…………

唉，这么美的地方，应该写两句诗才对。

现在正是剪羊毛、卖羊毛的季节，一路上遇到好几家卖羊毛的驼队。我家羊不多，羊毛也只装了一峰骆驼。爷爷家羊多，装了两峰。哈德别克家也是两峰。我还以为这两家人已经够多了，此时一看，居然还有一家人牵了七峰！他家得有多少羊啊……

还遇到了好几支搬家的队伍。有意思的是，在去耶克阿恰的路上，温泉附近的草地碧绿平坦，一顶毡房都没有，等傍晚回去时就陡然出现两个。跟长蘑菇一样快。

其中一家毡房是努尔兰的邻居。我们刚到努尔兰家时，这家的主妇正在隔壁毡房进进出出收拾什么东西。开始我还以为只是日常性的家务活。可喝了两碗茶再出去看，那里的房子转眼就没了！神速啊。

当时已经中午了，我还奇怪呢——我家搬家，往往凌晨就得出发，他家怎么这么磨蹭？原来，搬去的地方很近，顶多一小时的路程。

这时斯马胡力告诉我，再过半个月，我们的家也要往山下迁了。也会迁得很近，就在半山腰那块美丽的大白石头旁边。

好吧，现在开始说到耶克阿恰了——耶克阿恰真热闹！离岔路口的商业区还有两三公里时，毡房、牛羊就渐渐多了起来。沿途只要是毡房，差不多都挂有"商店"的招牌，哪怕房间里只牵了一根绳子，挂了几条烟。而且差不多只要是"商店"，都在收购羊毛。毡房与毡房之间的羊毛垛得满满当当，一座座小山一样。称羊毛的秤全是巨大的杆秤。一坨羊毛又大又沉，两个人才能抬起来称。

我们把羊毛卖给了亲戚努尔兰，然后在努尔兰家毡房后的树林里系了骆驼，上了马绊子。我们四人徒步向西边的耶克阿恰最繁华的商业区走去。

走了没一会儿，二姐夫马吾列骑着摩托车从后面赶了上来。我和卡西大喜，赶紧搭上顺风车。斯马胡力和海拉提被甩在后面慢慢走。

紧接着就下起大雨。幸好我们骑了摩托车，没一会儿就赶到了地方。但身上还是淋湿了许多。可怜的斯马胡力和海拉提，一定被浇透了吧。

结果，等他们慢吞吞走到了地方，身上一点儿也没湿。

我问："在哪里躲的雨？"

他很奇怪："没下雨啊！"

原来，就摩托车先经过的那一小片地方在下雨，后面没下……

真是不可思议，不过相差几分钟的路程……唉，早知前面有雨，我们何必赶那么快！

　

同上游的沙依横布拉克一样，耶克阿恰也位于深山里能跑汽车的石头路边。十年前，这条路上上下下最热闹的商业点是沙依横布拉克，那里驻有三十多家毡房和帐篷。而当时的耶克阿恰只有一个木材检查站和两三个毡房。但一年一年地，商业中心渐渐转移。现今沙依横布拉克只剩五六个毡房了，而耶克阿恰俨然成为"小香港"。我猜测，有没有可能是因为人群聚集过甚，沙依横布拉克的环境遭到严重破坏，为缓解压力才人为安排转移？

提到耶克阿恰的木材检查站，绝对是整个山野中最威严、最富权力的国家机构。过往车辆行至卡点处都得被拦下来检查有没有偷运木头。进山做生意的人则必须缴纳过路费、柴火费以及消防费。然而，就算你缴足了所有费用，最后还是得再被扣下一只老母鸡。被扣下老母鸡的那个是我妈，这么多年过去了她还在为这事生气。

此外，耶克阿恰还有一个厕所！这可是文明的标志性建筑。却不知为何建到了高高的半山腰上，上个厕所得累个半死。而且这个厕所也没有男女之分，也没有修门。上厕所的人把外套脱了挂在外面提示"有人"，便有效避免尴尬。在我之前，有两个男的正爬山往厕所走去，我只好在山脚下等待。真是的，男的还用什么厕所嘛，山下明明那么大一片树林……

耶克阿恰的小馆子和杂货店各对半，毡房和帐篷也对半，沿着宽阔湍急的河水一路搭下去。有好几块草地上还支有绿色的台球桌。听说此地居然还有"舞厅"，我赶紧催着卡西带我去看舞厅。去了一看，原来只是宽大的塑料棚布围起来的一片草地。四面摆了十几条长板凳，架着音响和电子琴。上方露天，牵了几颗电灯泡，置有柴油发电机。可惜这个"舞厅"白天不开张。

这里的商店比刚才路过的上游那些正规多了，统统都有货架，甚至有两家还有柜台。这里的姑娘也明显洋气多了。我看到有一个烫了卷发，还有一个把眼睛描成两个无底洞，还抹着褐色口红，此外她还佩戴十字架项链。在当地来说，这扮相未免太过"前卫"。对此，卡西又惊奇又不敢苟同，私下和我议论了许久。

走着走着，居然遇到了熟人，阿克哈拉村我家的邻居玛娜！原来她和弟弟在这里开杂货店和小饭馆。因生意太好，忙不过来，还雇了个打杂的小姑娘。这三个年轻人加起来顶多五十岁，两个店经营得像模像样。看玛娜的气魄，也像极了赚大钱的人，居然骑着大排量的大摩托车！

那种车我推都推不动。总之她雷厉风行，豪迈极了。只可惜这会儿实在太忙，打过招呼后，顾不上陪我寒暄，站在灶台前一边指挥一个姑娘从蒸锅里捡包子，一边急速发问："你什么时候来的？和谁来的？来干什么？什么时候走？"还没等我逐一回答，又说："我现在忙得很，一会儿再说。"端起一盘包子就跑。生意可真好。等她再回来，继续打机关枪似的问了我同样的四个问题，仍然不等我回答就闪了。如此几个回合下来，干脆把我打发给她的弟弟招待。

她的弟弟酷似甄子丹，满脸不耐烦。他把我领进他家的店（因人手不够，平时锁着。顾客要买东西的话，就自个儿到处找老板开门），板着脸往柜台里一站，再无二话。走进他家小店，就像走进了一棵圣诞树，林林总总，要啥有啥。（居然还有手机链……此地又没手机信号，要手机干什么？）摆设得拥挤又热闹，一看就知道花了玛娜不少心思。

我们前脚刚走进店里，后脚就跟进来一长串顾客，和我们一起挤在柜台前杵着不动，也看不出想买什么东西，也没见"甄子丹"招呼一下。直到我们离开时，这些人也跟着一长串地离开。原来他们不是顾客，也是附近的住户。看到有陌生人进了这家店，便跟进来凑个热闹，希望获得一些新消息。

接下来又遇见了多年前在桥头时认识的一个姑娘。

那时她还是个脸蛋黑红的小学生，现在居然也在开饭馆做生意。

一路上遇到许多人，认识的不认识的，都纷纷和我打招呼。没想到我这么有名……

还认识了斯马胡力的朋友叶尔肯别克。这个小伙子真漂亮！就算在姑娘中，也很少遇到这么美的人物。害我不停地偷看。他眼睛狭长飞扬，眼睫毛极长。睁着眼睛的话，睫毛上绝对可以搁稳一截铅笔头。

卡西捏着三十块钱，拉着我一家店一家店地转悠，不停地询问各种商品的价格。可转到最后，除了一小包零食什么也没买。直到快要离开的时候，她才勇敢地掏出二十块钱买了一双绝对中看不中穿的白鞋子。在我的建议下，又用剩下的十块钱买了一瓶洗发水。

总之，"小香港"绝对值得一游。但毕竟太小。买完面粉和几样生活用品，再转第二圈就看够了，就想回家了。下午阳光正好。要是回得太晚，气温降下来，一路上岂不冷死了。此行大家为了漂亮，都穿得好少。

本来下午三点多就可以回家了，但斯马胡力和他的朋友们四处喝啤酒，非要把每一家店都喝遍不可。好不容易等他们喝够了，又轮换着挨家喝茶。

喝完茶，斯马胡力和海拉提把弹好的一部分羊毛和帮恰马罕家买的面粉打包，绑上骆驼。我以为这回总该出发了。谁知不远处有人伸手一招呼，这两个家伙又跑了过去。寒暄完毕，开始打牌赌钱。

眼看着太阳已经落山，天色越来越晚，我和卡西一急，就赌气牵着负重的驼队先走了，并且骑走了斯马胡力的马。

都走了好久，我突然大叫："班班！"——走时把班班给忘了！这家伙刚到耶克阿恰就没影了，此时肯定还在和女朋友厮混……

不到一秒钟，这家伙忽地从旁边跃出，惊喜地冲我摇尾巴。原来它不笨。

我和卡西共骑一匹马，边走边回头看。都快走出峡谷口了，斯马胡力和他的朋友卡可汗才大呼小叫地赶了上来。斯马胡力骑着海拉提的马，海拉提却不见人影儿。看来还在赌钱。卡西气极，暗暗嘱咐我千万别和他俩说话。于是我俩冷若冰霜了老半天。最后还是卡西自己忍不住先说了——她问斯马胡力："赢钱了吗？"

当我俩冷若冰霜的时候，这两个家伙拼命搭讪，死皮赖脸地缠着说好话。见我俩始终不吭声，两人低声商量了两句，突然策马冲上前，把驼队轰散！惊得骆驼们差点儿掉进河里。还有一峰骆驼的鼻栓子给扯了出来，鼻孔都挣出了血。可怜的骆驼，这是招谁惹谁了，驮东西够辛苦了，还给人这么欺负！卡西怒极，又有些害怕了。

接下来这两个家伙又很自然地装好人，把驼队驱回正道，重新归整一番，替我俩牵着缰绳继续走。

这两人如此卖力地讨好卡西，肯定大有问题。果然，他们嬉皮笑脸地说，刚刚打牌时听说前面岔路口向北一小时路程处有一家人给孩子过生日，正在举办拖依。但这会儿怎么可能去参加呢！都已经过了八点了！对此卡西态度坚决而愤怒，把两个家伙痛骂一番。我也暗自叹息，这两个男孩玩心也太重了吧！要知道后面还跟着五峰骆驼，让两个姑娘独自回家的话，万一半路上缰绳松了或摔跤了，没有男人怎么收拾局面？再说天色这么暗了，夜路上保不准会有野兽出没……再再说，妈妈现在一个人在家呢……

这两个臭小子很能缠，涎着脸没完没了地苦苦哀求。走到那处岔路口时，干脆扯住我们的马缰绳不放。尤其斯马胡力，满脸的悲伤。我都有些心软了，卡西仍决不松口。最终，只有卡可汗独自一人拐向了北面。

这番争执的唯一结果是卡可汗在"小香港"买的铁皮桶给挤瘪了。谁叫他不自己拎着，挂到骆驼身上的？大家只顾着争吵，竟不知什么时候挤瘪的。他解下那只瘪桶扔给了路过的一家毡房主人。我们走过了很久很久，山谷里还回响着"砰！砰！砰！"的声音。那家主人满怀希望地想把它砸回原状。

虽然妥协的是斯马胡力，但他并没有为此占了上风。走过那个岔路口很久了，卡西仍在恼怒之中，为不懂事的哥哥深深地痛心疾首。斯马胡力一边安慰，一边笑嘻嘻地策马绕着我们的马蹭来蹭去，还捏着几粒泡泡糖去诱惑卡西。卡西很有志气，啪地打开那只手，说不要就不要。这小子无奈，只好又扭头向我进贡。卡西大喊："不许吃！"我只好挤挤眼，拒绝了。他一下子急了，抓着我的胳膊硬塞给了我。卡西一看我接受了，立刻伸出手来："还有我！"这下大家都笑了。

接下来斯马胡力滔滔不绝地向我们传达不久前和朋友们喝酒聊天时得来的消息。卡西刚开始还能强撑着维持冷漠状，却忍不住竖着耳朵仔细听。后来偶尔插嘴问几句详情，再后来也一同兴高采烈地参与了讨论。

天色越来越晚，我们也越走越冷。我备用的衣服全给了臭美的卡西。幸好后面还背了个书包，能护一下背部。幸好前面还坐了个卡西，替我挡住了胸部，只是两条胳膊和肩膀惨一些。由于我坐在后面，没骑马鞍，屁股和两条腿紧贴着热乎乎的马肚皮，腿内侧怪暖和的，就是腿外侧太可怜了……

之前等斯马胡力他们喝酒打牌的时候，我找了家安静小店，蜷在角落里小睡了一觉。那时就已经睡得双脚冰冷。骑了一两个小时马后，更是两腿僵硬，打不过弯来。嘴里不停念叨着："冷啊……冷啊……"而卡西则配合发声："嘶……嘶……"天已经黑透了，月亮停在山边。只有月亮不怕冷，只有喝过酒的斯马胡力什么也没抱怨。他还故意就着夜色给我们讲大棕熊的故事。说大棕熊把羊拖走后，先埋在土里，等它腐败了再吃。还说曾经有十个回族人路过此地，在一个废弃牛圈里躲雨。等雨停了，就只剩九个了——被熊悄悄拖走了一个……但是我俩都不怕。和此时的冷相比，大棕熊算什么？！

我一边像抖筛一样打着冷战，一边提示自己：据说打冷战是身体启动自我保护机制的反应，能借此瞬间释放大量热量。但不知道那些热量都跑到哪里去了……总之，一点一点地熬着时间。总算才熬到我家山谷底下的白色巨石边，驼队在一处岔路口停下来。斯马胡力下了马，解下恰马罕家的两峰骆驼，随便拴在路边的一块石头上，然后牵着剩下的骆驼继续前行。我看得揪心，那里紧靠河水，非常潮湿。这一夜这两峰骆驼可真够受的！还负着重呢……

最后的一段爬坡路，我下马步行。虽说下马后，少了卡西的肉身挡着，身子前面又空又冷，腿也离开了马的温暖，但是，再不活动一下，真要冻僵了。

原先搬家时虽然也是又冷又淋雨的，没怎么舒服过，但那时起码还穿有厚外套，而且那时是白天，温度在不停变化。哪像这会儿，除了冷，就是越来越冷，一点希望也没有似的冷。

真是想不通，经历了如此暖和的白天之后，居然会有如此寒冷的黑夜！都已经七月了啊……

天虽然黑透了，月亮也沉落群山，林子里还是隐约可辨浅色的山路。我不顾一切又着腿往上爬（膝盖已经合不拢了）。双腿僵直，脚掌心已经没有知觉。每触到地面一下，脚趾处就传来遥远的痛。我拼命以这双假肢似的腿脚用力蹬着草地向上爬，大口喘气。不到一百米，咽喉就火辣辣地痛起来。也顾不了那么多了，低着头，沿着路，向上，不停向上。又怕和斯马胡力他们走散，中途停下来听了听，身后不远处有骆驼沉重急促的呼吸声。还听到卡西偶尔拼命踹马肚子、呵斥它前进的声音。这么黑的夜路，马都不愿意前进了。我继续向上爬，却越爬越觉得不对劲。以前走林子里的这条路时，好像没这么远啊……难道迷路了？又停下来静听，驼队的动静仍响在身后，只是稍远了一些。这时透过林子，隐约看到右手边不远处有一片倾斜的空地。我想了想，便离开路走向空地，觉得那块空地似乎应该是羊群回家的必经之地。走了一会儿，终于在西天微弱的星光下找到一条陷在草地中的尺把宽的小道。沿着路继续往上走，很快眼前又横了一条路，却不知该往左还是往右了。又停下来倾听……却听不到驼队的动静了！我大惊，这黑咕隆咚的，要是迷路可惨了！　别说衣着单薄，扛不了多久寒冷，在家门口迷路——这样的笑话也扛不了啊……又不愿现在就大呼小叫地喊。等彻底不抱希望了再喊吧……便凭感觉选择了右边的路。又走了好一会儿，却走到另一座山脚下的石壁边。这到底是什么地方？这一片的山头我全都走遍了，印象里从来没见过这样的石壁。顿时慌乱起来。正想大喊，突然听到左侧黑暗中有羊叫的声音，毫不犹豫地转身就走。果然，很快就遇到了我们空地上的盐槽了！没想到黑暗中居然绕了这么大个圈子。赶紧往坡上方跑，没跑几步，就看到了夜色中的白色毡房。这才大喊起"妈妈！"来。很快，扎克拜妈妈披衣迎了出来，大声嘟噜："没在莎勒玛罕家过夜吗？"又问："斯马胡力在吗？海拉提还好吗？" 也不问卡西怎么样了。妈妈可真了解那两个男孩。

我正想说海拉提不在，卡西不知从哪里突然冒出来，站在我身后小声喝止："别说！"

回头一看，驼队像变戏法一样出现在身后。大家赶紧上前卸骆驼。看来没人知道我刚才迷路的丢人事，很好很好。

回到家，卡西的第一件事是告状。斯马胡力的第一件事是挨骂。我的第一件事则是扒了鞋子赶紧揉脚。边揉边打着哭腔道："脚没有了！"——我不会说哈语的"脚冻掉了"。妈妈大笑，为我生炉子。我抱着炉子烤了半天，但烤热的似乎只有表面的一层薄薄的皮肤。炉火稍弱，冷意又从身体内部结结实实顶上来。手脚依旧冰凉。这时茶水准备好了，我猛喝三大碗，身体才总算裹住了一小团热气。

可怜的斯马胡力，今天既没玩够，又挨了骂。我们都开始休息时，他还得摸黑驾马下山，去另一条山谷给恰马罕家送骆驼。因为实在太晚了，今天只好睡他家了。

之前我还以为那两峰骆驼就那么着不管了，等明天早上恰马罕家自己去领呢。原来只是临时系在那里啊。不过当时我们都快到家了，斯马胡力完全可以直接过去送骆驼嘛，不用再绕个大圈子把我俩和驼队送回家的。看来还是心虚。

不过幸好斯马胡力今天不在家过夜，我一个人便能盖两床被子了。越睡越暖和，舒服得不得了。睡到后半夜，寒冷才完全从体内退却了。

第二天一起来，就看到海拉提在门口若无其事地赶羊。难怪昨晚卡西不许我声张，原来这家伙还能补救啊。

奇怪的是，我们骑走了斯马胡力的马，斯马胡力骑走了海拉提的马，那么海拉提又是怎么回来的？步行吗？

再回想一番昨夜的冷，真不敢相信这样的冷也会过去。想来想去，幸亏背了个书包！幸亏坐卡西后面！

还有那句"脚没有了"，卡西和妈妈为之笑了足足两天。

斯马胡力的好朋友卡可汗

在繁华之地耶克阿恰，我们遇到了斯马胡力的好朋友卡可汗。但是这两个人怎么会是好朋友呢？斯马胡力在南面戈壁滩上的阿克哈拉长大，卡可汗则是北面群山脚下喀吾图小镇上的孩子。两地相距近三百公里，不晓得咋认识的。

卡可汗一家是我们在喀吾图的老邻居。我见到他妈妈时，一下子就认出来了，对卡可汗却一点儿印象也没有。

卡可汗用汉语大声说："你是裁缝嘛，我知道的。你的妈妈是老裁缝，我也知道的！你不知道我吗？"

我便很有愧意。可再一问年龄——难怪呢，十年前的卡可汗还是个小学生呢。

现在的卡可汗红红的脸膛，肩背壮实有力，已经是个真正的男子汉了。

相比之下，卡可汗的妈妈一点儿变化也没有，仍然瘦削、精明、快乐。她长手长脚的，有着悬崖一样陡峭鲜明的面孔。她远远地一看到我就大声地问："川乐在吗？川乐还好吗？"我听了大乐。

我的家乡在四川乐至县，我妈就给杂货店起名为"川乐门市部"，还请了哈萨克学校的一个老师写了音译的哈文牌匾。由于当地人的店铺都以店主的名字命名，于是喀吾图老乡们都以为我妈名叫"川乐"。

在喀吾图时，总觉得卡可汗的妈妈是全镇最闲的一个妇人。她总是不停地出现在村里各个角落里，无论哪儿都能遇见她。有时在路上走着走着，一拐弯就迎面遇到了。再走一会儿，再拐个弯，还会再遇到一次。

而这个女人到了山里，仍然很闲。每次去沙依横布拉克都能遇到她，每次去耶克阿恰也总会遇到。

现在才知道，原来她是双胞胎中的一个。两姐妹长得一模一样。

我和卡可汗妈妈一见面就大力拥抱，左右亲吻。然后跟去她家喝茶，吃了非常新鲜的馕，还喝了酸奶。真幸福啊！馕瓢又软又白，外壳金黄酥香。酸奶里也被殷勤地加了许多白糖，甜滋滋的。

我平时总是"孩子""孩子"地叫着斯马胡力，他一直为之不满。这会儿我趁机说："卡可汗的妈妈嘛——我的朋友，卡可汗——你的朋友！所以嘛，你就和我的孩子一个样。"

他说："豁切！"却无可奈何。

斯马胡力和卡可汗两人的见面也是快乐的。远远地，隔着一条河就开始打招呼了。走到跟前，握了两遍手，两人站在大路中间没完没了地寒暄。过往的行人和摩托车就只好绕着走。接下来，两人又相约一起去理发。

　　耶克阿恰可真不赖，居然还有理发店！

　　到了地方才知道，所谓理发店，其实只是一个会理发的姑娘开的杂货店。有人来理发了，她就在商品间拾掇出一块空地，放一把凳子，即刻开理。人一走，就收了凳子，扫去碎发，继续卖粮油，卖土豆，卖烟卖酒卖零食。

　　斯马胡力和卡可汗付过钱（也是五块钱，和城里一样）后，那姑娘就打发两个小伙子自个儿去河边洗头。还大方地提供了一块肥皂和一把水瓢。

　　河离毡房区不远，又清又急。但那水是雪水化成，冰凉刺骨。只见两人脱了外套蹲在河边大石头上，面对面地抹肥皂，又搓又揉。再操着瓢互相浇水……真令人同情啊。不过活该两人臭美，深山老林里还理什么发嘛。

　　洗完头，两人回到店里系上围裙，坐在几十袋面粉和一大堆洋葱、土豆间轮流等着理发。小姑娘忙完手头的活儿就开始了。架势相当专业，咔嚓咔嚓，毫不留情。看得我也想剪剪头发了，但又很怕洗头……

　　理完发，小姑娘还提供了一面鸡蛋大小的圆镜子。两个小伙子捏着小镜子上照下照左照右照，满意极了。

理过发的两个小伙子，顿显精神又时髦。拎着马鞭在毡房和帐篷区东游西逛，最后拐进一家小店开了两瓶啤酒。我和卡西在旁边等着，一个劲儿地催他们赶紧喝。

卡西在小店柜台前站了很久。看看这，看看那，逐一问了价钱，最后终于掏出五毛钱买了小小一袋膨化食品。斯马胡力一看，也闹着要吃，卡西就往他手心倒了一些。他却立刻把这些膨化颗粒全泡进了啤酒里，边喝酒边用舌头捞着吃。不可理解。

尽管是好朋友，斯马胡力吃零食时，可一点儿也没想到旁边的卡可汗。卡可汗冲我宽容地笑："斯马胡力嘛，小孩子嘛。"

斯马胡力一声"豁切"，往卡可汗酒杯里也扔了一枚膨化酥。

大约老是自己喝，把我和卡西撂在一旁有些不好意思，斯马胡力便不停地问我要不要也来瓶啤酒。我板着脸说"不"。他又说："可乐呢？"我还是"不"。他锲而不舍："那么健力宝呢？汽水呢？娃哈哈呢？"——岂有此理，娃哈哈明明是他自己的最爱。

两人一面慢吞吞地喝酒，一面兴致勃勃地聊天。我和卡西频频发牢骚。

这时，卡可汗不知想到了什么，突然掏钱买了一包零食塞给我。真丢人，这把年纪了怎么能像小孩一样收取糖果礼物呢！况且还是一个小孩送的。我便坚定地拒绝，但他坚定地硬往我手里塞。我们两个礼让了半天。冷眼旁观的卡西不耐烦了，不由分说一把夺过去，撕开包装纸就吃。斯马胡力赶紧跟她抢。

后来卡可汗又给我买了一枚泡泡糖。这回我没有拒绝，嚼在嘴里，竟感到温暖。

两瓶酒见底后，在我和卡西的抗议下，第三瓶被退了回去。我说："肚子饿了，该吃饭了！"

谁知他俩说："我们也饿啊，我们更饿。"好像更委屈。

接下来他们商量去哪家馆子吃饭。我大为奇怪，二姐莎勒玛罕不就开着馆子吗？为什么要把钱花到别处？

两个男孩子带着我和卡西在路边的毡房间绕来绕去。经过一家又一家热热闹闹、体体面面的大馆子，最后却选择了石头路对面最西边一家歪歪斜斜、安安静静的塑料小棚。不晓得这两人的标准是什么。

店主是两个小姑娘，看到有人来吃饭，如临大敌般紧张。这顶小帐篷中间挂了面帘子，算是隔开了"后厨"和"餐厅"。两人在帘子后忙得"扑扑通通！咣咣当当！"直响。不知在折腾些什么。

等了半小时，才从里间端出一小盘热乎乎的小馒头。

我便很失望。好不容易来一次耶克阿恰，好不容易进一次馆子，最起码也得吃一碗汤饭啊。

然而接着又端出一碟饼干、一碟黄油、一碟胡尔图、一碟炒瓜子。

然后又提来一壶茶，端来一碗牛奶。

——原来只是饭前垫肚子的零食。

在普通哈萨克家庭里，招待客人便是这样的程序。上主菜之前先就着零食和馕块包尔沙克之类喝半天茶，边喝边聊边等待。

我觉得很有趣。两个小姑娘当是自己家呢，摆出待客的全套架势。这么做生意，赔也赔死了。

又等了足足半个小时，才听到后面炒菜的声音。又半个小时过去了，听到面下锅了。

其间，两个姑娘一分钟也没闲着。在帐篷里奔进奔出，提桶拎盆，忙得焦头烂额、神色凝重。至于嘛，就四个人的饭而已，好大的阵势……

等以四只巨大盘子盛装的拉面终于端出来时，那几碟赠送的零食已经被我们吃见底了。

就这样，从我们进门到吃完饭离开，足足用了两个多小时。

然而除我之外，大家都不介意等待。漫长的等待中，斯马胡力和他的好朋友甚至已经无话可说了。两人默默无语坐在席间，又心满意足的样子。偶尔起身去门口站一站，看看天，看看河，再回来继续心满意足地坐着。

话说这拉面好大的分量！我还张开手指量了量，盛面的铁盘子直径三十五公分！里面的面条堆得满满当当。

另外每人还有一小盆烩菜。我给两个小伙子分拨了一大半去。剩下那一小半也撑得我举步维艰。

然而除我以外，三个孩子都没吃完。尤其是卡西，剩了足足大半盘，还没我吃得多。唉，平时在家里，整天馋得发慌，这样的好东西想都不敢想。这会儿却如此浪费。真是不应该。

我们付了钱（一份才八块钱！），一个个捧着肚子，慢慢往马吾列家走。

到了马吾列家，恰好莎勒玛罕也在做拉面。等做好端上桌，我吃惊地看到——两个男孩居然面不改色地一人端起一盘又吃了起来……怎么会这样？！

等两人吃完出门后，卡西这家伙立刻抄起盘子，也盛了面，浇上菜，毫不含糊地吃了起来。

这个实力派的家伙，还招呼我也一起吃！我哪还能吃得下啊……

刚才卡西在小饭店里剩那么多没吃完，大约是出于姑娘家难为情的小心思——当着小伙子的面，怎么能表现得胃口很好很能吃呢……

可斯马胡力和卡可汗呢？这两人又装的哪门子蒜？哼，我看恐怕是一人看上了那家的一个姑娘了。

离开耶克阿恰之前，斯马胡力提出要我给他和卡可汗照张相。我不干，却提了个条件，除非两人照相时手持莎勒玛罕的女儿小阿银的玩具——一只布偶小毛驴。他俩无可奈何地同意了。于是两个好朋友肩并肩站在草地上，把小毛驴捧在胸前，四只手各持一条驴腿。照片上，小毛驴在两个神情严肃的脑袋间喜笑颜开。我实在不明白为什么大家平时都笑眯眯的，一到照相时就板起了脸。

相机的事

　　本来我有一个使用五号电池的数码相机的，可惜没用几天就坏了。没有相机，固然错过了许多令人惊叹的镜头，但进城修理的代价也令人惊叹。权衡一番，便一直塞在马鞍下再没管过它。

　　没有相机的日子里，我常常面对一幕幕美景发呆。有时在家门口煮脱脂奶，长时间手持锡勺在腻白的大锅里一圈一圈地搅啊搅啊，单调又宁静。突然一抬头，就看到一生中所见过的最美的云——如天鹅羽毛般一丝一缕拂过冰凉光滑的蓝天……那种时刻，难免会因没有相机而难过，而孤独。

　　还有一次，天空被一大片云蒙得紧紧实实，却正好在头顶正上方的位置绽开一洞。于是，一汪巨大的圆形蓝天停止在那处，像是立刻会有湛蓝冰冷的液体倾泼下来。

　　还有那些深陷在碧绿山坡半腰上的羊道，纤细而深刻。十几条、几十条，甚至上百条并行蜿蜒，顺着山势如音乐般熨帖地起伏扭转。整面山坡鼓荡着巨大而优美的力量。

还有暮归的山路上迎面遇到的一头牛，浑身漆黑，唯有额头正中嵌一块雪白的毛皮，呈完美的心形图案。

还有阴天里雨水初停的时刻，沼泽里的圆形叶片密密地挤生，每一片叶心都珍藏一颗完美精致的水珠，每一颗水珠都刻录了眼前完整的绿色世界。放眼望去，满眼明灿灿的绿意。但由于是阴天，无强光的反射，这绿意只郁结在低处，绿得欲罢不能。

还有很早就开始挤奶的那些傍晚时分，我赶着一头鼻子湿漉漉的小牛上山。看到黄衣的卡西亭亭玉立地站在视野高处的天空下，骑马的海拉提沿着山脊向她缓辔行去。在他俩身后，是一大团占据了整面天空三分之一面积的云朵的侧面，像一座银子般熠熠生辉的空中岛屿。

有相机又能怎样呢？我又能重现些什么，留住些什么呢？有相机的时候，我和这个世界隔着一架相机；没相机的时候，隔着的事物则更为遥远，更为漫长。

我永远也不曾——并将永远都不会——触及我所亲历的这种生存景观的核心部分。它不仅仅深深埋藏在语言之中，更埋藏在血肉传承之中，埋藏在一个人整整一生的全部成长细节之中。到处都是秘密。坐在大家中间，一边喝茶，一边听他们津津有味地谈这谈那……我无法进入。我捧着茶碗，面对的是高山巨壑。不仅仅是语言上的障碍，更是血统的障碍，是整个世界的障碍。连手中这碗奶茶，也温和地闭着眼睛，怜悯地进入我的口腔和身体——它在我身体的黑暗中，一面为我滋生重要的生命力量，一面又干干净净隐瞒掉关于生命的一些关键部分。

我亲眼所目睹的这些，与其说是自然的呈现物，不如说是遮蔽物。我过不去。高山巨壑。我并非缺少工具，也非时间不够，而是根本就没有入口，彻底没有入口。

对我来说，最寻常、最单调的日常生活也如大海般深不见底。斯马胡力赶羊时发出的各种吆喝声，羊能听懂，我却听不懂。班班认得自家的牛羊，若有别人家的牛靠近我家的盐槽，就吠叫着冲过去把它赶开。而我非得走近了，仔细辨认烙在牲口耳朵上的标记。

我太过懦弱，无力承担。每当我面向一幕陌生而惊心的情景时，举起相机——更像是躲藏在相机这样一个掩体之后。我不敢直视，像是一个说谎的人。

所谓的"孤独感"，总是尴尬又悲伤的。然而不止这样，也不只是我。面对这样的时代，面对外部世界的喧嚣节奏，眼下这个民族又何尝不孤独呢？当我走过广阔无垠的春秋牧场，经过一间局促简陋的泥土小屋，看到电视天线寂寞地伸向蓝天（那天线只是一根细长的木棍支起一张破旧的铝锅蒸箅）。我走进屋里，看到阴影中的人们紧围一台小小的黑白电视机（电源来自门外一块一尺见方的太阳能电池板）。我看到电视上布满雪花点，画面因信号不稳抖动不止，但还是能看清画面中展示的那个家庭极富有，家居富丽堂皇，庭院整齐考究，主人公清洁又悠闲。我又看到屏幕前所有的面孔都安静、认真，所有眼睛滋味无穷。年轻人向往着，年长者则惊奇而赞赏。这也是相机难以记录，无法说清的。

更多更宽广更强烈的冲击，是再偏远的角落、再执拗的心灵也无从回避的。流行哈语歌中花哨的装饰音，年轻人服饰上夸张而无用的饰物，孩子香甜地吸吮着的"娃哈哈"，深山小道边遗落的食品包装袋……世人都需平等地进入当下世界，无论多么牢固的古旧秩序都正在被打开缺口。虽然从那个缺口进进出出的仍是传统事物，但每一次出入都有些许流失和轻微的替换。我感觉到了。

我在最细微的差异里、最深暗的裂隙中无边坠落。我的相机留不住任何一处路过的情景，而路过的情景也没什么能挽留得住我。我无法停止坠落。可循的线索如指纹般随时浮现，随时熄灭，无从把握。记在心里的，刚刚记住就立刻涣散。默念着的，念着念着就如嚼蜡般毫无意义。而四周确是现实的生活——确有食物在嘴中吞咽，确有班班饥饿地追随，蒲公英确在耀眼地盛放。

是的，生活之河正在改道，传统正在旧河床上一日日搁浅。外在的力量固然蛮横，但它强行制止所达到的效果远不及心灵的缓慢封闭。老人们还没明白发生了什么事，年轻人就已经自若地接受了新的现实。这又有什么错呢？

世间所有的心灵不都是渴望着、追逐着更轻松、更快乐的人生吗？谁能在整个世界前行的汪洋大潮中独自止步呢？牛羊数量正在剧增，牧人正在与古老的生产方式逐步告别——这场告别如此漫长，一点一滴地告别着。似乎以多长的时间凝聚成这样的生活，就得以多长的时间去消散。不会有陡然的变革，我们生活在匀速消散之中。匀速运动状态等于静止状态——这就是最后的安慰。

那么，还是先不要去可惜吧，还是先谅解了再说。先收起相机，把眼前的一切接受了再说……

我虽然带了移动硬盘和一大堆电池，但还是轻易不肯给大家拍照。卡西整天哀求也没有用，斯马胡力一放羊回来就大喊："李娟！那边有一个地方！漂亮得很！"也没有用。

唯有当大家赶羊入栏时、剪羊毛时、擀毡时……忙得焦头烂额，啥都顾不上的时候，我才端起相机跑前跑后一顿猛拍。于是大家非常不乐意，因为那时候一个个又脏又累，有失形象。

偶尔在天气晴朗，大家悠闲又愉快的时候，我会主动提出为大家照相。于是所有人如过节一样快乐，纷纷换了衣服往"漂亮的大石头"那边走。那块石头在林海孤岛的西南面的隘口边，又平又高，四面长满了爬山松，大家都很喜欢那里。

照相时，扎克拜妈妈必然会叉着腰摆"S"曲线。莎拉古丽一定要光头的加依娜站在左边，新儿子吾纳孜艾站在右边，一个也不能少。小伙子们则一定要和自己的马站在一起。拍合影时，哪怕画面分明宽宽绰绰，大家也一定要排作两排。并且一定要有蹲的有站的，个儿最高的一位一定会被拥着站在最中间——似乎合影的套路只能如此。此外，合影时大家一定要扁着嘴，丝毫不笑，似乎越严肃越气派。

一次进城时，我洗出了一部分照片带回家，把家里唯一的影簿插得满满当当。在后来的日子里，这本影簿在大家的日常生活中占据了多么重要的地位啊。平时它作为装饰品竖放在木箱上。卡西哪怕只有三十秒的空闲，都要取下影集匆匆翻看几页，再端正地摆回去。连揉面粉时都会将影簿摊开放在一旁，一边用力地揉，一边偏着脑袋细细揣摩，并不时指使路过的加依娜或杰约得别克帮忙翻一页。扎克拜妈妈也常常流连其间，并且每次翻看都会有新发现："不，这里冒出一截班班的尾巴！""不！我的鞋子沾了牛粪！"每当家里来了客人，我们的影簿自然是招待客人的重要内容之一。如果客人上次已经看过一遍了，下次来时则会主动提出再看一遍。

我脖子上挂着相机，一个人在无人的山谷里走啊走啊。迎面遇上的骑马人总会勒停马儿，大声向我问候，然后提出要我为其拍照。我同意后，他整整身上的衣服，扶正狐狸皮缎帽，肃容端坐马背，看向镜头。不知为何，那样的时候我极乐意做这件事。大约因为能顺从这个陌生人的意愿，能为他做些什么吧。于是"陌生"这个硬东西便变得服服帖帖的。总之那时我极殷勤，横的竖的正面的侧面的，啪啪啪捏个不停。然后再回放一遍给他看。他骑在马上，俯向我的相机显示屏仔细地看。看罢满意地道谢，然后与我告别。但不知为什么，他从来都不提"照片洗出来送我一张"之类的话。因此我实在不明白他为什么要向我道谢。

对于拍照这事，大多数时候我仍深感不自在。我没法令大家理解自己拍照的这一行为，也没法解释，似乎一解释就全都是谎言。我在这里生活，我的相机令我的介入成为"强行"的介入，令我与大家的相处形成某种对立状态。这种对立不公平、不自然、不地道。当我举着相机对准别人时，总觉得像是举着枪对准了别人……不知这到底出自怎样的一种怪异心态。总之，我想留存大家的生活，到头来却干扰了大家的生活。某种程度上，我使大家的生活成了表演。当我一举起相机，生活、劳动中的人们立刻调整坐姿，扯扯衣角，换了表情——特意做给外人看的，端庄而防备的表情。

虽然照相之前，我总会不辞辛苦套一番近乎。等大家说得高高兴兴，毫无戒心的时候，再突然取出相机"咔嚓"一下子。但总是没用。大家的速度总是比我快。镜头所到之处，总能迅速集合，排列成合影的标准队形。

是的，总是这样的——本来所有人好端端围坐一席，随意说笑、进食。我的相机一出现，亲亲热热的宴席转眼间就散了。大家把碗一推，忙乎起来：老奶奶掏出钥匙打开木箱，取出洗衣粉洗脸。主妇和女孩子纷纷跑到毡房后换上出门做客时才穿的外套和鞋子。小伙子们大力擦皮鞋。唯有男主人矜持一些，顶多拉展身上外套，掸掸裤腿上的灰。但表情毫不含糊，绝对不笑。这相照得可真没意思。

相机平添的其他烦恼就更多了。比方说，卡西对我的相机有浓烈的好奇心。好奇心本值得称赞，问题是这家伙还有更为彪悍的自信心，碰到啥问题都决不轻易向我请教。于是，我在弹唱会上拍的好多精彩画面，回家没几天就被这家伙悄悄翻看的时候误操作，删了个精光……真是又心疼又难过。但怎么能指责这个小姑娘呢？而那些拍下的照片，又何尝真正属于过我？它们只是借由我的相机凭空出现在这世上。如果我从不曾使用过这架相机，从不曾攫取过这些美妙瞬间，从不曾占有过这些画面，那伤心何来？像一个走了弯路的人，白白地辛苦了，又无端地生气。

另外，自从相机坏了之后，大家都很生气。气我没本事修好它。若没相机的话，自然也就没有这么一茬责怨了。

212

从奇怪的名字说到托汗爷爷

有一天我独自在家的时候，突然来了个骑灰马的客人。彼此问候之后，他拴好马一声不吭走进小木屋，踏上花毡盘腿而坐。

他的马真是好样儿的，在门口草地上安安静静地吃草，任班班绕着自己又叫又吼，丝毫不为所动。班班很受打击，只好回到原处卧倒，继续睡觉。

我看客人已经自个儿坐下了，只好铺开餐布为他上茶，并侧身坐在床沿上陪着喝。我想此人一定是来找斯马胡力的。但是，他喝过了两碗茶都没有开口说话。

很快他起身告辞。但临走时，似乎还有话想说。他在门口站了一会儿，突然伸进怀里最深处掏出一样东西给我。接过一看，是他的身份证。又把这身份证两面都看了，非常茫然，不晓得他要干什么。这时，他开口道："我的房子在那边。"他指着西南方向，又说："白色的路。"

我赶紧"哦"了一下，看往那个方向。远隔着森林和空谷的那座大山上的确有一条浅色的路，像根细弱的风筝线，轻飘飘地飘浮在不长一棵树的空旷山体上。而在那座山的半山腰处，羊道环环缠绕，深刻而有力。

我顺口问道："远吗？"

他连忙说："不远不远。下个月二十号，我家有拖依。我孩子的割礼，你要来。"

我恍然大悟："好的，斯马胡力回来我和他说。"

以往都是斯马胡力或妈妈接到邀请后再告诉我，但这一次却是我最先得到通知。非常高兴。

他收回身份证，仔细地揣好。又告诉我他共有三个儿子和一个女儿。女儿十七岁。还特别提到她正在阿勒泰市读师范学校。似乎这是他最值得一提的荣耀。

然后上马走了，我一直目送他消失在小路尽头的森林中。之前我命令班班倒下，踩住它的脖子不让它追马。谁知最后关头没踩住，班班还是冲了上去，又追又咬，极尽恐吓之能事。但人家仍不怕，走得慢慢悠悠，气度非凡。

晚餐的时候，我才把这件事告诉了大家。妈妈问："是谁啊？"

我愣了，居然忘了问他名字！虽然看过了身份证，也没特别留意。想了想，指着西南方向说："住在那边，有条白色的路。"

妈妈扭头对兄妹俩说："可能是六个财主。他家有个五岁的男孩。"

我大奇："六个财主？哪六个？"

大家都笑了，说："名字就这么取的。"

我又问："那他上面还有五个财主吗？"大家又哄笑一阵。

卡西指着北方说："那里，有个'擀面杖'。"又把手指向左边偏斜十度："那里，有个'富蕴县'。"

我们为这几个古怪的名字笑闹了许久。一直到睡觉前妈妈还在念叨着：六个财主、擀面杖……捂进被窝里还在笑。

第二天，我郑重地问大家："'卡西'和'斯马胡力'是什么意思？"

可大家居然都说："不知道。"

看我一副奇怪的样子，斯马胡力解释："我们不知道，爷爷知道嘛！"

又比画出一本厚厚的书的样子，说："是那里面的字。"

我想他说的可能是《古兰经》。对了，托汗爷爷是毛拉呢。毛拉都是有学问的人。

一般人家给孩子取名，要么请年长的老人给取，要么用最先看到的事物为之命名（如擀面杖）。

家里有毛拉，一定是荣耀的事。然而，我听外人提到爷爷的时候，居然称之为"尕老汉"，还用的是汉语。真是不礼貌。虽然度其情形也并无恶意。大约由于爷爷性情和顺喜悦、质朴宽容，大家都很亲近他，便很随意了吧？

论性格，作为儿媳妇的扎克拜妈妈倒和爷爷蛮相像的。但几个儿子中，无论是沙阿爸爸还是卡西的叔叔伯伯，没一个随老爷子。一个比一个高大、严厉。而卡西兄妹几个，身上也难有一点儿爷爷的影子。

在冬库尔，我们两家人住处离得远，不太常见面。有时爷爷赶牛经过我家这条山谷，会拐进我家毡房小坐一会儿。那样的时候又总是只有我一人在家。我便摆出招待外宾的架势布置茶水。然后一声不吭坐在下首位置，憋死也不晓得说些什么话才好。

爷爷却无所谓，微笑着喝茶，喝了一碗又一碗。还掰碎柔软的阿克热木切克泡进茶水，再令我取来条匙舀着吃。显得享受极了。吃到后来，大约实在太高兴了，竟独自唱起歌来。调子轻松清淡。总之边唱边吃，悠然自得。我虽很惊讶，却忍着，若无其事地坐在他对面继续陪着喝茶。没有风，冬库尔静得像在期待着什么。穿过低矮的木门望向外面，门前晾晒奶制品的木头架子沐浴在阳光中，像是有根的事物，正在静静地生长。

实在不知如何奉陪，想了又想，最后把家里的影集取下来给爷爷看（有些后悔，招待加孜玉曼那样的小姑娘才请人看影集）。爷爷饶有趣味地翻看，边看边继续唱着歌，相当愉快的样子。结束了五碗茶后，又做了简短的祈祷，这才告辞。临行却没什么嘱托，例如让我给扎克拜妈妈捎句话什么的。

他把赶羊的长木棍横着抵在腰后，穿过两只手肘夹着（这是旧时的牧羊人走路惯用的姿势），深深弯着腰，慢慢下山去了。还是边走边唱着歌。

自从搬到吾塞后，两家聚到了一处。两家的毡房和木屋只隔了几十步远。从此便和爷爷过起了一家人的生活。

爷爷七十七岁。妈妈说他身体很好，腿脚、肠胃都没问题。上次弹唱会也去观看了，并且也带回了几面小国旗插在家里。

爷爷矮小、和蔼，缺了两颗门牙，总是笑眯眯的。总是随身揣着一条白毛巾，不时掏出来擦脸擦手。头上也包了一条白毛巾，像陕西老汉那样在额头上打了个结。衣服破旧却干干净净，总是套着絮着厚厚羊毛片的天蓝色条绒坎肩。裤脚永远掖在靴子里。腰上勒着足有十公分宽的牛皮腰带。脚上踏着结实耐用的手工牛皮靴，靴子外还套着半旧的橡胶套鞋。就座时，只脱去套鞋，穿着靴子踩上花毡。

爷爷这身装扮完全是旧式的哈萨克牧人，现在很少有人这样穿着了。我非常喜欢。但爷爷却总是不太愿意让我给他照相。总推辞说衣服不好，却并没有为此去换什么好衣服的意思。

有时在我的极力要求下，他只好在餐桌前跪直了，整理一下身上的天蓝色坎肩，扯一扯袖子，肃容静待。尽失平时的温柔快乐，弄得我很没劲。而且他的眼睛决不盯着镜头直视。我猜想这是不是作为穆斯林的某种自我要求？

　　我一个劲儿地说："笑啊笑啊，爷爷！笑一笑嘛！"他实在忍不住，就看向镜头笑了一下。我赶紧捏快门。于是爷爷感到很无奈，便又笑了一下。

　　我把唯一那张笑的照片洗出来送给了爷爷。看得出爷爷还是很满意的。他看了看，递给了儿媳莎拉古丽。莎拉古丽也很满意，赶紧取出家中影簿，把第一页的照片抽走，换上这一张。

　　阳光充裕的下午时光，爷爷总是坐在小木屋门口的草地上，舒舒服服地盘着腿、弓着腰，捧着一本书认真地看，还大声地逐字朗诵。

　　走到近前一看，是一本薄薄的旧书。纸页发黄，封皮用白纸重新包过，书脊用白色棉线重新装订过。通篇都是美丽神秘的阿拉伯字母，没有插图，字极大，行距极宽。到底是什么书呢？听他朗诵的音律，像是一本诗集。

　　对我的打扰，爷爷不以为意。很和气地同我问候了几句，又接着朗读。旁若无人，庄严而入迷。不远处游戏奔跑的小加依娜也跑过来，趴在爷爷背上，搂着爷爷的脖子撒娇。小白猫看到这边热闹，也赶紧凑过来，蹲在爷爷身边，不时探出小爪子去摸那本书。似乎也想让爷爷给它瞧一瞧。对这些，爷爷仍不以为打扰，依旧读得津津有味，乐在其中。

这时，扎克拜妈妈正坐在不远处坡顶上的一丛爬山松边，在她头顶上方触手可及之处是一片银子般闪亮的云朵。她穿着绿裙子，身影美丽，静静地遥望远处。在她遥望之处，卡西正赶着牛，沿着山坡慢慢往上走来。爷爷还在身边朗诵。我眼看着这些，耳听着这些，觉得能在一分钟之内度过一万年。

有时还会看到爷爷在阳光下穿针引线，像在补什么东西。他面前的草地上铺着一块黄绿色的鲜艳毛巾。走近一看，原来是在穿珠子。毛巾上躺着一小把明亮的白色塑料珠，都是圆的，只有两粒呈葫芦形和方形。穿来做什么用呢？念珠吗？只见他一边一粒粒地欣赏，一边喜悦悠闲地穿啊穿啊，像小孩子其乐无穷地玩着单调的游戏。

有时候，爷爷坐在同样的地方搓捻一根牛皮绳之类的东西。他的白头巾在风里晃动，腿大大地叉开，伸得直直的，舒服得不得了似的。录音机就放在他腿边，大声地播放着阿肯弹唱。

有时莎拉古丽会从小木屋低头出来，端着一碗奶茶走向爷爷，轻轻放在他腿边的草丛中。并不说话，不打扰，仍旧轻轻地走开。爷爷头也不抬，边唱歌边倒腾手里的活计。

爷爷的劳动也总是在那片阳光充沛的草地上进行的，比如劈柴火。爷爷虽然上了年纪，又矮又瘦，但挥起斧头来毫不含糊。每当爷爷停下斧头喘息，加依娜就赶紧瞅空子跑过去把碎柴聚拢，抱了满怀运回木屋。

有一个奇怪的木器长久以来一直陷在山脚下沼泽中央，形状像一只旧式的带托的瓷酒盅。非常大，最少五十公分高。以直径尺把宽的整木凿成，刷着红漆。能清楚地看到底部的托上裂了一道缝，但毕竟不是大问题，为什么要丢弃它呢？再一想，大约当时不小心弄倒了，它就咕噜咕噜顺着山坡一路滚进沼泽。如今离岸边那么远，捞也捞不回来了。

当时第一感觉认为是个碓钵。可用来碾什么呢？牧民的生活中有什么东西需要被粉碎？实在想不出来。

后来有一次，经过爷爷家木屋后面放杂物的小棚时，看到里面置放着同样的一个红色木器。却新多了，也更加漂亮匀称。便回家问扎克拜妈妈那个东西是干什么的，妈妈却回答道："用来喂牛羊吃盐的。"

真纳闷。用这个东西喂，未免太小了吧？一次只够一只羊凑在里面吃，两只羊嘴都挤不下。总不能让羊排着队轮流吃吧？再说，我们山坡一侧不是摆有专门喂盐的长木槽吗？

次日，远远看到爷爷在木屋后面的草地上打木桩。再定睛一看，不是打木桩，而是在那个木器里捣东西。果然是个碓钵啊！是了，的确是用来喂羊吃盐的——盐碾碎了羊才好嚼嘛！家里喂牲畜的黑盐大都是拳头大的一块一块晶体，以前还操心牛羊能否嚼得动呢。

在搬家路上，成块的盐比碎盐带着更方便，不至于袋子挂破个洞就一路漏光了。

我很喜欢这个喜气洋洋的红碓钵。虽然这个庞大笨重的家伙总共只有一个用途，但绝无自卑。我喜欢所有的，被质朴地、欢欣地对待着的家庭器具。我喜欢爷爷，他是最完整的传统。是这"质朴"与"欢欣"的最佳代言人。

总之，每一个温暖的晴天里，爷爷总是长时间坐在阳光中的草地上做这做那，永无尽头。像是在那片草地上摊开了生命，一寸一寸用心摩挲。爷爷是热爱阳光的。

爷爷还在那片草地上为三个孩子统统剃了光头。大家排着队挨个儿来，没有谁为之嬉笑推攘。因为剃头发的是爷爷啊。因为爷爷所做的事情一定是正确的、郑重的，一定和成长与责任有关。爷爷一手持锋利的折刀，一手捧着小脑袋瓜，像最熟练的匠人雕琢最心爱的作品。那样的时候倒没唱歌。

不过，为什么牧区的孩子一到夏天就全都给处理成光头呢？懒得给小孩洗头发吗？

爷爷自己也常年留着光头，不晓得是不是也是自己给自己剃的。谁敢动爷爷的脑袋啊。

两个刚剃了头的小子也学着爷爷，一人包了一块白毛巾四处晃。看在眼里感觉很古怪。男孩子倒也罢了，女孩子加依娜也剃了光头，看着让人着急——眼看就要秋季开学了……

拖过小姑娘一看，爷爷虽没给剃破头皮，但手艺实在不咋的，剃得坑坑洼洼。

大家劳动的时候，爷爷喜欢凑过来，静静地坐在一旁的草地上看着。小白猫也端庄地蹲坐一旁，顺着他的视线一起看。

傍晚，莎拉古丽挤奶，吾纳孜艾隔着牛蹲在她对面，守着这个新的母亲说这说那，非常亲昵。爷爷手持赶羊的长木棍，出现在南面牛棚边。他站在那儿久久地看着这母子俩，一动不动。看着看着，原地坐了下来。坐下后，继续往那边看。

傍晚大家一起赶羊入栏的紧张时刻，爷爷也从不缺席。但只是远远站在外围，注视着大家紧张地四处扑围。

每到那时候，我的固定位置总是东侧的缺口处，守在那里不让大羊们靠近，也不让小羊突围。有时我来晚了，爷爷会替我站在那里守一会儿，手持一截松枝。看到我来了，就把松枝递给我，说："孩子，看好。"再慢慢走开。

　　当大家的劳动遇到麻烦的时候，爷爷也从不做指点，仍只是看着，看着。直到大家想出法子解决了问题，才欣慰地喃喃自语："对了，这就对了。"

男人们在一起做的事情

我这个人从小就特实在。当听到老师说红领巾是革命烈士的鲜血染成的时候，非常震惊，想象把革命烈士的血一盆一盆接满了用来染红领巾的情景……当老师又说红领巾是国旗一角时，就更感慨了——那得裁掉多少面国旗啊！嗯，是该好好珍惜。

所以当斯马胡力告诉我钉马蹄铁时要先把马蹄壳敲下来再钉时，我就立刻当真了。况且当时他手里的确拿着斧头——如果直接钉的话，用榔头就可以了。于是便很担忧地嘱咐他小心点儿砍，不要砍到肉上了。后来才知道斧头其实是用来垫在马蹄下面，抵住马蹄好让钉子受力的……

无论如何，几个男人凑在一起钉马蹄铁的场面颇具神秘感。大家围着马一声不吭，每个人表现出来的严肃劲儿着实令人费解。不就是钉四只马掌吗？我站在家门口的雷击木边往山坡下张望，他们已经在那里待了好久了。

我走下山，看到海拉提手持一卷一指粗的羊毛绳和马绊子站在那儿。哈德别克慢吞吞地卷着莫合烟，俨然预备好了要给大家出无数的主意。斯马胡力跟在刚被赶回来还没有套缰绳的白额青马后面，在草地上走来走去地兜圈子。赛力保侧身躺在草地上，注视着斯马胡力的身影。弯弯的马蹄铁和方形横截面的铁钉散落草丛间。大家看起来都好悠闲，可谁也不和我说话。我搭了半天讪，只有斯马胡力笑眯眯地回答了几个我听不懂的字。

我只见过马蹄铁已经附在马蹄上的样子。当马跑起来的时候，马的蹄踝处会像折断一样向后别过去，所以才会有"马蹄翻飞"这个词。马蹄每翻起来一下，跟在后面的人就能完整地看到马蹄铁。

但却从没见过钉马蹄铁的情景。嗯，将一块铁片紧紧附在马蹄上，绝对是个技术活。于是我拉开架势站在一旁，准备看到底。可大家明显对我的在场感到不适应，迟迟不展开行动。

过了好久，当马再次经过海拉提身边时，他才持着绊子小心翼翼靠近它，并蹲下了身子，接下来很顺利地绊住了马的一条后腿。

这匹马是我家的赛马，脾气烈，难以控制。可能海拉提怕马突然使性子踢到自己，又缓了好一会儿，试了好几次，才分别把马的两个后蹄与两个前蹄上了绊子。这下，它被绊得结结实实，只能笔直站着，一步也走不了。大家这才起身，合力把它"砰"地推倒。然后用羊毛绳将其左前腿和左后腿、右前腿和右后腿交叉着捆在了一起。然后才解开绊子。马儿最后挣扎了几下，就彻底不动弹了。它疑惑地躺着，不晓得接下来会发生什么事。大家继续安抚它，用手指梳理它脖上的毛发，轻轻地给它挠痒痒，令它信任。

但我还是觉得非常危险。虽然被重重受缚，但马毕竟是力大无穷的庞然大物，万一受惊挣扎起来，压在马肚子上的赛力保和哈德别克肯定会像纸折的一样撞飞出去。

对了，捆脚的时候，打的那种结非常特别，无从描述。总之精致而对称，像汉族传统的盘花纽扣一样花哨又结实。更妙的是，钉完全部的马掌后，不用蹲在马蹄边一个结一个结地解（那样很危险）。只需扯住留得很长的绳头，站得远远的，一拉，一长串儿绳结就跟骨牌一样哗啦啦挨个散开了。马儿感觉到四条腿自由了，翻身跃起，猛地站了起来。然后踏着"新鞋子"，在草地上疑惑地走来走去。

总之，马蹄一绑好，就开始钉马掌了。钉马蹄铁的钉子是生铁的，很粗，硬度不大。马蹄壳看来也并不坚硬，砸不了几下钉子就完全嵌没顶了。由此可见，要是没有马掌，跑不了多久，马蹄子非磨秃不可。

钉好一侧的前后腿，再把马翻过来（以马脊梁为轴心，大家一起拽着蹄子翻动。可怜的马……）钉另一侧。非常仔细，好半天才全部钉完。我猜这匹马突然被人逮住，上了绑又给翻来翻去的，一定气愤极了。挣扎得太厉害，嘴角都被马嚼子勒破了，流着血。我感到心疼，不过

226

这样的行为并非经常性的吧？至少我在家里待了这么长时间，还是头一次看到钉马掌呢。便稍有安慰。

我问斯马胡力："它几年换一次鞋子？"

斯马胡力大笑着说："哪里要几年？一个月就得换一次！"

天啦！家里四匹马，岂不每个礼拜大家都得这么劳神劳力一次？马蹄壳岂不早就被钉得千疮百孔了？实在难以置信。

以前总说卡西费鞋，跟马一样。现在应该反过来说，马真是像卡西一样费鞋啊……

"没办法。"斯马胡力说，"山里石头多嘛。下山了就好了。"

倒也是，别说马，也别说卡西，连我这样的都好费鞋。我整天还只干些家里的活，傍晚时分才跑出去找找羊，赶赶羊，跑跑路。

很明显，海拉提对我的在场很不耐烦。大约因为这种事确实很危险吧？尤其钉好马掌松绑的时候，他一再要求我走远一些，走远一些，再走远一些。直到我站到草地尽头的林子边了，他才满意。接着他自己也后退几步，先确认一下安全似的站定几秒钟，再将手中的绳子猛地一抽，所有结扣哗啦啦全部打开。钉马掌的工作算是全部结束。

后来才知道，这匹马今天是第一次钉掌。往往第一次都很困难、很危险。多钉几次后，马才能完全习惯穿

"鞋子"。

又有一天，还是这几个男人，聚在同样的地方，拿着同样的工具围住了一头大黑牛。令我大吃一惊。牛不至于也要穿鞋吧？赶紧跑下去看，但看了半天也没能明白发生了什么事。

显然并不是钉掌子。那牛系在林边一块大石头上。他们笑嘻嘻地把它折腾过来折腾过去，一会儿让它朝这个方向站，一会儿又让它朝那边站。我又猜想这头牛一定也像之前生病的那头大黑牛一样，腿脚瘸了，大家一定正在查看哪里出了问题。于是也想上前帮忙。可等我刚凑到跟前，大家就很默契地全停了下来。不但统统站到了一边去，脸也扭到了一边。

我一个人站在牛跟前研究了半天也没搞明白到底怎么了，因为他们只绑了母牛的两条前腿，迟迟不绑后腿。而且也并没有把牛推倒进行检查的意思，也不像要给它涂药什么的。只是把它系着，然后一起悠闲地等待着什么。缰绳也只在石头上松松地挽了一圈，随着牛的走动，不停地滑落。斯马胡力便不时走上前拾起来重新绕上去。我便自告奋勇地要求帮着牵绳子。他笑着拒绝了。我又不停地问他："它生什么病了？腿瘸了吗？"他更是笑得极为难受，左看看右看看，勉强答道："没病。"但我还是问个没完。实在感到奇怪嘛，莫非是搬家前的例行检查？也不像啊……

直到看到另一头公牛被驱赶过来，只见它东瞅西瞅了半天，突然伸出红通通的尖尖的家伙……才猛然惊悟：原来是在强行交配！于是赶紧装作还是没能明白的样子，若无其事地慢慢踱开，再一口气跑掉。

真坏！还绑人家，并且还只绑两只前腿——于是它为了站稳当，不得不叉开两条后腿，大大地露出了……真坏！

不过，在我家所有的母牛里，今年就只剩这一头没有产犊了。

当天中午的茶桌上，没外人的时候，斯马胡力忍不住模仿我当时的样子："它病了吗？它有什么病？"大家便含蓄地笑。这种事情，总不能哄堂大笑吧。

除此之外，男人们凑在一起干的事情还有给小公羊去势。那种事可能也不好让年轻女性在场的。可我偏要看，大不了装作看不懂的样子。

因为实在好奇嘛，而且实在不明白他们到底是怎么弄的——我都看过很多遍了，还是没有一次能看清楚。速度太快了……骗的又全是小小的羊羔，两个人面对面倒腾两三下就结束了。那些小家伙们一被放开，翻身跃起就跑，离弦之箭似的，根本看不出刚遭受过屈辱性的创击。而这些小羊大多是最可恨的那几只，平时欺软怕恶，入圈时只往李娟所在的方向突围。

骟羊的举措是为了优化品种，只保留高大健硕的种羊来传宗接代。其他的小公羊活在世上则只是为了给人类提供肉食。

第一次看到这种情景是刚到吾塞不久后的一个黄昏。那天都快八点了，小羊却还没开始入栏。刚挤完牛奶的妈妈和莎拉古丽在山顶草地上坐着，一边捻线一边等待。不晓得其他人都跑到哪里去了。我向东面山坡下信步走去。走到半腰，听到左侧林子里有杰约得别克的声音。扭头一看，他正在追逮一只小山羊。山羊又蹦又跳的，几次差点儿被逮到又挣脱了，但最后还是被抓住。再往稍远处看去，海拉提和斯马胡力正蹲在一棵大松树下折腾另一只小羊。一个抓羊头，一个抓羊腿，不知在做什么。

开始以为又有羊的肛门发炎了，正在除蛆虫。赶紧走过去看。走近了才看到爷爷也在一旁。只见他侧卧在草地上，手肘支着后脑勺，凝视着几个孩子正在做的事。海拉提用一个大大的铁钳子在羊的尾部夹着什么。斯马胡力则用小刀在羊角上割来割去。海拉提夹过以后，还用手在那个部位捏了又捏。

不懂就问是我的一大优点。我自然而然地提问了："在干什么啊？"却没人理我。顿时觉得刚才那句问话异常突兀，便又冲着斯马胡力说："别割了！它疼！"

他笑道："不疼不疼。"

我赶紧又问刚才的问题。他发愁地想了半天，才以汉语开口道："这一个嘛，是男的山羊嘛，那个东西嘛，要拿掉的嘛，我嘛，不好意思和你说嘛……"

原来如此……斯马胡力是在往骗过的小羊羊角上刻记号呢。

还口口声声说什么"不好意思"，哼，都笑成那样了……

海拉提和爷爷则面无表情，根本不想搭理我这个唐突的家伙。

除此之外，男人们聚到一起还能干什么呢？就只剩打牌赌钱了。一打一下午，羊也不放，啥活儿也不干。热火朝天。

才开始我也会参与进去，但每次都输得干干净净。怎么会输呢？我觉得自己明明很聪明的……看来赢牌真的是男人的天赋。

夏牧场新景象：苍蝇、老鼠还有猫

扎克拜妈妈很厉害。一只苍蝇嗡嗡嗡嗡地飞来飞去，她冷眼瞅了几秒钟，突然出手，将其一巴掌打死在烟囱上。紧接着，又把另一只打死在馕上。两只苍蝇瞬间毙命，而烟囱只抖了一下，馕饼也没有被打飞出去。这需要多么深厚的功力啊！

妈妈还有一手绝招，对于飞过眼前的苍蝇，出其不意，伸手一抓，就捏死在手心。看得我瞠目结舌。对我来说，消灭苍蝇不可能离得开苍蝇拍。没想到最好的工具居然长在自己身上。

后来我也学着用巴掌直接打，却永远做不到像妈妈那样疾如闪电。苍蝇没打着一只，手心拍得生疼，还差点儿掀翻一只锅。

人很讨厌苍蝇，牛也讨厌。若牛有了伤口，这伤口上不一会儿就叮满苍蝇，隔天就钻爬着蛆虫了。而绵羊屁股烂长蛆则是经常的事。斯马胡力一注意到有羊走路的姿势不对头，就立刻把它提住按倒在地，掀起它的大尾巴一看，果然……那情景惨不忍睹。

马的眼睛如果太湿润（上火了？）也会招惹苍蝇，两只眼角各叮一大片。它就努力地摇头晃脑，想把它们晃掉。

除了苍蝇，还有一种像小咬的蚊虫也非常多。它们倒是不叮人也不吸血，但总会成群出现在人的头顶上方，黑压压一团。人走到哪儿，就一团一团跟到哪儿，不知到底想干什么。

夜里，被有翅膀的小虫子钻进耳朵则是常有的事。你越是抠，它越往深处爬。它的翅膀又大又长，明明进不去还非要往里挤，弄得耳朵里轰隆隆直响。但那样的夜里总是那么困乏，于是懒得理它，就侧着身子，耳朵朝上睡。它要是吵得太厉害，就晃晃脑袋吓唬它。没多久，它自己觉得没趣了，就会顺着耳道爬出来。

最多的是蝗虫，草地里四处跳跃，生机勃勃。从六月到八月，我是看着它们长大的。

然而这些都不如苍蝇讨厌。因为苍蝇老围着人飞，还嗡嗡嗡吵个不停。妈妈一个人在家的日子，一有空就全力以赴对付苍蝇。当我们回到家，她就得意地提醒我们：看，什么没有了？苍蝇没有了！

果然，木屋里静悄悄的。妈妈还伸出巴掌向空中果敢地挥动了一番，以展示她当时的风采与意志。

但到了第二天，我们仍在嗡嗡嗡的声音中睡午觉，不胜其烦。

在冬库尔的时候，扎克拜妈妈打苍蝇打烦了，就叹息着说："马上要去吾塞了，吾塞又高又冷，没有苍蝇。"

果然，吾塞冷多了。别说苍蝇，就连我都有些招架不住。但寒冷只维持了半个多月。到了七月中旬，雨水季节完全结束，虽然林间积雪犹在，但温暖天气不可阻挡地到来了。扎克拜妈妈和莎拉古丽有时会换上鲜艳又轻薄的连衣裙（裙摆下仍然穿着厚毛裤）。这时，苍蝇也突然多了起来。

连深山夏牧场都有苍蝇了！这是以前从没有过的事，连扎克拜妈妈都很诧异。她有好几年没进夏牧场了，这些年一直在定居点种植饲草，今年是替换生病的沙阿爸爸进山放牧的。

较之十年前，气温明显暖和了许多，昼夜温差也在缩小。十年前我在沙依横布拉克牧场生活，记得整个夏天雨水充沛，遍地沼泽，草地又深又浓，每天早上河边都会结冰。现在的沙依横布拉克呢，总是阳光曝晒，草地稀薄，发黄发白，汽车开过石头路时尘土很大。

气温上升果然是全球性的事，连偏远宁静的阿尔泰深山也没能躲过。

不但苍蝇蚊虫多了，老鼠也多了起来。半夜总会听到食品角落那边窸窸窣窣的声音。

快要离开冬库尔时，大家拆门口的木棚。一挪开里面的杂物，生活在那里的老鼠躲闪不及，四处乱窜，被妈妈一连踩死了两只。拆毡房时，一个小小的老鼠直接从面粉口袋里跳出来，没头没脑地到处跑。大家一起围追堵截，但还是让它给跑掉了。我倒是替它庆幸，毕竟它那么瘦小，肯定还没来得及偷到东西吃。

由于面粉袋被老鼠咬破了，妈妈只好把另一个旧面粉袋补一补，把面粉全腾了进去。我看这袋子大约也保不了多久，便建议："强蓬家不是有两只猫吗？不如找他要一只来嘛。"妈妈撇撇嘴说："他们要钱的！"

在牧场上，猫则是气候变暖的另一种新产物。它们专门针对老鼠而来。以往的游牧生活，养羊、养牛、养骆驼、养马，顶多再养一只狗，没听说过养猫的。

在阿克哈拉牧业中心村，时常有人到我家杂货店打听猫的事。我家商店过往人流多，在那个僻静的小村算是一个信息集中点和扩散中心。只要我妈帮着把消息散布出去，很快，供求双方会到我家店里碰面。因此我家商店又是个民间交易场所。当然了，作为中人，我妈一点儿好处也落不下。

我妈也曾打过养猫发财的主意。她买回一公一母两只猫，指望它俩没完没了地繁殖。可惜它俩对不上眼，死活不肯谈恋爱。至于老鼠，它们只跑去抓邻居家的。只听说过兔子不吃窝边草，没想到猫也会在自家门前留一手。于是我们一直养着这两只没用的猫，整天好吃好喝供着。打也不能打，骂也不能骂，怕它们一生气就跑出去不回来。那段时间猫很贵的。

牧民家的猫不知都是咋养活的。我常常看到这样的情形：小小的孩子扯着自己家小小的猫咪，一手拽脑袋，一手拽屁股，像拧毛巾一样拧啊拧啊。那只小猫苦难深重却一声不吭，愁眉愁眼。要我是那只猫的话，非狠狠地挠那小孩一把不可。

可再仔细一看，那孩子已经是满脸满手的挠痕了。

猫是孩子们的玩伴，也是生活的帮手。这么重要的家庭成员，当然要认真对待了。起码得比对狗重视吧。否则，为什么只见过满山找羊的牧人，却没见过四处找猫的？出去串门时，一个毡房一只猫，都好端端地高卧在自家的被褥垛上。看上去心平气和，对生活没啥意见。

莎拉古丽家的猫和加依娜一样娇惯。大家围坐在圆桌吃饭时，它会在每个人身上爬一遍，要求每个人都喂口饭给它。

大家都对它很耐心，从没见谁一巴掌把它打下去。

可以说，我目睹了这只白色的黄花小猫成长到如今的全过程。早在塔门尔图时，有一次去莎拉古丽家做客，还以为这个毛茸茸的小东西是孩子们的玩具。因为它始终卧在那里一动不动，藏头藏尾，蜷成极小的一团。和加依娜玩闹时，我随手拾起这个"毛绒玩具"欲向她扔去，没提防这"玩具"睁开眼瞅了我一下，吓得赶紧松手。是活的！

当时这猫咪真是小得可怜（大约和努尔兰家的猫是同一窝的），只有手掌心大，弱极了。捧在手上一点儿分量也没有。八字眉，斜眼梢，哀愁地耷拉着小脑袋，浑身软趴趴的。我预感可能养不活。它不但毫无活力，且实在太小，肯定还没足月。

迁至夏牧场的路上，我们在可可仙灵驻扎了一夜。第二天启程路过莎拉古丽家的依特罕时，我们停下驼队帮忙装骆驼。正忙这忙那，装包勒绳的时候，突然在满地狼藉中看到一个盛着牛奶的小碟子。我正疑惑着，又听到微弱的喵叫声，便一下想起了那只小东西。原来还活着啊！

带一只猫转场，其重视程度绝不亚于对待一个婴儿或一只初生的羊羔。然而我还是看到它正在受苦：它被湿湿的衣物（头一天下了大半天大雨，夜里仍不停地下，一切都是湿的。包括我们最贴身的衣服）包裹着，塞进一只纸盒。再把这纸盒塞进烟囱。最后把烟囱高高绑在骆驼脊背最顶部，避免被撞击。

一路上每当我策马经过他家的驼队时，总会不停地寻找那根烟囱。怕小猫会在里面憋死，又怕湿气令它生病。最怕的是烟囱会在狭窄的山路上撞到经过的石头。骆驼走路很不小心，头一天，我们的铁皮炉就被撞得扭成一团。

冬库尔的生活稳定下来后，我们去莎拉古丽家做客。我进门第一句话就问猫还好吗。大家都笑了。海拉提把猫逮出来扔给我看，它居然还好好地活着。虽然仍小得惊人，但精神了许多，行动起来旁若无人。吃饭时，它从外面回来，径直踏上花毡钻进莎拉古丽怀里，并踩在她手背上踮起脚，好站得高一些，张望餐桌上有没有自己喜欢吃的东西。大约是轻得几乎没分量的缘故，莎拉古丽也无所谓，任它浑身上下到处爬。每当它爬到莎拉古丽怀里，她就吐出嘴里正在咀嚼的食物喂它。猫太小，估计牙还是软的呢。其胃口也极小，玉米粒大的一块柔软的甜奶疙瘩就能吃饱了。吃完后很满意地抹抹嘴，舔舔爪子，紧贴着莎拉古丽卧下，调整出最舒服的姿势打起呼噜来。

等到了吾塞，小猫就已经有我脚那么大了。胆子也更大了，很快就熟悉了山顶方圆五十米范围内的情况，并喜欢上了我家（大约这边没有小孩骚扰），尤其热爱卡西的手指。它天天都过来串门子，缠着大家陪它玩。实在没人理它的话，就钻到我家铁皮炉下面，一边烤火一边打盹儿。可扎克拜妈妈总骚扰人家的睡眠。她先是温柔地"么西么西"唤它过来，再趁其不备，一把捏着它的小脑袋拎起来，再一手拽住两条后腿，一手拽两条前腿，拉伸、拧动、翻转……蹂躏半天才放过人家。但小猫也不介意，脱得身来，回一回神，歪着脑袋想一想，依旧不慌不忙去向炉子底下卧着。

当小猫越来越依恋我家，并开始留在我家过夜的时候，莎拉古丽就不干了。再晚她也会打着手电筒找过来，把猫抱走。

吾塞总是云多，风大。孩子们在阴晴不定的天空下追逐游戏，白皮球在孩子们之间滚来滚去。小猫也跟着球跑来跑去，激动又好奇，比孩子们还玩得投入。

傍晚闲下来，大家会一起荡秋千。有时海拉提这样的大人也会加入呢。那时小猫最兴奋了，沿着秋千绳子上蹿下跳。最后爬到正在荡秋千的斯马胡力的头顶上，努力使自己像一顶帽子似的稳稳当当占据在那里。大家都笑了起来。

吾塞有猫的消息大约老鼠们还不知道。在山顶东侧斜坡上的一株爬山松下，我发现了一个新的老鼠洞，洞口堆着刚刨出来的干土。老鼠们也不容易，辛辛苦苦地冒雨作业，却没想到附近只住着两家人，物质极不丰盛，而且还养有猫。

友 邻

七月，我们赶着驼队穿过北边开阔又漫长的杰勒苏峡谷，去耶克阿恰卖羊毛。一路上始终沿着河往下游走。河水两岸全是沼泽和草滩。右边的上方是连绵的森林，左边是整块的秃石山崖。快走出峡谷时，看到经过的草地上有多处被深深刨开的黑色新土。海拉提告诉我，"乔西嘎"刚刚经过这里。

我一时没反应过来，问他："什么经过这里来着？"只觉得那个词听起来熟悉极了，像是儿时用来骂人的什么话。

我一连问了三遍，他一连回答了三遍。见我还是没明白，干脆用汉语大喊："猪八戒！"

我这才一下子想起来——"乔西嘎"不就是猪嘛！原来他说的是野猪。

海拉提可真聪明。作为有穆斯林传统的牧人，大家虽然从不和猪打交道，但对猪八戒还是很熟悉的。在有电视的定居点，唯一的哈语频道把哈语版《西游记》回放了一遍又一遍，牧民们百看不厌。

往下一路上，野猪留下的痕迹还有很多。可它们怎么会跑到有人活动的峡谷里来呢？还敢在有人迹的路上逗留。

虽然吾塞已是深山，但每条山谷都有牧人驻扎（往往一条沟只住着一家人，阔绰得堪称"沟长"）。还靠近沙依横布拉克和耶克阿恰这两个较大的商业集中区，大型野兽并不多见。这个季节，真正庞大的野生动物群全活动在后山国界线以北。

阿尔泰山脉在中国的部分是其南麓朝阳的一段。虽然也碧青湿润、森林遍布，但远不及背阴的北麓（也就是外蒙古、俄罗斯及哈萨克斯坦那边）昌盛浩繁。有一个描述寒温带地理特征的词是"南苍北润"。这些地方的山区树木一般集中生长在阴凉潮湿的北坡。因此，在夏季，群山北部才是野生动物的天堂。

在班班叫个不停的漫漫长夜里，扎克拜妈妈总是吓唬我说有野猪，让我和卡西不要说话，赶快睡觉。骗小孩呢！再说了，就算真有野猪，睡着了难道就会安全了？

看到野猪拱土痕迹的第三天，还真有野猪在吾塞现身了。当时有好几个牧人都看到了，包括斯马胡力在内。

那天斯马胡力一大早出去赶羊，上午快九点时才回家，马背上一前一后载着两个孩子。走近一看，是恰马罕家的两个假小子。看来是刚从他家喝茶归来。真是惊奇又高兴。自从离开冬库尔后，两家人就再没串过门了。虽然说起来仍是邻居，却隔了两座山头呢。倒是哈德别克兄弟俩放羊经过这边时，偶尔过来喝两次茶。

斯马胡力显得特别兴奋，喝茶时才告诉我看到野猪的事。

——就在十分钟前，它们成群跑过北面山谷中森林边缘的草地。共十一只，三只大的，八只小的。

我很奇怪，这是什么组合？

斯马胡力自信地说，肯定是一个公的领着两个老婆，每个老婆给它生了四个孩子……说完哈哈大笑。

我大喊："豁切，不信！"但再一想，又觉得有道理。总不能两只公猪与一个老婆共处吧？整天打架都打死了。再说，三个母猪带着孩子一起遛弯儿也说不过去。

我又详细地询问情形。斯马胡力说，它们的颜色和我家那头棕红色的母牛一样。又形容说，大的有成龄牛那么大，小的跟半大羊羔似的。前前后后跑成团，一个也不落队。

哎，想象一下吧，多么快乐自在的一幅春日行乐图！

我便责问他为什么不抱一只小的回家，给大家看看。他怒目而视，用汉语说："它的妈妈，太厉害的！"

当野猪身影出现在远处的森林边缘时，在山崖边行走的斯马胡力勒马停了下来。他隔着空旷的山谷，远远凝视

242

它们，一边数着数量，一边等待着什么。两个孩子也瞪大了眼睛，抓紧了斯马胡力的衣襟。野猪们奔跑一阵，慢行一阵，不知是在惊慌躲避，还是自在嬉戏。我猜，看到它们的其他牧人也都会像斯马胡力一样，紧张又惊叹。除去现实的担忧之外，心中滋生的更多的怕是豪迈的热情吧？

我又问两个孩子："野猪长什么样？斯马胡力是不是在胡说？"两个孩子只是扭捏地看我一眼，继续喝茶、剥糖，一声不吭。可能目睹过奇迹的心灵，总是心满意足而不慌不忙的。

此后好几天，卡西出门之前都对我千叮咛万嘱咐。要我散步时不要走远，不要独自下山，不要往北面去。而我自己呢，虽说也有些顾忌，心里却隐隐盼望也能亲眼看一看这些山野的精灵。

斯马胡力说："要是真的碰到野猪了怎么办？"

我说："那就给它拍个照。"

大家都笑着说："豁切！"

扎克拜妈妈说当她还很小的时候，吾塞这一带野猪非常多，三天两头出没山林。她还说三十年前还亲眼见到过大棕熊呢，就在边界一带，即现在加孜玉曼家深山牧场的驻地附近。她告诉我，熊站起来的话比人还高，抱着树摇啊摇，树就断了。

我问斯马胡力见过棕熊没有，他嘿嘿笑着说没有。我便嘘之，他立刻又说："我看到过狐狸！见过很多！"

卡西也立刻大声说自己也看到过好几次狐狸。妈妈更得意，说，狐狸算什么。除了棕熊，她还见过狼呢！她说，过去狼群很多，现在几乎没有狼群了，只有独狼来袭击羊群。但独狼怕人，很少靠近人的驻地。

他们每说一句，我就"啊"一声，惊叹不止。

后来大家又齐声问我曾见过什么，我很不好意思地说："见过索勒……"

山林里野生动物不少，但对游牧生活造成威胁的，说来说去似乎只有大棕熊啊，狼啊，野猪啊，还有蛇之类。好在南方那些常见的令人防不胜防的阴险毒物（蚊虫毒蛛之类），这里几乎没有（可能与气候有关吧）。在我看来，最可恶的只有荨麻，被它轻轻蜇一下，便火烧火燎地疼好久。连马儿都认得这种草，经过密集的荨麻丛时，不管骑马的人怎么抽鞭子，它们都止步不前，避之不及。

说到蛇，这个哈语单词也是海拉提教我的呢。我们一起进林子赶牛时，他总是提醒我说蛇多，走路时要注意脚下。为了向我解释他口中的"蛇"为何物，他折了一根细长的草茎，放在地上扭来扭去。非常逼真。

蛇不会无缘无故主动攻击人。但如果在路上走着走着，冷不丁和你打个照面，乍然受惊的话，它没准儿就不管三七二十一扑上来先咬一口再说。山里的蛇倒是大多没啥毒，被咬到的话顶多疼几天，不至于致命。怕的是牛羊被蛇攻击。尤其是即将搬家转场前被咬了的话，牛羊带着脚部的创伤很难捱过长途跋涉。偏这些蛇哪儿不咬，专爱咬人家的脚。

不知那些走失的牛羊，会选择什么样的地方独自过夜。丢羊几乎是每天都会发生的事，好在到了第二天它们大都会自个儿想法子重回羊群，或被邻牧场的羊群收留。否则的话，一天少几只，一个月就是百十只，我们这点儿羊还不够用来丢的呢。斯马胡力也不会在每天数完羊后，还那么气定神闲地说："三只没了。"但无论如何，牛羊失群毕竟是危险的事。孤身在外，更容易受到攻击。

我们出去找羊，大声地呼喊，去向每一处山坡阴面的石头缝处张望。那里狭窄背风，地面铺积着厚厚的针叶，总留有卧过的痕迹。牛羊领着孩子独自在外的长夜里，母子俩紧紧挤在一起，卧于此处，有没有焦灼紧张地提防着凶猛的野兽和幽静无声的蛇呢？

狼也罢，蛇也罢，野猪也罢，都没能真正影响到什么。吾塞的生活如此宁静，宁静得简直坚硬而不可摧毁。我们依从这坚硬的宁静而获取安全感，放心地生活。而蛇啊野猪啊恐怕也同样非常放心吧。大家都走在同样尺度的生存之路上。

据说哈萨克牧民有个古老的风俗，就是不为取食而猎杀野生动物（哈萨克族过去的年代里也有猎人，但听说他们狩猎是为了保护草场、获取皮毛），人们只食用自己养育的牲畜以及用牲畜换取的食物。虽然不知其中的道理，但客观上看，这种禁忌多多少少约束着狩猎行为。大约与大自然最紧密、最纯粹地联系在一起的生活，需得有最自觉、最牢固的环境保护意识，需得甘心与万物平起平坐而不去充当万物的主人。不知做到这些，需要怎样的纯真与满足。

斯马胡力说，等我们搬走后，吾塞就热闹起来了。那时，大棕熊也来了，野猪也来了，还有马鹿啊，野羊（那是什么？）啊，全都跑到这边来过冬。因为漫长的冬天里，阿尔泰山脉南麓比北麓暖和，日照时间长，雪也薄了许多。原来野生动物们也会转场啊，原来它们也是大自然的牧民。

斯马胡力说："我们这个房子嘛，夏天是人的房子，冬天，就是熊的房子！"

等我们全都离开后，大棕熊沿着去年的记忆，熟门熟路来到吾塞，来到我们的林海孤岛，找到我们空空的小木屋。它推门进来，一脚踏上我们的床榻，倒头就睡，一睡就睡过了一整个冬天。哎，大家息息相关相处在一起，却又将各自的生活丝丝入扣地错开，互不干扰。仔细想象一下那样的画面——大棕熊在大雪深深埋没屋顶的小木屋里呼呼沉睡……不但是有趣的，更是深沉感人的。

真正的夏天

在深山夏牧场，白昼越发漫长了，下午时光越发遥遥无边。我们裹着大衣，长久地午眠，总觉得已经睡过了三天三夜。醒来后，一个个懵然坐在花毡上，不知如何是好。扎克拜妈妈便铺开餐布给我们布茶。盐溶化在茶中的动静遥远可辨，食物被咀嚼在嘴里的滋味深沉又踏实。

在吾塞，我们的驻地地势极高，已入云端。当那些云还在远处时，明亮得近乎清脆，似乎敲一敲就当当作响。可一旦游移到附近，立刻沸沸扬扬、黏黏糊糊的。

这是多雨的六月，每天都会下几场雨。哪怕只飘来一小朵云，轻轻薄薄的，可能也会下一阵雨。而且总是一大早就阴云密布，淅淅沥沥个没完。当满天阴云释放完力量后，天空立刻晴朗得像刚换了新电池似的，阳光立刻灿烂，气温立刻上升。于是湿漉漉的大地在阳光照耀下大量升腾着白茫茫的水汽。这些水汽聚集到天空，立刻又演变为储满雨水的阴云……如此循环，没完没了，令人疲惫。

雨水初停时，天空一角的云层裂开巨大的缝隙，阳光从那里投下巨大的光柱。光芒照耀之处水汽翻涌，热烈激动。而光柱之外没阳光的地方则沉郁、清晰又寒冷。

我已经咳嗽了半个月了。夜里总会咳得更严重。大家在黑暗中躺着静静地听，妈妈轻轻叹息。白天午休时也总会激烈地咳醒。远远路过我们小木屋的爷爷听到咳声后，会拐道过来，站在门口往里看着我，问："孩子，还好吧？"

我总是穿得厚厚的、圆滚滚的，总是偎着火炉舍不得离开。扎克拜妈妈只好不停地给炉子添柴。

这时加依娜跑过来，赤着脚，穿着短袖T恤，露着光胳膊。妈妈指着她对我说："你看，你看！"

旁边的卡西揭起我的外套一数：保暖绒衣一套，厚厚的条绒衬衣一件，薄毛衣一件，厚毛衣一件，棉外套一件，薄毛裤一条，厚毛裤一条，牛仔裤一条。最外面还裹着一件羽绒外套。大家摇头叹息不已。

天气更加凉快，牧草也更加丰饶了。来到吾塞后，奶牛的产奶量明显超过了冬库尔。每天早上三点半，卡西和妈妈就得起床挤奶。我四点起来，劈柴生火烧开水，准备早茶。柴火总是太湿，炉子冰凉，每天早上的第一炉火总是半天也生不起来。斯马胡力则快五点了才舍得离开被窝。他一起来我就赶紧叠被子，收拾房间。刚把木床腾出地方，妈妈和卡西就拎着满满三桶牛奶回家了。我赶紧摆开桌子给大家沏热茶。茶毕，斯马胡力赶羊，卡西赶牛，我摇分离机，妈妈煮奶，并揉搓昨天压好的干酪素。等兄妹俩回家时，新的干酪素也沥出来了。那时往往已经上午十点过了，大家终于又坐到一起喝茶。然后……睡觉。到了那会儿每个人都那么疲惫。

早上三点过天开始亮了，一直到晚上十一点天色还没黑透。繁重的劳动铺展进如此漫长的白昼之中，也就不是那么令人辛苦了。只是一个个统统睡眠不足。

可是每天午眠前，明明大家都已经很瞌睡了，一个个仍慢吞吞地喝茶。好像还在等待什么，又好像知道接下来会有长时间的休息，所以并不着急。

真的躺倒开始睡觉时，也并不比扛着瞌睡舒服到哪儿去。花毡下的地面不太平整，无论怎么翻身，总有一块骨头被硌着。每当瞌睡得昏天暗地却又浑身不得劲时，真希望自己重达两百斤，敷一身厚墩墩的脂肪，自带床垫多好……

加上总是阴雨绵绵，空气又湿又冷，又没有被子盖（白天没人展开被子睡，那样太难看了），只能披件大衣。就更希望自己重达两百斤了，那感觉一定像钻在睡袋里似的。

直到进入七月，直到有一天，三个孩子齐刷刷地变成了小光头，我才突然意识到好几天没下雨了！夏天真的来了，毕竟已是七月。

最暖和的一天中午，小加依娜甚至还穿上了裙子。等我出去转一圈回来，发现扎克拜妈妈和莎拉古丽也换上了轻薄而鲜艳的雪纺面料的连衣裙。

那几天我也脱掉了厚毛裤和厚毛衣，顿感一身轻松。出去散步时，走得更远了，去到了好几处之前从没去过的地方。以前总是不愿意跟卡西去赶牛放羊，又累又帮不上什么忙，可总架不住她的热情邀请。如今终于有了兴致，一看到她出门就赶紧问："赶牛吗？一起去！"

暖和的天气令午休也变得舒适多了。于是每天都能睡得天昏地暗，醒来不知何年何月。

每个阳光充沛的正午，爷爷总是坐在家门口的草地上享受他富于激情的朗读时光。妈妈和莎拉古丽纺线，卡西学汉语，孩子们游戏。羊群吃饱喝足后悄悄回到山顶。大小羊合了群，成双成对在附近的石头缝里或树荫下静卧。孩子依偎着母亲，面孔一模一样。

如今绝大部分羊羔的体态都赶上了母亲。作为大尾羊品种，一个个的屁股也初具规模，圆滚滚，沉甸甸。走动时左右摇晃，跑起来更是上下乱颤，波涛汹涌。尤其当大羊带着自己的羊羔闻风而逃时，两只一模一样的胖屁股节奏一致地激烈摇晃。看到那情形，无论感慨过多少次夏牧场的繁华，还是忍不住再次叹息。

其实，长这么大的屁股也是个麻烦事。尤其下山的时候，跑得稍快一点儿，容易刹不住车。前轻后重嘛——前面猛地一停顿，屁股就高高甩起来，然后连带着整个身子三百六十度前空翻。

有一次看到一只满脸是血的大羊羔，不知是不是前空翻造成的。它的一侧小羊角整个儿都快折断了，一定很痛。它的母亲身上也被蹭上了许多鲜血。可母子俩依偎在一起，那么平静。

对了，小羊羔跪地吃奶的样子很可爱。但若是长得跟妈妈一样大了，还要硬挤着跪在妈妈肚皮下吃奶，看着就很不对劲了。

我的头发早就脏成绺儿了。在没有灿烂阳光也没有电吹风的前提下，打死我也不会洗的。如今天气暖和了，便在某个下午烧了水痛快地洗了一场。然后在阳光下坐着，感觉头发跟太阳一样明亮。如果可以，我更想步行去下游的温泉那儿洗。天气这么好，可以当短途旅行。

原先每天只在晚上吃一顿正餐，但如今白昼漫长又悠闲，偶尔到了中午就会有人嚷嚷着要吃抓饭或拌面。主意一定，大家一起动手。卡西立刻揉面，我下山挑水，妈妈出去背柴。我说："柴还有呢！"妈妈叹气，说："卡西嫌柴太大，非要小柴烧火。"没办法，我们一圈人全是给卡西打下手的。

天气暖和就够幸福了，如果小牛五点钟就回来了则更幸福。早早挤完奶，就可以早早睡觉。

雨季一过，很快就得往山下搬迁。然后开始擀毡。擀毡是一年中的大事。斯马胡力和海拉提两个也加紧剪羊毛的进程。又择定日子去耶克阿恰弹羊毛，为擀毡做准备。

妈妈计划再缝一床褥子。她在卖羊毛前挑出了五大块最匀净最柔软的羊羔毛块，让卡西拿到沼泽边洗。这家伙扛着大锡锅和羊毛下山了，半天也不见回来。我去找她，看到她正躺在岸边休息，等着下一锅水烧热。还看到她的手都泡白了。

天气暖和，肚子饱饱，又睡够了觉，卡西心情非常愉快。和我说了很多。说阿娜尔罕去过乌鲁木齐呢，帮一家亲戚带小孩，带了两个月。她尝试着用汉语说这件事，原话大略如下："阿娜尔罕的嘛，二月的嘛，乌鲁木齐的嘛，一个房子的有嘛，一个巴郎子（孩子）有嘛，我的亲戚嘛，拿一下嘛！"

她还说，小时候家里人口多，兄妹六个都生活在一起。那时这块驻地非常热闹。现在呢，只剩她和斯马胡力了。并再次提到阿娜尔罕在外面打工多么地辛苦，手都烂了，却只请到了三天假，去县城亲戚家休息。我感觉到她的心疼和无奈。

第二天，我散步时路过沼泽。沼泽里的植物大多生着针叶，偶有一片水滩里挤着大片大片的肥厚圆叶，很是富足的光景。看了一会儿，突然想起卡西昨天在此地说过的那些话，竟如同梦中的情景。自然的美景永远凌驾在人的情感之上吗？又好像不是的……

因湿羊毛太重了，卡西洗完后没法运回山顶，便晾在沼泽边的树林里。此时水分滴尽，已经半干。我便帮着抱回山上。真重啊！累得大喘气，回家后忍不住灌了一肚子凉水。

在冬库尔时，卡西学习汉语的那个小本子还很新。到了这会儿，破得像是五十年的逃难生涯中用过的似的，并且前十页和后十页都没有了。但小姑娘的学习热情丝毫没变。我们去找羊，她把本子卷巴卷巴塞进口袋。途中休息时，就掏出来温习单词。读着读着，把本子往脚边草地上一丢，仰身躺下，闭上眼睛。我也在她身边躺下。那时全世界侧过了身子，天空突然放大，大地突然缩小。眼前的世界能盛放下一切的一切，却什么也没放。再扭头看低处的溪谷，溪谷对面是羊道。羊道是纤细的，又是宽阔的。几十条、上百条，并行蜿蜒。羊早已走过，但羊走过时的繁华景象仍留在那里。

溪谷的最深处很绿很绿。怎么会那么绿呢？绿得甜滋滋的，绿得酥酥痒痒……唯有这绿意穿越了整个雨季，丝毫没变。

在卡西的破本子旁边，在正午强烈的阳光下，草地中三枚娇艳的红蘑菇像三个精灵张开了三张红嘴唇。

下山时，走着走着，突然卡西惋惜地叹了口气。沿着她的视线看去，一棵松树掉下一个鸟窝。我拾起来，空空如也。这个窝看似编织得松散零乱，却十分结实沉重。鸟也不容易，得花多少工夫，吐多少口水才粘成这样一个家。好在天气已经暖和了，再重做一个想必不会太难。

天气暖和了，便见到了许多之前从未见过的事物。如大蚂蚁，身子有火柴头那么粗，肚子有黄豆那么大，在倒木上突兀而急速地穿梭。要是小蚂蚁，如此忙碌是正常的景象。但这么大的体格还跑这么快，就显得呆蠢无措。

还看到了冰雹。以前遇到冰雹，只知躲避，如今却有闲情细细观察。虽说地气热了，冰雹落地即化，但还是能在瞬间看到它们真实的形象。之前我一直以为冰雹就是冰疙瘩，囫囵一团，现在才知不是。冰雹在融化成圆润平凡的冰粒子之前，其实是有棱有角的，是尖锐的。而且，就像所有的雪花都是六角形一样，几乎所有的冰雹也都是同一个形状——下端六个尖锐棱面，上端六个侧棱面，顶端是平的正六角形。也就说，一粒冰雹其实就是一颗钻石。

而且冰雹总是一端透明，另一端则一层透明夹一层乳白。像不同地质年代的岩层，排列得整齐又精致。不知上空云层里有什么样的力量，无穷无尽地锻压出这美丽晶莹的宝石，再毫不可惜地抛洒而下。

　　直到天气暖和的时候，我们才发现杰约得别克经常穿的那条裤子竟然是女式的，裤袋旁边还绣着花，大约是莎拉古丽的裤子。他人太瘦小，撑不起来，穿得松松垮垮。卡西早就看上了这条裤子。有一天命令他脱下来，自己试了试，竟十分合身。便提出和他交换。她把自己所有衣服倾倒在草地上，让杰约得别克自己挑。可大多是女孩的衣物，杰约得别克看一件，"豁切"一声。卡西挑出一件红色的补过好几遍的旧T恤，甜言蜜语地劝他收下，反复指出其颜色多么适合他。可是那小子精着呢，不为所动。最后才冷静地挑出了一件黄绿色的半旧T恤，男孩女孩都适合的款式。巧了，正是之前卡西用我给她买的带亮片的红色新T恤同苏乎拉换来的那件。唉，真是越换越不值。这姑娘，真像童话里那个最终用一头牛换了一袋烂苹果的傻气老头。

　　两个孩子在阳光下认真地处置自己的财产。突然，卡西扭头冲我挤了挤眼睛。虽不晓得其用意，但那模样动人极了。那一刻突然寂静无比。满地鲜艳衣物，青草开始拔穗，头顶上方一大朵云。

　　黄昏总是突然间到来的。总是那样——从外面回来，刚走到家门口，一抬头就迎面看到了黄昏。世界在黄昏时分最广阔，阳光在横扫的时刻最沉重。这阳光扫至我们的林海孤岛就再无力向前推进了似的，全堆积到我们驻地附近。千重，万重。行走其中，人也迟缓下来。妈妈、卡西和莎拉古丽在夕阳中挤牛奶，洁白的乳汁射向小桶的速度也慢了下来。孩子们追赶小牛嬉戏。没人踢动，白皮球也跟着滚来滚去。这一幕像是几百年前就早已见过的情景，熟悉得让人突然间记起了一切，又突然间全部忘记。

黄昏，路过我家木屋的爷爷要做巴塔了。虽然离自己的家只剩几十步远了，但还是决定在我家进行。大约也是对我们的祝福。远远地，卡西放下手里的活，赶回家服侍他。她往手壶里添入热水殷勤地递上前，爷爷接过来去屋后小树林里做净身。再重新回到木屋，踏上木榻跪坐下来，安静地做礼拜。本来嬉闹不止的孩子们都安静下来。他们都知道爷爷在做一件神圣的事情，一个个坐在床沿上默默无语，各做各的事情。等爷爷一结束，孩子们一起举起双手，说出最后一句"安拉"，这才继续热热闹闹地聊天游戏。

这时，斯马胡力在外面大声地招呼："快点，羊回来了！"大家一起涌出了木屋，各就各位，开始今天的最后一项劳动。

莎 拉

　　大家都把海拉提的媳妇莎拉古丽直接唤作"莎拉"。
我对莎拉一直很有好感。她是个斯文得体的瘦弱女人，笑
容清新大方，穿戴比一般的牧业家庭的妇人显得更讲究。

　　莎拉和海拉提结婚七年，只生有一个孩子加依娜。她
的娘家是城郊的农民，紧挨着县城居住，因此算得上半个
城里人。但她的汉语水平却并不比卡西强多少。我和她有
过两三次深入交谈，从她那里获得了一大堆误会。

　　莎拉在娘家是最小的孩子，上面有五个姐姐和一个哥
哥。每当我和她的交流陷入困境时，她总会遗憾地说，她
的哥哥姐姐都很会说汉语的，就她一个不行。她说她的爸
爸的汉语最厉害，曾经是他们生产队的队长呢。

　　我见过一次她的父亲，就是在塔门尔图的那次拖依
上。老人的确健谈，汉语说得磕磕巴巴，却能清楚地表达
极丰富的内容。但流露出的意味往往有些悲观无奈，一看
就知道肯定是位经历过艰苦生活与种种变故后却仍坚强而
骄傲的穷困老人。他的皮鞋外面套着破旧的套鞋，维持着

生活最后的体面。

莎拉的父亲和托汗爷爷两家人是以换婚形式结成的双重亲家（一个农民家庭有那么多孩子，不换亲的话，还真不好娶媳妇呢）。莎拉嫁给海拉提，莎拉的哥哥娶了海拉提的一个姐姐（大约是爷爷长子的女儿）。我不晓得其中有没有不情愿的因素，毕竟从城郊嫁到牧场，是翻天覆地的生活转换。莎拉心里一定有委屈与忍耐吧？然而看不出来，什么也看不出来。这两口子在日常生活中表现得非常幸福。海拉提很体贴妻子，总是和她一起分担家务活儿。

我每次进城前，大家都纷纷托我捎东西。莎拉也悄悄跑来找我，却要我帮她买一盒安全套……天啦，这……叫我如何下手……

再一想，毕竟是讲卫生的需要嘛。再说，又是爱国行为。只好凛然答应了。

嗯，这个，也算是夫妻感情稳定和谐的一项重要说明吧。

第一次见到莎拉是在塔门尔图荒野上。那几天她和丈夫、女儿还有托汗爷爷刚刚脱离大家庭，开始独立的小家生活。而那段时间塔门尔图因为这场分家的喜事整天闹哄哄的，人来人往。我并没有着意留心她，只记得她家的小猫咪被照料得异常精心。

后来在迁往冬库尔牧场的搬迁路上，我们两家的驼队一同奔波了两天。天气相当恶劣。尤其第一天，又是雨又是雪，山陡路滑，驼队行进得缓慢而艰难。一路上，莎拉母女俩的坐骑不时同我并肩前行。因为太冷太痛苦，谁都无心攀谈，各自深深蜷缩在重重衣物中忍耐着。印象里，她的孩子冷得非常可怜，被一件大衣紧紧包裹着，窝在妈妈怀里一声不吭。当时的莎拉虽然也刻意打扮了一番，但风雪中浑身灰蒙蒙湿漉漉的，神情疲惫冷漠，脸在寒气中凝结出两团病态的僵红。

刚到冬库尔的第三天，就来了一拨女客。其中一个女人与众不同，个子又高又瘦，说话的语气非常文雅。她送来的糖果是用蕾丝花边的头巾包裹的。她头发上别着精致的水钻发卡，裙子下面露出带花边的衬裙。

等她离开后，我忍不住向卡西赞美这个女人的裙子和干净簇新的皮鞋。又向她打听此人是谁，住在哪里。

卡西奇怪地看我一眼，说："她是莎拉古丽啊，我的嫂子啊！"

真是大吃一惊！之前我们在塔门尔图做了一个多礼拜的邻居，又在转场路上并驾行进了两天，居然没认出来呢！真神奇啊，生活一稳定，人就立刻光鲜若此。

我感到羞愧。莎拉走后，我痛下决心，把自己的破鞋子着实大补了一通，并且决定再买一双新鞋，专门预备着去托汗爷爷家做客时穿。

此后，莎拉时常收拾得利利索索地来我们这边喝茶。

海拉提放羊路过我家山谷时，也常向我和卡西传达他妻子的邀约。

　　然而进入莎拉的日常生活，她也只是一个普通的牧人妻子，一个焦虑的、浑身烟土的劳碌妇人。同我一样，平时在家里她也趿着破布鞋。繁重忙碌的生活使她才二十多岁就有了中年人的沉默与沧桑，只在不经意间会流露些许的优越感。比如，对不喜欢的客人会直接表达反感。再比如，出门一定要用铁锁锁门——这可能是城里人的习惯。而一般的牧人，家里没人的话，毡房门上松松地拴根绳子意思意思罢了。

　　在冬库尔，莎拉家和恰马罕家离得较近，因此她和赛力保媳妇很要好。两人时常约在一起做针线活。串门子时，两人也总是约在一起。

　　赛力保媳妇胖乎乎的，身怀六甲，性情平稳和气，两个孩子懂事又安静。而莎拉则伶俐了许多，又只肯生一个孩子，对小加依娜百般娇宠。这两个年轻妇人多么不同啊，怎么会成为好朋友呢？

　　到了吾塞后，我们两家人住到了一起，但感觉上还是离她极为遥远。我常常站在我家栏杆这边望着她在自家门前忙这忙那。一会儿大声呼唤加依娜回家，一会儿为坐在门口草地上阅读的爷爷端一碗酸奶或奶茶，一会儿洗涮锅具，一会儿挑着空桶下山打水……很少有清闲时候。

海拉提性情温和，沉默寡言。白天出去放羊，回家后，不是在门口劈柴，就是帮着搓干酪素。我常常被这夫妻俩一同熬煮脱脂酸奶的情景打动。两人面对面，一站一坐。一个添柴一个搅拌，一声不吭地重复着单调无边的动作。很久很久过去了，那情景仍然不变。

有一次看到海拉提劈柴时劈到一块形状特殊的木头。他翻来覆去研究了一会儿，很快，将其巧妙地做成了一个小凳子，并像打桩子一样稳稳当当地钉在草地上的火坑边。从此以后，莎拉就能坐着生火炊煮了，不用总是蹲着。不知为什么，这件事我也记了很久。一想到这事，又总会想起吾纳孜艾给加依娜做独轮车模型的情景。父子俩做这些事时，不但带着兴趣，更心怀关切。

莎拉和加依娜、吾纳孜艾母子三人背着柴火从森林里一同走出的情景也是极动人的。莎拉和吾纳孜艾背得一样多，加依娜只抱了一怀。三人激烈地辩论着什么，加依娜不时大声抗议。她虽然很气愤，却并没有将怀里的柴火一扔了之。她急步走回家，把柴火往家门口的柴垛上一放，这才往草地上一坐，扭着小身子耍起赖来。吾纳孜艾只好不停地哄她："好了好了，就那样吧。"但小姑娘还是不依不饶，并大哭出声。

三人同骑一匹马去耶克阿恰的情景也颇为温馨（虽然马很受罪）——两个孩子分别坐在马鞍的前后，把妈妈抱得紧紧的，满脸喜不自胜。三人都着实打扮了一下。

在冬库尔时，有一次我和卡西去南面的山谷找羊。途中她突然提出要带我去看一个有"漂亮大石头"的地方。我们便从托汗爷爷家所在的山头折向西边。翻过山谷对面的小石山，视野下方立刻出现一小块浓厚湿润的草地。草地中有一条小河经过，深深地拐了两道弯。我们小心地沿着山羊的路下到山脚底下。回头望去，刚刚翻越的这座石头山其实是一整块十几米高的白石头。和附近常见的特有地貌一样，石头横向层层裂开，缝隙间长满青草。于是，一层莹白加一层翠绿，重重叠叠，伴着下方的草地与白桦林，美得不胜寂寞。

卡西说，老早以前此处曾是我们的驻地。大石头东面爷爷家的驻地一直没变过，我家却往北挪了一公里远。

我觉得很可惜，如此浪漫美丽的角落，为什么要放弃呢？

卡西说："没办法，爷爷的羊越来越多。"

所以必须分家。分家不只是分开家庭成员和牛羊，牧场也得重新分配，各家的驻地也要重新调整。

扎克拜妈妈一家早先也是和爷爷一同生活的。随着人口和牛羊的增多，便慢慢脱离了大家庭，像大树不停地分枝一样。

卡西常常对我讲述一些过去的大家庭生活。她说那时候阿娜尔罕也在牧场上，两个大姐姐还没有出嫁，大哥可可刚刚结婚，家里一共九口人呢。托汗爷爷家也将近十口人，两家人驻扎在一处。这块美丽的大石头下终日喧哗，热热闹闹。

但孩子们总会长大，成熟的豆荚总会爆裂，四处播撒种子。当我看到小加依娜和两个小哥哥奔跑在森林里，经过开花的紫色植物时，大把大把地将下花瓣撒向天空，并快乐地大喊："恰秀！恰秀！"这样的情景古老至极。孩子们完整地继承了多年前奔跑在同一片山野中的孩子们的欢乐。

莎拉的生命也会像豆荚那样在山野中散开，渐渐泯灭了青春。孩子们悄悄长大，一一离开。莎拉走在父辈留下的道路上，过着一切再也不会改变的一生。设想一下，假如侥幸生活在了城市里又会怎样？很难设想。恐怕她已经不能接受没有海拉提的另外的人生了。

对于新得到的孩子吾纳孜艾，莎拉非常满意。常常说自己有了两个孩子，刚好一男一女，就不用再生了。这也是城里人的想法嘛。

她又向我抱怨吾纳孜艾原来的妈妈很不好。她现在的夫家与爷爷家就隔着乌伦古河，但从来不来看自己的孩子，生怕影响自己的婚姻。她说那女人已经和两个孩子毫无关系了，又说吾纳孜艾再也不会惦记着她。虽然这话说得很有问题，但其中强烈的占有欲还算无可厚非。我不知道如何回应，只好说："吾纳孜艾是个好孩子呢。"她连忙高兴地附和。

加依娜十月就要上学念书了，这对于母亲莎拉来说，简直就是一件荣耀的事。她常常骄傲地说："加依娜就要当学生了！"

为此，一次我进城之前，她特意嘱托我给小姑娘捎一套新衣服和新皮鞋。她说："加依娜要当学生了嘛！"并再三强调，要的是皮鞋而不是布鞋。

我则忧心加依娜的光脑袋——要开学了，得赶紧长头发啊。

莎拉这人一看就知道身体不好，总是脸色发青。但从没听她向人抱怨自己的健康问题。有一天我独自在沼泽边洗衣服时，遇上她下山挑水。挑起水后，往山上没走几步就停下来了。只见她放稳了桶，搁下扁担，往草地里一躺，半天不动。才开始我还以为她只是在休息，可后来听到她呻吟起来。我赶紧过去看，只见她眉头紧皱，很痛苦的样子。问她哪里不舒服，却又说不清楚。让她伸出舌头，一看吓一大跳，舌苔黑乎乎的，情形很不好……另外，还有满嘴的口腔溃疡。

当时我急了，大叫起来，要上山去喊人。但莎拉撑起身子把我叫住，要我给她揉一揉额头和后脑勺。不到两分钟，似乎就缓和过来了，若无其事地站起来挑起水就走。

　　像扎克拜妈妈那样，像卡西那样，像莎拉那样——统统不把健康当回事！但是，我知道她们并非刻意轻视疾病，而是没有办法去重视，也不懂重视。实在没办法，实在不懂。毕竟，是这样的一种生活。

阿舍勒巴依家的莎拉古丽

　　我和卡西两个都是长舌妇，总在背地里议论阿舍勒巴依家的莎拉古丽。我们说她和她姐姐的鼻子都特别大，说她的秋裤比外裤长，说她从来不洗脸，说她梳头从不用梳子，手指拨拉两下就得了，说她家的莎拉玛依（黄油）是哈拉玛依（黑油）……哎，真对不住莎拉古丽……不过下次再提起她时，还是忍不住说个不停。

　　这个莎拉古丽和海拉提媳妇同名，意为"黄色的花"。但在她身上实在找不出什么"花"的痕迹。她是一个不修边幅的老姑娘，深暗而自卑。虽然也见过一些牧羊女，因生活的艰辛和环境的闭塞，会生得粗糙、邋遢一些。但是，谁都赶不上莎拉古丽那么……

　　那天从莎拉古丽家告辞后，卡西非常担忧地问我："我的头发是不是和她的一样？"

　　我安慰道："哪里！你的好多了。她的头发一个月没洗了。"

　　她立刻大喊："哪里！明明一年没洗了！"

此后一路上她不停地问我："她是不是很漂亮？是不是啊？是不是啊？"然后不等我回答就径直大笑。

杰约得别克说："笑得像个母鸡！"

卡西扯下一大束松枝挥打着向他冲去，边追边嚷嚷："等着吧，等你长大了，你妈妈就会把莎拉古丽给你娶回家！用掉你妈妈的三百只羊！"

回到家，斯马胡力也笑嘻嘻地问我："莎拉古丽漂亮吗？"

我突然有些厌烦了。如此嘲笑别人，就算无恶意，也绝无善意。其实我是同情莎拉古丽的，她安静而自卑。但不知为什么，又不愿公开流露出这种同情。

况且我也会参与大家的议论不是吗？我也会为自己所看到的一切心生惊奇与否定。

但有时说着说着，就突然深刻地记起那个姑娘黯淡潦草的形象，想起她对我们的恭敬与躲避……便由衷羞愧。然而再看看卡西说得眉飞色舞的样子——卡西又有什么错呢？

这时，扎克拜妈妈说："明年把莎拉古丽娶回家吧，斯马胡力也该成家了。"

我立刻拍手大喊："好！用三百只羊娶她，把斯马胡力的羊统统送给莎拉古丽的妈妈！" ——虽然一分钟前刚反省过……

267

莎拉古丽长得不漂亮，又矮又黑，衣服总是又脏又破，还有着老人一般扭曲、粗糙的双手。作为老姑娘，嫁不出去可能会是凄惨的事，但生活还得继续。作为家中唯一的女性，她努力照顾大家，维持着一个家庭的正常运转。

虽然她自己搞得浑身上下窝窝囊囊，但对小侄儿却极其细致耐心。当婴儿睡醒后，她温柔地呵哄着把他抱起来（这个家庭连个摇篮都没有，只是把孩子包在一块旧毯子里，直接放在地上），解开褴褛，额外从木箱里取出一条新毛巾为他洗脸。连小鼻孔也仔细掏洗了一遍。然后再把孩子倒个个儿，用洗手壶浇着水洗小屁股。待婴儿浑身上下都弄干净了，再将其穿戴整齐。最后，像个装饰品一样将其端端正正摆放在餐桌前。这才去洗手备茶，招待我们。

小孩子未满周岁，据说三个月大时爸爸（阿舍勒巴依的大儿子）就去世了，妈妈也回了娘家并很快改嫁。从此这个小孤儿一直跟着爷爷和姑姑生活。孩子的面孔相当漂亮，很白净。然而实在太安静了，整天不哭也不笑，神情茫然，眼睛敏感。

莎拉古丽上面还有一个姐姐，相对利落些，却是另外一个家庭的主妇。在那片牧场上，莎拉古丽家和姐姐姐夫家是唯一的邻居，平时有事可互相照应。但姐姐的家庭也同样贫困而单薄，一家三口，家徒四壁。

莎拉古丽的弟弟比胡安西大一些，七八岁模样。看上去却像一个活了一千年的孩子，像是已经在这片荒野中流浪了一千年。他身上的衣物与四野融为一体，五官又与衣物融为一体。当他看向你的时候，目光遥远，像是从另一个世界看过来的。头上顶着一朵蘑菇。仔细一看是头发。后脑勺光秃秃的，脖颈又细又黑。

他们的父亲阿舍勒巴依也是个潦倒穷困的老头，又黑又瘦，沉默拘谨，看上去总是有些不知所措。但当他抱起孙子放在膝盖上时，浑身立刻涌动出长辈才有的温暖从容。他扶着孩子的小胳膊同他喃喃对话。孩子却并不为此稍显精神一些，依旧歪垂着小脑袋，无力地看着眼前的空气，像生了病一样蔫蔫软软。

这个家相当寒酸。地面上铺着几块快要磨穿的薄毡，墙上除了一幅陈旧的、颜色略显花哨的黑色金丝绒布料及几只绣花口袋，就再也没挂任何东西了。

就在这样一个灰扑扑、惨淡淡的家中，却有一样物件非常不搭调。它被明亮耀眼地放置在毡房正中央，为这个家庭平添一股极其突兀的喜悦和振奋——一张崭新的红漆圆木矮桌。一尺多高，闪闪发光，明净可鉴。一看就知道刚买不久。然而，除了矮桌和婴儿，这个家里便再没有一件新一点的事物了。

阿舍勒巴依家只有几十只绵羊。山羊相对多一些。成年骆驼只有两峰。牛也只有一头，因此牛奶不多，餐布上几乎没什么乳制品。馕块间只摆了一碟白油和一小碟颜色可疑的黄油。我数了一番油块上叮着的苍蝇，数到二十时便不忍继续数下去了。况且天气这么热，油又这么软，苍蝇们爬在上面举步维艰。刚拔出这条腿，又陷没了那条腿，一路挣扎前行……情景纷乱吓人。

莎拉古丽为了迎接我们，整整切了一只新馕呢。尽管餐布上原先已经堆满馕块了，客人又只有三个，其中两个还是孩子。若一般人家遇到这种情况，只会切一小半新馕稍示恭敬。

我实在是饿坏了。为了来这里，爬了近一个多小时的山路。而那馕又看似非常新鲜，便忍不住揪了一块吃起来。边吃边想：苍蝇就那么针尖大的几只脚，能踩脏多少东西呢？

莎拉古丽家的茶颜色很淡，喝在嘴里也不烫，温吞吞的。大约有先入为主的坏印象，总觉得口味也不对劲。

我和杰约得别克都比较有礼貌。这样的茶，他带着惊吓喝了一碗，我喝了大半碗。卡西装出有事的样子，不停在毡房内外进进出出，一口也没喝。为此她非常得意。

因为就在不久之前，我们刚刚目睹了一幕可怕的情景。当时我们从对面山坡上走来，远远看到这家人蹲在羊圈前，围在一起折腾着什么。凑近一看，原来在帮一只肛门生蛆的绵羊清理患处。

天啦！那只羊的情况非常惨重，肛门处烂了碗口大的一个窟窿！裸露出一大片活生生的红色鲜肉，上面蠕动着密密麻麻的细小蛆虫，触目惊心。

我家的羊也会在同样的地方感染并生虫，但从未遇到这么严重的情况。而斯马胡力他们都是用小棍子把虫拨出来，莎拉古丽却直接用手捏。虫实在太多，小棍哪里拨得完！

就这样，她一边逮虫子，一边用手指揉来搓去地翻看那块巨大的创伤。她的小弟弟则提着手壶浇水，不停冲洗患处。正在受苦的羊则安静地侧卧着，神情平静。似乎知道大家正在保护自己，知道自己不会死去。

于是，在看完这幕情景后，在她家喝茶吃馕的时难免就有些……

其实我看莎拉古丽在准备食物之前，特意从木箱（每家每户贵重的物事全放在那里面）里取出洗衣粉，反复洗了抠过羊屁股的双手。此处地势这么高，用水一定很不方便，但她还是冲洗了好长时间。

无论如何，受用这样的一双手准备的食物，实在难以忽略心里的抵触……

尤其是卡西那个家伙，表现得也太露骨了。我都替她感到害羞。虽然我自己也好不到哪儿去……

卡西平日也是个邋遢的姑娘（我也是……），但邋遢归邋遢，还是极有爱美之心的。这两者毫不矛盾——她邋遢地追求着美。

而莎拉古丽呢，好像完全放弃了女性的所有希望似的。她与家人生活在那么高的地方，树都不长一棵，终日大风呼啸。她与世隔绝，过着不顾一切的简陋生活。

卡西瞧不起莎拉古丽，在莎拉古丽面前，她的优越感大盆小钵满满当当。仅仅因为自己更讲究一些，更体面一些吗？她觉得生活中应该做到的，并且容易做到的，莎拉古丽却都没能做到，所以不可原谅。可是，谁又来原谅卡西呢？

女孩的攀比心理非常奇妙。然而正是这种较劲，正是一次又一次的失落或者胜利，才令青春萌动，令生命盛放，令一个懵懂自卑的小姑娘最终水到渠成地成长为成熟强大的女性。

那么莎拉古丽呢？她的成长又在哪里？在那个僻闭贫穷的家庭里，她好像已经完全放弃了成长的努力，已经完全无力面对青春了似的。但是，又显得毫无遗憾。当她搂着心爱的小侄子时，会像一个真正的母亲那样面露欣慰。

后来，我独自又去了一次阿舍勒巴依家。回家后，大家还在饶有兴趣地向我打听："莎拉古丽洗头发了吗？"

我如实回答："没有。"却想起离别前的最后一幕——她和弟弟出门送我，两人站在高处的大石头上，一起微微把身体的重心往右侧倾，弯着腰，凝视下方缓缓离去的我。我沿着下山的路走了很久，一回头，他俩仍遥遥站在那里，倾斜着依靠在一起，什么也不触动。他们背后是波澜壮阔的云海天空。这云端的孩子，高处的故乡，天堂的青春。

又想起之前的那一路——翻过了两座山，穿过又长又陡的一条流着细细水流的"S"形山谷，又沿着一段堆满千疮百孔的巨大白石头的山脊走了好一会儿。视野空旷，远方森林蔚然，山峦动荡。虽说是个阴天，但空气里没一点儿灰暗隐涩的色调。走了一个多小时，沿途看不到一顶毡房。走上最后一个垭口时，向西面看，那边有一大片倾斜的、中间凹陷的坡地。因地势极高，缺水，整面山坡只生了些浅浅的短草。一棵树也没有。只在山脚最低处长着一小滩浓厚的青草，围裹着一小汪狭窄水域。水边几只白色的大鸟或停或飞。

就在那面光秃秃的大斜坡上，扎着两顶小小的、暗旧的褐色毡房。给人的第一感觉，像是两顶早已被废弃多年的空房子。然而它们在冒烟。

之前，跟着卡西他们前来的那一次，当我第一眼看到这幕情景时，心中霎时有什么一下子停住了，脚步也跟着停下来。

我们吾塞的林海孤岛已经是人迹罕至了，这两顶毡房更像是扎在世界尽头似的。

毡房下方不远处，宽阔倾斜的山体上嵌着一块巨大的白石头，一个石头羊圈依石而建。因地势太陡，那羊圈不像坐落在山坡上，倒像是悬挂在山坡上。羊圈下方不远处，单薄的一群羊紧紧簇拥在蓝天下，好像簇拥在冬天里，一步也不敢走远。更高的地方是屏风般重重矗立的白色岩石。

这么陡的地势，若不小心在家门口滚落一个圆东西，那是肯定追不上的。只能眼睁睁看着它滚过整面大山，一直滚到水边，再向北滚入底端的山谷口，再马不停蹄地沿着同样陡峭的山谷继续滚。蜿蜒崎岖，一路下坡。一直滚到我们吾塞的山脚下仍没法停住。恐怕得一直滚进阔大舒缓的杰勒苏峡谷才能休息一下吧。

正是那一次，我和卡西、杰约得别克三人刚结束一段陡急的上坡路后，我喘息未定，撑着膝盖，弓着腰，一点儿劲也没有了。两个孩子仍你追我赶地在前面疯跑，冲下山坡。四面空旷，静极，寒风阵起，身边乱石丛生。天空在头顶上方几米远的高度越来越蓝地蓝着。眼前这个山顶小盆地四面的坡体像梯田一样一圈一圈盘旋着百十条纤细的羊道，又像巨人的台阶，铺满视野。

我想了想，沿着其中一条羊道，顶着大风渺弱地前进。远处两个孩子不时转身呼唤我快点儿跟上。他俩抄了近道，笔直冲下山坡，再跑上对面山坡，以直线靠近那两顶毡房。我才不那么干呢，根据力学原理，这么一缓一紧地施力最耗费能量了。我宁可绕远点儿，多花点儿时间，沿着同样的水平高度悠长地接近目标。要不然，眼下这无数的羊道，为什么统统都沿着坡壁横行，没有一条是从中间竖着直插过去的？

直到现在，还能感觉到那天那场行程的漫长与疲劳。我划过斜坡遥遥向那处走去……敞开的天空，孤独的羊圈……最后终于走到了近前。看到莎拉古丽一家三口围着一只小羊。卡西和杰约得别克也凑在那里看热闹。后来他俩招呼我去看，我喘着粗气靠近，探头一看……

第二次独自去时，走的是西南面的一条近路，却更加陡峭。走到山脚下那汪狭长的水流边，看到水边晾着两面新毡，不知如何擀成的。这一带只住着他们两家人，总共四五个劳动力，一定极其辛苦。而我家擀毡，可是联合了三家人共十几个劳动力呢！

大约这两家人羊少毛也少，才只擀了两块。

经过这两块毡子继续往上走，看到山路尽头的高处空地上支着一面大锡锅。红衣的莎拉古丽坐在锅边的烟雾中，一手抱着小婴儿，一手不停搅动锅里的奶液。她和小婴儿一起扭头看我，目光有强大的阻力。我走了很久很久，才终于走到近前。

我们的生活也是平凡而辛苦的。有时候斯马胡力搞怪，头上紧紧地套一只塑料袋，和小孩杰约得别克躺在一起高高兴兴说这说那，说到特开心的时候还会抱在一起。我揶揄道："真是好朋友啊！"又问他头上缠那个干吗？"像做拉条子一样！"（拉条子就是粗粗的拉面。在拉之前，面剂子一圈一圈在盘子里盘好，淋上油，再蒙上塑料袋醒一会儿）他却说："头疼。"头疼固然令人怜悯，但这种治疗方法则令人纳闷。

又过了一会儿，他又抓起卡西的洗发水下山，说要去沼泽边洗头（自从卡西从耶克阿恰买了洗发水回来，他就每天洗头）。我吓一大跳，说："冷水洗了头更疼！"

他说没事。我又说："卡西嘛，头发长，一个礼拜洗一次。你呢，那么一点儿头发，两个月一次就可以了。"

心疼洗发水的卡西也连忙附和："对！和莎拉古丽一样！"

有了一个负面的榜样，卡西生活得无比幸福满足。大家也都对眼下的生活非常满意。

东面的大家庭

七月里晴朗而风大的一天，我和卡西包了糖果礼物去东面的邻居家做客。我俩顺着南面的山脊向东走去。一路上经过成片林立在绿茸茸的山顶上的白色岩石，它们被久远时间中的水流、冰川或大风侵蚀得千疮百孔。后来，我们渐渐从山脊的南侧折向北侧，进入阴面的松林之中，方向仍然向东。走着走着，脚下的山路再次把我们带向山顶。

在右侧空旷的缓坡上，碧绿的草地中央有一小团奇怪的空地。寸草不生，平平地铺积着白色的沙子。如果是驻扎过毡房的痕迹的话，应该是圆形的才对。更有意思的是，那团空地上卧着五六峰骆驼，紧紧挤作一团。明明都挤不下了，也没有一位愿意起身挪一挪地儿——非要挤在那块没长草的空地上不可。我扔块石头，"啾！啾"大叫着将它们轰开，然后自己走进空地踩了一圈。平平坦坦，被青草环绕，并没什么异样。等我一离开，那些骆驼又赶紧走回来，继续紧紧挤在一起，或站或卧。

大约两三公里后，我们出现在群山的一处至高点上。

向东面看去，那边浓厚的森林猛地洼陷下去，像千军万马一样一起往下冲杀。眼下群山间是一大块三角形的盆地。在盆地东南侧坡腰处的一块大石头下，扎着一顶雪白耀眼的毡房。

那就是我们的目的地——温孜维娜家。

温孜维娜和卡西年岁相仿。于是在没有加孜玉曼和苏乎拉的吾塞，卡西那点儿小心思照样有倾诉的去处。虽然两家隔得远了一些。

当我俩走下山脊，遥遥走向那顶白房子时，两个在门前玩耍的孩子最先看到我们。他俩迅速返回毡房把消息带给大家，于是人们三三两两出现在毡房门口，冲我们俩遥望。

卡西告诉我，这一家人口非常多。我问："有多少呢？"她掰起手指头这个那个地算了起来，算得焦头烂额，便烦躁地说："一会儿你自己看嘛。"

我们走了好一会儿才接近那顶毡房。大个子女孩温孜维娜早已认出了卡西，遥遥前来迎接。温孜维娜短头发，穿粉红外套，大手大脚，五官端正，相当漂亮。一般来说，端正的五官应该给人以大方明朗之感才对，可这一位却透着十足的俏丽。我想，这种"俏"大约源自年少。和卡西一样，温孜维娜还只是个半大孩子。可惜过不了几年，这个姑娘同样也会因成长和劳动而变得平凡粗糙起来，优美细腻的眉目轮廓深深退隐于面容的沧桑之中。

果然人口很多！有一个白胡子老爷爷，一对中年夫妇，两个未出嫁的女孩，两个少年，两个小孩。这还没完，据说还有一个男孩正在外面放羊。天啦，十口人！

有这么多人，他家的毡房当然大得要死了。是我见过的最大的毡房了。也不晓得搬一次家得装多少峰骆驼！

一看就知道这个家庭相当富裕。不像前两天去过的阿舍勒巴依家，泥地上也不垫一下（不过我家也从来不垫）就直接铺了几块磨得很薄了的旧毡，所有人吃饭睡觉都在上面。房间更是小而荒凉，墙上几乎什么也没挂，家什陈旧而摆放稀寥。而眼下这个房子这么大，还能挂得满满当当，搞得拥挤又喧哗。布置得更是花样百出，用来接待外宾都绰绰有余。

尤其墙架上方环绕毡房一整圈（用以遮挡墙架子和檩杆的交接处）的一尺来宽的彩色织带最为显眼。上面织的花样居然是阿拉伯字母（卡西说那是《古兰经》里的一句话）。织的时候得费多少心思啊。而一般人家挂的这种带子（并不是每家都有）上织的只是斑斓对称的彩色图案。虽然那样的图案织起来也不大容易，但比起眼下这根带子不知简单到哪儿去了。

墙上还挂有双弦琴。当然，有琴并不稀罕，但是在琴身外再给罩一个琴套的就少见了。琴套是这家女主人用薄毡片缝制的，上面也绣着花。

这家待客的茶水也很特别。不晓得是什么茶，颜色艳黄而明亮，看上去像柠檬汁似的，加入牛奶后就成了乳黄色。这种茶没加盐，喝起来居然有米汤的味道。

他家的馕饼厚而饱满，上面还用针孔模子戳出圆形花纹。一尝，面里还揉进了牛奶和葵花籽油，口感厚腻，像维吾尔族人的馕似的。虽然这种馕又漂亮又讲究，但论味道，我还是更习惯我家那种只放一点儿盐的白馕。

女主人四五十岁，黝黑高大，稳重沉默。她五官有些特别，一时又说不上哪儿特别。老爷爷八十高龄了，戴着茶色的水晶平光镜和绣花的白圆帽，留着两撮胡子，穿戴传统而朴素。卡西说，这个老爷爷和我家托汗爷爷一样也是毛拉呢。可这一位却庄重多了，像是正忍受着疾病一般冷淡，不笑也不说话。

卡西一进房间就赶紧跪坐到花毡上反复低声问候这位老人。当着这位老人的面和大家说话时，她也压低了声音，保持适当的礼数。

两个孩子中小的那个才三四岁，光头，大约是女孩。非常娇惯，窝在女主人（奶奶吗？）怀里扭来扭去地撒娇。另一个是男孩，和吾纳孜艾差不多大，看样子也够调皮。但在爷爷面前却按捺着，安静而有礼。

人多，却并不热闹。席间，大家紧围摆满各种美丽食物的圆桌，一边进食一边低声交谈。食物大都用明亮精致的有浮雕花纹的玻璃器皿盛放着，不但有许多山里较为稀罕的干果甜点，居然还有黑加仑酱和杏子汤！

除了食物和交谈，我最感兴趣的就是那把琴，不时扭头看它，边喝茶边冲它指指点点。大家便为我取下琴，轮流弹奏起来。

首先递给爷爷，爷爷弹得缓慢而平和。这是一支久远而寂静的旋律，大家默默地听着。但爷爷弹了没一会儿就交给了大儿子。这个中年人似乎兴致很高。他弹奏的力度很大，手指如山泉般活泼，琴声激昂。弹着弹着，他和着琴声开口唱起歌来。才开始歌声还有些拘束，渐渐就放开了，非常奔放热情的旋律。大家仍然默默听着，但都露出了笑意。

卡西悄悄对我说，他家的小儿子弹得才好呢，可惜正在外面放羊。

席间，一个十七八岁的大男孩一直坐在席外。面前花毡上只摆着一碗茶，女主人不时递给他一块馕。我以为是席面坐不下的原因，就说："过来一起坐吧，挤一挤吧。"大家看我这么说，也纷纷招呼他入席。但他似乎很为此害羞，说什么也不肯坐过来。我看他很孤独的样子，就主动找他搭讪，还问他会不会弹琴。于是大家把琴递给了他。他接过来拨弄了两三下就赶紧还了回去。听得出，他也是会弹的。

这时卡西又悄悄告诉我，他不是这一家的人，是雇用的牧工。奇怪。冬库尔的强蓬家因为人口单薄才雇牧工，倒可以理解，这一家满屋子都是人，居然也雇！我悄悄问道："他家羊很多吗？"

"多！羊多，牛多，马多！马三十个的有！"——啧啧！

这顿丰盛的茶点结束后，大家分散开来，各忙各的。爷爷靠着羽毛靠垫看书，温孜维娜的姐姐绣花，女主人熬胡尔图汤，两个小孩午睡。男人们纷纷装鞍上马，出门四去。温孜维娜收拾完房间，然后下山取水。我和卡西也跟去了。

她家取水的地方和我家一样远得要死。更糟的是，道路异常陡峭。我徒手上下都累得气喘，更别说负重了。由于坡度太陡，很多地方甚至需要手脚并用往上爬，根本没法挑水。小姑娘只好用一个蓝色的塑料方壶背水。我用手指掐着量了量，大约三十升的容积。也就是说，她每次都得背三十公斤水上山。这么大一家子人，用水量大，每天至少得背两三趟。真辛苦啊。

水从山脚下一处石缝里流出，细细的一脉，汇集在不远处的一个小坑里。坑满又涌出，消失进下方草丛。水质很好，清清亮亮，水底全是干净的沙石，不生苔藓。温孜维娜用锡勺舀水，好半天才能装满一壶。在装水的漫长时间里，两个姑娘蹲在水边没完没了地说话，时不时为着什么惊叫出声。水打满了，两人仍蹲在那儿面对面大呼小叫个没完。直到山上有人呼喊着催促："水好了吗？！"毡房

282

那边要用水了。两人这才起身，边聊边离开。卡西下山前也寻了一个十公斤的塑料方壶，帮着拎了一大壶水。可真是个好孩子。一路上，两人频频休息，喘着粗气为同一个话题翻来覆去地惊呼不止。

温孜维娜的姐姐已经是大姑娘了，就不用干粗活了。整天只收拾房间，为大家准备茶水，做晚饭（和我的活儿一样嘛）。闲暇时间就绣花、织花带子。此时，她正依照着一个旧被罩的花样，为一面新被罩的四个角绣花。绣得极慢。绣的方法很特别，不用绣花绷子，而是在白布上用长针脚固定了一片剪开的塑料编织袋。编织袋的经纬刚好组成一个个小方格。于是她就在格子上用十字形的针脚绣花。绣完后再把编织袋的纤维一根一根抽去，只剩绣样均匀平整地留在白布上。蛮巧妙的。

我发现，所有刚刚脱离儿童期的小姑娘都带有男孩子的性情和责任感，干的活也和男孩子一样，整天满山疯跑，所向披靡。可一旦年岁增长，快要出嫁时，立刻娴静矜持起来。家人也会对她产生微妙的尊重，不会再让她干粗活重活了。嗯，再过几年，卡西啊，温孜维娜啊，还有加孜玉曼大约都会如此。然而再细想一下，温孜维娜和加孜玉曼很有可能，至于卡西嘛，不好说……

温孜维娜家人口虽多，但还真没有闲人。各忙各的，连卡西也跟着忙得团团转。我也瞅着空子帮忙，跑到高处林子里拾柴火。但还没拾几根，突然间瞌睡得要死。好像冷不丁被瞌睡的大木槌猛击一记，顿感就算天塌下来也顾不了许多了，便扔了柴火往草地上一扑，倒头就睡。睡的时候，感觉睡得并不沉，始终能听到不远处白房子那边传来的话语声。偶尔睁开眼，能看到依旧忙碌在毡房前空地上的人们。但直到完全醒过来，才发现刚才睡得是多么香甜安稳，心像沉入大海一般寂静。其间，卡西几次跑上来推我，嚷嚷着："这样的不好的，难看的！"可我只能胡乱嗯嗯应允，就是没法清醒过来。奇怪，怎么会睡得这么香呢？大约眼下这个人丁兴旺的大家庭有着巨大的能量，才会令人产生深沉的安全感吧。睡觉那会儿，恰好没风，被太阳热乎乎地晒着，真舒服啊。总觉得睡过了大半天，醒来一看表，不过半个钟头。

回到家后才突然想起一件事，早就听说附近有一家牧民娶了维吾尔族媳妇——那么一定就是温孜维娜家了！一定是温孜维娜的妈妈。难怪她的五官与众不同呢，难怪她家的馕是维吾尔族风格的馕。

记得才听说这事时，我非常吃惊，想不到维吾尔姑娘也放羊！阿勒泰地区是哈萨克族自治区，虽然也生活着不少维吾尔族人，但大都是城里人，也有很少一部分维吾尔族农民。维吾尔族牧民，这还是第一次听说。

记得当时我好奇地问大家这个维吾尔族女人漂不漂亮，大家坚定地异口同声说"漂亮"。于是我就以为还是个新媳妇呢。结果已经当奶奶了。

但是看过后才知道，维吾尔族放羊，也没啥大不了的。生活就是如此，走上什么样的路，就会适应什么样的路。说起来似乎有些无奈，但其间的稳妥和充实感却不容抹杀。

卡西强调温孜维娜家也是自己的亲戚。至于什么亲戚，却解释不清。回到家后我就问扎克拜妈妈。她庄重地回答："爸爸，你，哥哥，你。"用的居然是汉语！我愣了愣，妈妈便又重复了一遍。但说完这四个词，她自己也忍不住笑了，我们都笑了起来。于是后来的好几天里，妈妈一直用唱歌的声音独自念叨着："爸爸，你，哥哥，你。"

第二次再去温孜维娜家就碰到了他家的小儿子。也就是卡西说的琴弹得最好的那个。在我的请求下，他弹遍了自己知道的所有曲子。哎，能演奏乐器的人，简直像国王一样令人敬仰！哪怕只是个小孩子。

然而坐在这个国王面前，却发现自己穿的是一条破裤子。于是一边听歌，一边暗自羞愧。那是我第一次介意裤子上的洞。那天一回家就立刻向妈妈讨要针线。因为太急切了，裤子也不脱就直接补了起来，竟把里面的秋裤也缝到了一起。晚上睡觉时怎么也脱不掉裤子。

　　以前补裤子都用红线，因为家里只有一卷红线。这次说什么也要用黑线，裤子是黑的嘛。于是妈妈就解下她的头巾，找到一缕黑色绒线抽出来给我。

擀 毡

以前在沙依横布拉克开店的时候，我妈佩服地对顾客们说："你们厉害得很嘛，擀毡子好看得很嘛，像跳舞一样好看。"那些人一听，纷纷卷起袖子让我妈看他们肘部的厚茧和伤疤："哪里好看？胳膊才好看！哪里厉害？劳动才厉害！"

尤其一些上了年纪的人，整个肘关节都变形了。

除了四季转场，四月梳山羊绒、五月六月剪羊毛、七月擀毡、八月打草等等都是牧民们一年中的重大劳动。其中要数擀毡的场面最热闹了。这项劳动的制作过程虽说不复杂，但很讲究。而且劳动量极大，一个家庭难以独立完成。于是在擀毡时节，邻近的几家人会互相协助，联合劳动。

到了六月中下旬，大羊毛基本上剪完了。七月初我们的毡房从林海孤岛往下搬，挪到西面山坡下的一片沼泽上。之前得赶紧剪羊羔毛，剪羊羔毛得花一两天的工夫。紧接着，再打成包赶着驼队去耶克阿恰弹羊毛。弹完毛一回来就开始搬家，一搬完家就开始擀毡。从剪羊羔毛到擀毡那一个多礼拜时间的劳动安排得紧锣密鼓。

我呢，在搬家的头两天就离开了，去县城办事，四天后才回家。原以为赶不上擀毡了，正遗憾呢，结果在耶克阿恰一下车就遇到了斯马胡力。他居然告诉我，连羊毛都还没弹完。

我们一起回到家。扎克拜妈妈向我抱怨，其实三天前天气很好，大家已经做好擀毡的准备了。可恶的是，斯马胡力去沙依横布拉克买黑盐（喂牲畜的）时碰到了漂亮姑娘，又跟着姑娘跑去耶克阿恰玩了两天。少了一个人，劳动硬是没法展开。紧接着，海拉提和赛力保又跑去耶克阿恰打牌赌钱，到现在还没回家……白天大家托人捎了口信，据说明天才能赶回来。于是劳动便定在了明天。但愿明天是个好天气，因为这两天一直阴着。

我问斯马胡力："那姑娘真很漂亮？"

他一口否定："哪里有什么姑娘！"却又说："而且也不漂亮……"

新的驻扎地离原来的住处不远，就在山下大约一公里处。仍然和爷爷是邻居，只是离得稍远一些了，两家人之间隔着一大片沼泽。饮用水是爷爷家门口的一小洼水坑。每次都得横穿沼泽，踩得鞋子湿透，才能把水提回来。无论如何，比起过去在山顶上还是取水方便多了。

在半个月前，这片沼泽深得牛羊都没法经过。可雨季一过，就立刻干爽多了。沼泽里被走出了好几条细细的小路。

离家几天，家里的变化是：铁皮炉子更破了，茶壶也失去了盖子，缠着羊毛绳凑合着使用的旧扫把彻底断成了两截。

话说，我回家的第二天，大家就开始擀毡了。

这天清晨，一连阴了两天的天空像是突然翻了个面儿似的，明亮又清澈。当金色的阳光刚刚横扫至西面最高的山巅，我们就出发了。我们抬着巨大的敞口锡锅，扛着蓝色餐布包裹着的食物和碗筷，拎着茶壶，挟着芨芨草席往山下走去。翻过西面陡峭的垭口，沿着陡直的白色大石壁下了山。大石壁约二十多米高，刀削般整齐。两只雪白的小山羊站在石壁顶端的悬崖上注视我们一行人从下方徐徐经过。

谷底地势舒缓，流淌着一条窄窄的溪水。恰马罕家几天前刚刚搬到那里。作为擀毡的地方，那里再合适不过了，又平坦，又方便取水。不但适于擀制毡子，也适于后来的晾晒。

感觉很久没见到恰马罕一家了。要不是哈德别克和赛力保偶尔来我们的林海孤岛串一两回门，几乎忘记了我们还有这样一家邻居。

这段时间正是所有毡房逐渐从高处往下挪，从深处往

289

外挪的日子。

我问扎克拜妈妈："山顶上多好啊，为什么不住了呢？"

卡西用汉语插嘴道："高的，水的没有的。"

哦，对了，雨季一过，那片斜坡上的沼泽大约也渐渐干了。

我又问，为什么一开始不驻扎在山脚下？要知道搬家费时又费力，在两处相距不过一公里的地方间搬来搬去，何必呢！

卡西说："水多的，不好的。"原来当时这片沼泽太湿，没法扎毡房。

妈妈也向我解释了几句，大约是与草有关的原因。我明白了，这一定是保护环境的需要。如果嫌麻烦，长时间在同一个地方驻扎、炊息、圈羊，对那个地方的破坏该多严重！

记得我们刚搬到山顶时，房屋周围的草地还是深厚湿润的。才过去两三个礼拜，草皮明显变得又黄又薄。每一个晴朗的傍晚，赶羊入栏的时候，整个山顶尘土飞扬。

到了地方，放下东西，哈德别克已经驾马拖回来了一大堆柴枝。斯马胡力开始劈柴火。女人们支起了三家人的三面大锡锅烧起水来（擀毡需要大量的热水，不停地边擀边浇开水烫羊毛）。一面长长的芨芨草席也在水边平坦的草地上铺好了。当清晨第一缕阳光投向这片山间谷地时，三面大锅里的水已经烧得滚开，大家开始投入劳动。可海拉提和赛力保还是没回来。

莎拉古丽一大早就恨恨地和我商量，要是那家伙立刻出现倒也罢了，若再晚一个小时——她用右手捏拳猛捶左手手心："打他！"

少了两个重要劳动力，劳动还是得开始。扎克拜妈妈和莎拉古丽把弹好的羊毛均匀地铺在草席上，我、爷爷和杰约得别克各持两根柔软纤细的枝条抽打它们，使之更蓬松均匀。我每抽一下羊毛就大喊一声："海拉提！"再抽一下，再喊一声："赛力保！"如此没完。后来女人们都学我，把羊毛想象成那两个不负责的家伙，狠狠地打。

直到铺满了一面七八米长的芨芨草席，开始像卷寿司一样卷起来滚压时，那两个人才回来。眼睛通红，肯定喝了酒还熬了夜。

然而，看到两人的出现，除了我，竟没人指责他们。

他俩一到近前赶紧下马，直接投入劳动，态度还算不错。耶克阿恰那么远，两人肯定天没亮就出发了。赶了那么远的路，也不喝口水休息一下。这么辛苦，大家也就立刻原谅了他们。

不过回来得可真及时啊，刚好赶上压毡。而前面那些烧开水啊、絮羊毛啊、弹羊毛之类的活肯定是用不上他们的。

差不多每家都有三四个劳动力，一共十来个人，各就各位，没有闲着的。赛力保媳妇也挺着危险的大肚子，前前后后打下手。赛力保六岁的大女儿不时帮着用两只小桶从溪水边提水倒进锅里。别看她才六岁，居然能一手各拎一桶满当当的水呢！一个小桶起码能装两三公斤吧。只见她双手提桶，绷着一口劲儿，急步走向大锅，一鼓作气不带消停的，很有大人干活时的味道。

而同龄的加依娜就娇惯多了，只知道玩，率领赛力保四岁的小女儿绕着人群跑来跑去，大呼小叫（而小家伙则不笑不怒，面无表情地跟着瞎跑）。要知道平日里少有这样几家人聚在一起联合劳作的大事，对孩子们来说像过节一样隆重而欢乐。

恰马罕是唯一没有参加劳动的大人，时不时衣冠整齐地从毡房走出来瞅瞅进度。他两天前刚从阿拉善回来，泡了两个礼拜的温泉，泡得满面红光，不停地向我夸赞温泉水多么神奇，能治哪些病。还列举某某地的某某人泡过之后，这儿也不痛了，那儿也不痛了……而我累得够呛，正腰酸背痛着。这样的话真是越听越生气。连爷爷这样受人尊敬的毛拉都与大家一起努力地劳动，他怎么就搞得跟领导似的？不过再一想，既然需要泡温泉了（本地的哈萨克牧人有泡温泉治慢性病的传统），大概是身体不好吧。

大家干了没一会儿，山谷尽头走来一个抱着小婴儿的年轻女人。走近了一看，满脸是泪，双眼通红。

我想起在五月的分家拖依上曾见过她一面。当时斯马胡力向我介绍说是他的妹妹，后来才知是爷爷最小的女儿。当然了，七八十岁的爷爷怎么会有不满二十岁的女儿呢？肯定也是被儿女们赠送的头生子。

　　这个年轻的母亲一走近大家，显得更伤心了。大家前去迎接，并簇拥着她走向爷爷。她一靠近爷爷就扑进他怀里痛哭，边哭边激动地倾诉着什么。爷爷抚摸着这个最小的女儿的头发，不时地捧起她的脸亲吻她的额头，喃喃道："好了，孩子，好了好了，好孩子……"看上去又心疼她，又不知该拿她怎么办好。

　　原来小姑娘和丈夫吵架了，抱着孩子回娘家。

　　她家也刚搬下山。毡房扎在杰勒苏山谷北面的一条岔路口上，离此地只有两三公里。

　　很快她止住了哭泣，婴儿交给三个小孩子看管，自己也投身劳动之中，愁容满面地和我们一起抽打着毛絮。

　　没一会儿，孩子的爸爸赶到了，一面笑嘻嘻百般哄劝自己的小妻子，一面也加入了劳动，不折不扣干起活来。不错不错，平添两个劳力。嗯，这个礼性真好——上门做客的人遇到饭就吃，遇到劳动就加入。

　　那么小的小婴儿，交给三个大不了多少的孩子看管，真让人不放心。只见他们把她放在草地上，玩过家家一样地折腾她，一会儿命令她睡觉，一会儿拉着她跳舞。奇怪的是，小婴儿居然一直没给整哭。可真坚强。她的小母亲则一直不笑，神情抑郁地干这干那，累了就坐在草席边怅然地休息一会儿。有时会招手唤孩子们抱来宝宝，然后解开衣服哺乳。宝宝捧着妈妈晶莹的乳房，吮得嗞嗞作响。

孩子们非常喜欢活泼温柔的托汗爷爷，总是围着他跳闹个不停，很影响大家的劳动。于是爷爷往毛絮上浇热水时，有时会不客气地向孩子们身上泼一勺。大家哄然散开，却更加兴奋了，很快又围上来逗引爷爷继续泼水，然后灵活地躲避。欢乐极了。爷爷也给乐得哈哈大笑，和孩子们打闹成一团。于是扎克拜妈妈又责怪爷爷也影响了劳动，不停"豁切"之。

打羊毛是件有讲究的活计，不得要领的话，会把毛絮打得满天飞，难以收拾。必须垂直拍打。打下去的柳条也不能直接向上松开，得向身后的方向笔直地水平地抽离。左一下右一下的，就这样轮番转换固定的单调的动作，使得干这活的人就像听着"一二三四"的口令似的，一左一右，一上一下，一前一后，利落有序。尽管我们都抽打得格外用心，但芨芨草席四周的草丛里还是很快笼满了毛絮。

抽羊毛的活儿只能在上午争分夺秒地进行。因为七月的季节里，只有上午没风。到了下午这活就没法干了——整个下午，大风长长地拉过山谷，没完没了。一团毛絮能一直被吹到外蒙古去。

杰约得别克老是阴阳怪调地问我："喂，没吃饱饭吗？"还做出有气无力的样子模仿我的动作（此后一直兴致勃勃地模仿了好几天），同时摇头晃脑地吐着舌头。我懒得理他，我抽羊毛抽得胳膊都快要甩脱臼了，两个手心整整齐齐地磨了两排亮晶晶的水泡，怎么可能没全力以赴！只是手心起泡这种事太丢人了，哪里好意思让人知道。

铺羊毛似乎有特别的讲究。我看到扎克拜妈妈和莎拉古丽她们先在芨芨草席上铺一层棕红色的毛。待我们弹打完毕后，她们又在上面均匀地铺了一层白色毛。白毛倒不用弹，铺好后直接浇热水，然后开始卷草席卷。

我问斯马胡力："这两种毛不一样吗？"

答曰："当然不一样。"

"哪里不一样？"

"一个是红的，一个是白的。"

…………

草席卷起来后裹得紧紧的，再用一指半粗的羊毛绳子绑好，就开始压毡了。这是整个擀毡过程中最重要也最卖力的环节。铺絮、弹打羊毛的是老人、孩子和妇女，压毡却全都是青壮劳力。

卷好的草席比水桶粗多了，宽约两米，刚好够五个人排成一排站定（五个人分别为卡西、斯马胡力、哈德别克、赛力保和海拉提。海拉提家的两个小男孩是替补，谁累了就上前替换）。大家一起抓住草席卷上的羊毛绳将其拎起来，再一起松手沉重地掷向地面，然后五人一起猛扑上去，用肉身的重量撞击在上面。再爬起来，抓起羊毛绳提起草席卷一甩，使草席卷略微转一个角度，再扑上去撞击……如此循环不绝。高度的协调性加之极富节奏感的力量的迸发，难怪我妈会说"好看得像跳舞一样"。等这项长达三天的劳动结束之后，每个人的手肘都会撞破，并生出茧子。

就这样不停地撞啊，撞啊。每撞一会儿，就解开羊毛绳紧一紧草席卷，并再浇一遍热水。渐渐地，羊毛就压瓷实了（需要不停撞压一个小时）。但这还不算完，斯马胡力又在草席卷的轴心插一根又长又细的木棍（一棵小松树的树干），两头露出的部分系上绳子。然后他套上马，拉着绳子在不远处开阔的谷间草地上绕圈奔驰。那一卷毡子在草地上跌跌撞撞地滚动，没一会儿，就在那片深厚的草地上滚出一个浅色的"环形跑道"。"跑道"上的草全是塌的。

孩子们最喜欢的事就是滚毡了。三个女孩一起跟在斯马胡力的马儿后面，追着滚动的草席卷跑了一圈又一圈，兴奋地大呼小叫。可是后来我也骑马威风凛凛地拖了两三圈，却没人跟着跑了。

总之，如此滚上一个多小时，才算大功告成。最后，大家解开草席卷，毡片已经压得非常紧实了，沉甸甸一大片，约一指厚。爷爷和哈德别克抬着它越过溪水去往对面山坡，把它摊开在空旷的半坡上，接受阳光的全面照耀。

我看到已经絮好的那条褐红色毡片上拦腰压了一长溜窄窄的白色羊毛，旁边还有几个歪歪扭扭的阿拉伯数字，标示着制作此毡片的年月日。这是之前絮毛时用白色羊毛做上去的。等毡片压好后，这条白线和日期就像写上去的一样结实。斯马胡力说那条线是分界线。到时候会沿此线裁开，哪块是谁家的，一目了然。

之前我还奇怪呢，三家人的羊毛有多有少，全放在一起加工的话，擀出来的毡片怎么分啊？

如果一家一家分开做的话，有的铺不满两块草席，有的远远超过了两块。那点儿零头就不太好处理了。便集合到一起加工，这也是节省劳力和时间的做法。

太阳越升越高，临近中午，第二面草席也开始卷压了。这时渐渐起风，加依娜系在木头围栏上的红头巾美丽地飞扬着。正在絮第三面草席的人们加快了速度。果然，这面草席刚刚卷好，风就相当大了。整条山谷呼呼作响，散落的毛絮头也不回地向着山谷尽头飞去。

此时，除了压毡和滚毡的人，女人和老人开始休息、喝茶。孩子们负责为正在压毡的人们递送酸奶和茶水。我也开始为大家准备午饭。

本来一天只吃一顿正餐的，但劳动的日子例外，一定要犒劳大家的辛苦。除了中午的正餐，今天晚上还要宰羊煮肉呢。

昨天，耶克阿恰的莎勒玛罕捎来了两大颗卷心菜，妈妈让我为大家炒菜。数数人头，统共十八个，真头疼。菜切出来盛了三大盆，好在烧水煮肉的敞口锅也蛮大（能煮一整只羊呢），锅铲也够结实。卖力地搅啊拌啊，倒也能翻匀（要是多几样菜色就好了，一样炒一盘，不至于一炒就一大盆）。但大锅菜不比小灶，最后根本是煮熟的而不是炒熟的。尝一下味道，难吃得简直快要落泪。但端出去后，大家还是吃得高高兴兴。

由于还有一部分人的活计没法停下来，大家便分两批轮流吃饭。吃饭时，看到远处斯马胡力还在草地上一圈一圈单调地跑马，有些不忍心。他一定很饿了，这小子平时饿得最快。

饭后一时无事，托汗爷爷和扎克拜妈妈在风中的草席上面对面坐着，有一句没一句地说话，并长时间一同静静地望向山谷尽头。加依娜鲜艳的红头巾在大风中呼啦啦横飞。

大家都很疲乏了，但劳动还没结束。只有海拉提这小子捱不住了，在草地上铺开一面花毡趴上去呼呼大睡。顶着这么大的风也能睡这么实沉。

爷爷休息了没一会儿，就上山找柴火去了。不像我们去拾柴时只背些碎木枝回来，爷爷出手不凡，直接抬了一整棵倒木从树林中推了下来。我们看着它沿着高高的山坡惊天动地翻滚了一路，最后停在水边。孩子们为此欢呼不

298

已。等爷爷慢慢下山，又在孩子们的簇拥下扛了大斧头走到倒木边，痛痛快快劈了起来。哈德别克和杰约得别克跑前跑后，把碎柴块运到溪水这边的火堆旁。大锅还在不停地烧水。

下午过半，第三块毡片也滚好了，摊开晾在了头两块毡片旁边。三块巨大的毡片（两米宽，七八米长）斜斜地铺在绿色山坡上，像是也舒了一口气，像是也累了一整天了，也在享受着此时此刻的"休息"。要知道，早上它们还是一大堆轻飘无状的羊毛呢。得投入多大的力量，才能使一根一根的羊毛心甘情愿地紧密纠结成块啊。

今天的劳动算是结束了，往下还得再干两天。爷爷开始宰羊。今天宰的是海拉提家的羊，明天宰我家的，后天轮到恰马罕家。

我认得这羊，白脸，六个月大。虽然当年出栏的羊羔肉最为鲜嫩美味，但我还是忍不住哀叹："太小了吧？"意思是它的年龄小。但妈妈误会了，说："嫌小的话就换个更肥的吧。"

劳动的结束令所有人都愉快而轻松。男人们聚在恰马罕家的大毡房里说话，托汗爷爷和扎克拜妈妈在毡房对面的小木棚里煮羊肉。爷爷一只手背在身后，一只手持汤勺撇去肉汤上的浮沫，悠然哼着歌儿。爷爷真的好爱唱歌啊。扎克拜妈妈坐在炉灶旁，一边听，一边添柴加火。小木棚另一角的花毡上，大大小小的孩子们窝成团，津津有味地听杰约得别克讲述着什么。木棚外的草地上，卡西、莎拉古丽、赛力保媳妇以及回娘家的小母亲坐在大风里不慌不忙地说话。每一个人都期待着不久后的晚宴。这是劳动的一天，也是节日的一天。

山羊会有的一生

　　冬天结束的时候，我们刚渡过乌伦古河，一只黄脸矮山羊就产下了一只黑亮皮毛的羊羔。扎克拜妈妈非常高兴，她把羊宝宝拴在毡房旁的杂物架下。于是那一天，羊妈妈找宝宝，从早找到了晚。

　　清晨大羊群出发的时候，瘦小的羊妈妈舍不得羊宝宝，挣扎许久，终于没有跟着队伍离开。它一整天徘徊在山坡附近，凄惨地叫唤个没完。每叫几声，就停下来侧耳凝听一会儿。可它的宝宝却始终不曾答应一声，傻愣愣地站在架子下一动不动，好像还不明白母亲的呼唤意味着什么。有时候明明透过架子缝隙看到妈妈了，还呆呆的，脑袋随着妈妈的身影扭动，仍一声不吭。难道所有的小羊羔一开始都是这么笨吗？矮山羊妈妈快要急死了，屋前屋后转来转去满山头找，惨叫得扯心扯肺。有时明明很靠近宝宝了，甚至就在眼皮子底下了，只需拐个弯或斜走几步就可在木架下相见。可就那几步路，就那一个弯，总是一次又一次硬生生地错过。就这样，没头没脑地找了整整一天，亏得嗓子没叫哑。

我也为此揪心了整整一天。羊宝宝昨天才出生，一整天什么也没吃，该多饿啊。同时也怜悯它焦虑悲伤的母亲，于是想帮点儿忙。便努力将矮山羊往它孩子的方向赶。可山羊哪里是能赶得的！它最会和人作对了，牵着不走打着倒退，并且武功盖世。总之一点儿也不明白我的苦心。

直到黄昏，那只黑羊羔才突然开了窍似的，娇滴滴叫了几嗓子。大羊简直欣喜欲狂啊，立刻激情四溢地连连应和了一长串咩叫，绕过房子，箭一样冲过去，在杂物堆中径直找到了宝宝。

我还真以为是小羊自己开了窍呢。跑过去一看，却是阿依横别克拎着小羊羔的后腿倒提着它，强迫它叫的……这个法子真好，简单有效。亏我赶了一下午的羊，白白累得够呛。

大羊看到有阿依横别克在，虽然万分激动却不敢靠近。阿依横别克刚把小羊放下走开几步，大羊立刻猛冲过去。而小羊也一下子认出了妈妈似的，赶紧凑上去亲妈妈的鼻子，像小狗一样甩着尾巴，亲热极了。原来它也是会动的啊！之前发了一整天的呆，一整天跟木雕似的僵硬。

往下有两三天，黄脸矮山羊都没有出门找草吃。每当羊群出发时，它显得难受极了。几番跟上大伙儿同去，又频频回首眼望着自己的黑宝宝，不停地在两者之间徘徊。直到羊群越走越远，完全消失在东面群山背后为止。

到了第四天，它终于捱不住饥饿与失群的不安，跟着队伍走了。由于放心不下宝宝，这一天里，总会不时地离开羊群，单独回家探望宝宝。喂了奶，再和宝宝腻乎好一阵，才依依不舍扭头告别，满山遍野寻找自己的羊群归队。如此一天来回两三次，哎，哪能好好地吃草！饿着肚子的话，哪有什么奶水喂宝宝……

我也每天去看黑羊羔好几次。才开始它很怕我。我蹲在它面前，一动不动地长久地注视着它，渐渐地它就不怕了。后来还敢主动向我走来。没等我反应过来，就一口含住我的手指吮了起来。

直到第六天黄昏，当羊群和平时一样沿着条条羊道从四面八方一缕一缕聚拢在我们毡房所在的山头下时，小黑羊终于获得自由。斯马胡力解下它脖子上的绳套，把它丢进羊群之中。它的母亲连忙依偎过来，亲吻个没完。那时，它已经学会了辨别母亲的声音，还学会了呼唤母亲。

最值得一提的是，它还学会了跳跃。又因为刚刚才学会，便蹦跳个没完。暮色里，羊群都静静地等待入栏，只有它兴奋得不得了，无限新奇地上蹿下跳。偏偏又跳不稳当，一会儿戳这只羊一下，一会儿又吓那只羊一大跳，是整个队伍中最不安分的成员。但大家都不介意。它的矮个儿母亲宁静又愉快地看着这一切，不时靠近它，亲吻它。

小黑羊看上去非常活泼，胆子却小得不得了，极易受惊。我悄悄走到它身后，冷不丁跳起来大喊一声。别的羊只是一哄而散而已。而它呢，居然立刻四蹄劈叉趴在地上，还像母鸡受惊一样把脑袋埋藏起来。

　　小黑羊真小！脑袋一点点大，五官还没长开似的，黑咕隆咚一团。虽说是溟蒙初开的生命，却已经足够神气了。它浑身漆黑，油光闪亮，背上却有一抹羽毛状的、浪漫美好的白色斑纹。和它的母亲——平凡黯淡的黄脸矮山羊相比，它明亮夺目。

　　之后的日子里，面对整个羊群，我总是一眼就能找出这母子俩，一眼就能看到那只朴素谦逊的矮山羊紧紧领着明星一样神气活现的黑宝宝走在队伍中。

　　哎，这位母亲真的非常不起眼：腿短短的，身子瘦小。要不是头上长着与身子很不相称的大羊角，我一定会误认为它也是只大羊羔呢。

　　提到羊角，矮山羊的羊角倒是蛮气派的。长长地向后扭转，然后再向两边曼妙地撑开，线条优美流畅。它身上整齐地披着根根笔直的白色羊毛，干净利落。

　　不知为何，我小的时候一直以为山羊就是公羊，绵羊是母羊……后来才知是两个不同的品种。

　　山羊是很能爬山的羊，所以才叫"山羊"嘛。大家都知道这个事实，但山羊还嫌不够似的，整天没事就当着人的面爬高下低，蹦来跳去，唯恐别人忘记了。

最可恶的是，越是大家忙得团团转的时候，它们就跳得越欢。每天傍晚赶羊入栏时，明明没它们的事（在我家，山羊不用入栏的），也非要挤在羊群里一起进去。进去后，再以最轻松的姿势飞跃出圈墙——分明是跳给绵羊们看的，意思是："看，我能这样！"然后再当着大家的面，嗖地跳回栏里："看，还能这样！"得意洋洋。于是就那么来来去去跳个没完，如履平地。看得绵羊们面面相觑，纳闷不已。有些小绵羊也学着它的样子拼命耸着身子往上蹦，但怎么可能跳得出去呢？它们一定死活想不明白："同样是羊，为什么我就不行？"

由于山羊严重扰乱了羊群的秩序，愤怒的斯马胡力扔一块石头准确地砸中它的脖子。它一溜烟闪老远，然后大呼小叫个没完，并率领一部分绵羊往山上跑去。更是给大家忙里添乱。

山羊们不但表演欲强烈，而且好奇心旺盛。它们常常站在毡房门口长时间朝里张望。要是你不理会它的话，它会一边凝视着你，一边把一只蹄子伸进门槛。若再不阻止，它们更得寸进尺，径直走进来东嗅西嗅。

绵羊只需挨一次打，就晓得毡房及四周的围栏是不能靠近的。而山羊呢，对它们可不是打几次的问题，而是根本就打不着。往往是，你的手还没抬起来，它们就蹦跶到对面山上了。

山羊灵敏得令人吃惊。假如你想收拾一只山羊，刚刚闪动这样的念头，它仿佛立刻接收到了讯息，立刻拉开防卫的架势。如果反之，就算你和它在小道上迎面擦肩而过，它也不躲不避，悠悠然然。

山羊真的和绵羊太不一样了。绵羊总是愿意遵从人的安排。每当转移到陌生的牧场，只要入两次圈，第三天它们就完全接受新的安排。而山羊呢，恐怕一百年也不行。它们一个比一个有主见。干起坏事来，又极具煽动力。并且乐于身先士卒，处处为绵羊做表率。

从高处遥望移动的羊群，通过大致的走势就可分辨出山羊和绵羊来。绵羊是耐心有序的，身子和脑袋都冲着一个方向前行，使整个队伍充满力量和秩序。而山羊东蹿蹿，西跳跳，不着调地爬高下低，在队伍中切割出乱七八糟的线条。总是害得绵羊莫名其妙，不晓得到底跟着谁走才好。

山羊大约也知道自己比绵羊聪明（要不怎么耍杂技的羊都是山羊而没有绵羊？），便很有些瞧不起绵羊的样子。但绵羊们却无比信任它们，就算尾随到天涯海角也无怨无尤。大约是绵羊也承认了自己不如山羊这一点吧，所以每次行进的路上，领头的都是山羊。

不过也幸亏有山羊，在转场的牧道上，在那些危险而陡峭的路面上，在一道又一道拦路的激流中，在悬崖边、吊桥上……正是有了胆大自信的山羊们的率领，绵羊们才敢低着头一串一串沉默地通过。

还有我们高大威严的头山羊，它脖子下系着铃铛，声音清脆神秘。当羊群移动在广袤的群山之中，这铃声是最具安抚力的召唤。

而当一只雪白的山羊独自站在悬崖上，那情景，像神明的降临一样让人突然心意深沉，泪水涌动……因此，山羊似乎又是暗藏启示的。它无论出现在哪里，都像是站在山野最神秘的入口处一样。它神情闪烁，欲言又止。它一定早就得知了什么，它一定远在我们认识它之前，就已认识我们了。只有它看出了我们的孤独。

在夏牧场美妙的七月，在吾塞最最丰腴盛大的季节里，结束了一天的擀毡工作，斯马胡力为劳动后的人们宰杀了一只山羊羔。据说这正是吃山羊肉的最好的季节。而其他季节里宰杀的山羊肉太膻。宰羊时，我飞快地躲到附近山上的林子里。月光明亮，树林里青翠幽静。我在林子里四处徘徊，望着远处暮色里的火堆，心怀不忍。我认得那只羊，当它还很小很小的时候我就认得了。我记得那么多与它有关的事。当人们一口一口咀嚼它鲜嫩可口的肉块时，仅仅只是把它当成食物在享用——从来不管它的母亲是多么疼爱它，在母亲眼里，它是这世上的唯一……不管它曾经因学会了跳跃而无尽欢喜的那些往事，不管它的腰身上是否有着美丽的羽毛状花纹，也不管它是多么聪明，曾经多么幸福，多么神奇，多么与众不同……它只作为我们的食物而存在，而消失。

小尖刀，鲜活畜。仅仅几分钟的时间，它就从睁着美丽眼睛站在那里的形象化为被拆卸的几大团肉块，冒着热气，堆积在自己翻转过来的黑色皮毛上。它最后的美好只呈现在我们的口腔中……这是不公平的事吗？应该不是的。我知道斯马胡力在结束它的生命之前，曾真心为它祈祷过。我知道，它已经与我们达成了和解。

同时，我还要为它庆幸。只为它的一生从春到秋，从不曾经历过冬天。不曾经历过太过漫长的、摧残生命的严酷岁月。它的一生温暖、自在、纯真。

我很喜爱的哈萨克族作者叶尔克西姐姐也写过关于山羊的美妙文字。她也温柔地讲述了山羊会有的短暂一生。是啊，我们一定要原谅山羊的固执任性，以及它犯下的种种过错。因为无论如何，“它终将因我们而死”。

真正的宴席

　　五月底，扎克拜妈妈去城里吊丧回来，带回了一大块熟肉。我们都非常高兴。当时我有好几个月都没吃过肉了（四月底在塔门尔图，爷爷家举办过一场分家拖依。当时倒是宰羊待客了，但家里只有妈妈参加了宴席，我们三个只啃了些妈妈从宴席上带回的几块吃剩的骨头。那不能算是吃肉），唯一的油水来自那一小桶快要见底的雪白的羊油脂肪。于是我们三个还没等到晚饭，就快乐地将其分吃了。虽然又冷又硬，并且没有盐，但还是那么香美可口。

　　就在我们分吃那块肉后的十天之内，冬库尔附近的牧场上一连举办了三场拖依！于是饱餐了三顿手抓肉。实际上三顿吃全了的只有斯马胡力——不，四顿。男方家的婚礼他不但参加了白天的仪式，还参加了夜里的聚会。而我和卡西各参加了两场拖依，只吃了两顿。妈妈只参加了男方家白天的宴席，只吃了一顿。总之，还算尽兴。

　　然而，再往下，从六月到七月中旬擀毡之前，又是四十多天不知肉味。整天馋肉馋得心慌……

还在春牧场时，我就记得家里有两根神出鬼没的羊肋骨。它们不时出现在家里的各个角落，似乎从没人在意过它们，毕竟只是两根光骨头。却也没人想过要扔掉它们，毕竟上面还挂着几根肉丝。

到了吾塞后，在阴雨绵绵的一天里，扎克拜妈妈突然吩咐我为大家准备手抓饭。我很犯愁，因为当时除了米饭和固体酱油，就再也没有其他任何材料了。于是我又想起了那两根肋骨。我翻遍了储放食物的角落，总算找到了。它们仍然还是两根，仍然还是那么细，仍然干巴巴的，上面仍然粘着两三根坚强的肉丝。

虽然已经放了两个多月，快干成了一根柴火棒，但仔细闻闻，肉的气息朴素而扎实。绝对没变质。我原本打算剁成一截一截的用油煎一煎，再煮进饭里，算是添点儿肉香。奇怪的是，如此又窄又薄的细骨头，却极其坚硬。我挥起菜刀抡圆了剁下去，也只剁出了一道白印。只好囫囵扔进米饭里煮。不由暗暗佩服这只羊，不愧是牧放养成的，走了几千里路，吃天然草料，优质健壮。而在城里买的那些圈养催肥的牲畜的肉，别说肋骨了，就是腿骨我都可以剁开……

吃饭时，大家围着大盘子从四面进攻，吃着吃着就翻出了那两根骨头。顿时都乐坏了！——当然，并不是为吃到它而高兴，而是为认出了它而高兴。都说："李娟真不错！弄得像真正的抓饭一样！"我得意地说："当然！和拖依上

310

的一样。"

当然，真正的抓饭除了新鲜肥嫩的羊骨块外，还有胡萝卜条这一标配。有的还会加洋葱和葡萄干。而我家的抓饭，除了拼命放羊油外，顶多煮进去一小块切碎的土豆。不过，做出来也非常好吃。

有胡萝卜和羊排的抓饭是拖依上才会有的诸多美味之一，平时我们很难吃到。至于肉，就更别提了。

据说哈萨克牧人有句谚语是：财产的一半应属于客人。意为招待客人得尽心尽力。如果有客上门，即使主人不在家，客人也可以自由取用主人家的食物，使用主人家的炉灶（因此牧人的毡房不上锁）。而为来客宰羊设宴，则是传统礼性。

每年入冬之初，世界成了一个天然大冰箱，牧人会大量屠宰牲畜储备过冬。在严酷的漫漫长冬（长达半年）里，全靠储备的肉食补充营养，宽慰单调的生活。而在冬天之外，肉类不易储存，除非是重大的劳动日或节日，平时是不会轻易宰羊的。想要吃肉，只好盼着客人上门了。但是，我觉得待客宰羊这个传统的真正原因其实是：人多了才能吃完一只羊，不至于浪费嘛。

那么，无论做客还是待客，都是幸福的事。尤其在节日里和庆典上，大家欢聚一堂，互馈礼物。一边聊叙友谊一边享用美食。寂寂深山中，这样的聚会是牧人最大的享乐吧。

我若是独自去别人家做客的话，扎克拜妈妈就说："一定要让他们宰羊！"

　　我会豪爽地答应道："放心，我会带一条羊腿回家！"结果去了，主人家真的提出要为我宰羊的时候，我却又惶惶不安，逃也似的告辞。对我这个汉人来说，如此隆重的款待实在承受不了。

　　和扎克拜妈妈一起去参加拖依时，卡西也会嘱咐我，别忘了从餐桌上抓点儿糖给她带回家。我乐了，这是小孩子才搞的把戏嘛！便一口答应了，说："没问题，我会穿一个有大口袋的外套去。"并掏出口袋里子给她看。她却说："不行，这个口袋还是太小。"我说："那我就穿两件外套去好了。"

　　结果回到家，卡西还真的向我要糖了！真惭愧，只在恰秀时拾得落在脚边的几颗……

　　当时主人家撒糖，一窝蜂上前抢糖的全是小孩。我这么大个人，怎么好意思和孩子们挤在一起抢？

　　宴席间的餐布上也堆放了不少糖果，但大家只是取来自个儿吃，只有小孩子才一把一把地往自己口袋里塞……虽然之前豪迈地应许了卡西，但到了那会儿，脸皮突然薄得不得了，怎么也下不了手。

　　倒是妈妈不知何时拿了许多，塞满了自己外套的两个口袋。以前她也常常这么做，为了孩子们，她不怕丢人。

　　她每次从邻居家串门回来，进门第一件事就是快乐地掏出糖分给我们。

一般的拖依，都分为白天和夜晚两场宴席。白天的宴会最热闹，人最多，而且似乎是有多少大人就会有多少小孩。手抓肉端上桌时，母亲们争先恐后地喂自己的孩子。坐在这些母亲中间，我多吃一口都觉得不好意思，好像在和孩子们抢。

这边热热闹闹吃着肉，另一边，前来帮忙的女人们（多是邻居或亲戚）紧靠着宴席坐成一圈，忙忙碌碌，一口肉都顾不上吃。她们把来宾送的礼物掏出来（礼物是装在各自的拎包里一起交给女主人的）分类放好，再根据礼物的轻重，包裹了宴席上的一些食物和别的礼物（也是来宾送来的）放入空下来的拎包里，算是回礼。等宴席结束时，大家就各自取回自己的包告辞。

另外，她们还把收到的一些色泽艳丽的大块绸布裁开，剪成一大堆比手帕略大些的方形碎布。每块布包裹三两块糖果饼干，漂亮地打上结子。可能用来打发孩子们。

总之，当着这些人的面埋头苦吃，多少有些不得劲儿。我这人真是事儿多。

我一直盼望着我家也赶紧举办一场拖依。细细一算，近两年，我家会举办的拖依似乎只有斯马胡力的婚礼。当然，加依娜也该举办戴耳环礼了，胡安西也即将行割礼。但还是算不上真正的自己家的拖依。

直到七月，夏天里最重要的劳动——擀毡——的那几天，我们邻近的几家人每天都宰一只羊轮流摆宴！这不是拖依是什么？

第一天宰的是海拉提家的一只肥胖的绵羊羔。托汗爷爷亲自掌勺，煮了三个多钟头。肉香味儿绵绵不绝地从木屋中溢散开来。疲惫的人们一边休息一边等待。

平时吃饭，大家都很随意。但到了吃肉的时候，大大小小老老少少，统统郑重得不得了。这不只是一顿美食，更是一场仪式。

大家分成两席坐定，小孩子们不入席，前前后后忙着搞服务。吾纳孜艾捧着小盆，杰约得别克手持净手壶，兄弟俩依次为席间每一个人浇水洗手。小加依娜则拿条新毛巾紧跟着两个小哥哥，每洗完一双手，就赶紧递上毛巾（餐前和餐后使用的毛巾还不一样）供其擦拭。大家谁也不笑。孩子们也陶醉在这种庄严的氛围中，觉得自己像个大人一样。

热气腾腾的羊肉上桌后，气氛更为肃穆。大家安静地坐在各自位置上，托汗爷爷开始做巴塔，大家举起双手聆听，而我惊呆了。

我在各种各样的宴席上听过各种各样的巴塔，包括在塔门尔图的那次内容特别漫长的，上次冬库尔的婚礼仪式上的，也包括弹唱会上的阿訇给领导们做的，但和爷爷的巴塔相比，都统统过于简单了。眼下这哪里是祝辞啊，分明是诗歌的吟诵，是一场激情四溢的即兴表演！爷爷像个阿肯一样，用古老的，单调的，却如咒语般感动心灵的旋律，即兴填词，热情讲述。从小马驹到刚出世的孩子，从天空到大地，从过去到未来，耐心而热烈地一一赞颂、祝福，并且句句押韵……整场巴塔持续了好几分钟。冷空气中，羊肉的香气渐渐沉到低处，却更浓厚、更清晰了。这时微微弯一弯腰，便能闻到固体般坚实的浓香。而大家不为所动，如同面对神明，约束、凝重、深信不疑、心怀感激。孩子们也规规矩矩、安安静静地摊着双手站在席外的空地上。爷爷微低着头，眼睛淡淡看着前方空气中的一点，嘴唇念唱，神情怀想。他是智慧而浪漫的。而我们，即将受用美味，之前又饱尝激情，多么幸运又满足啊。

　　第二天的劳动仍然非常辛苦。轮到我家宰杀一只黑色山羊羔。天色很晚了海拉提和斯马胡力才把羊宰剥出来，又燃起火堆燎烤羊头羊蹄。待到羊肉出锅，已是深夜。由于实在太晚了，托汗爷爷没能参加。扎克拜妈妈便将最肥嫩的鲜肉留了一大块，第二天一大早就给他送去。

　　这次宴席又是另一种氛围。恰马罕为大家主持了简单的巴塔。太阳能灯坏了，大家点着蜡烛吃抓肉。房间里深厚的黑暗和虚淡的光明一团一团参差分布着。所有的人们围坐在黑暗之中，沉默着咀嚼。而羊肉在明处，在大盘子里，更为沉默地冒着热气。大家越吃越慢，渐渐停下来。却仍然坐着，似乎还有什么事没发生。

斯马胡力啃完羊的肩胛骨后，用匕首在骨头上割来割去。才开始还以为他闲得无聊呢，后来却见他在那块骨头上割开了一个三角形小口，然后把这块骨头递给我。示意我将其折断。我一时无法理解。恰马罕说："弄断吧，断了以后，明天上路就平平安安。"第二天，我就要出远门了。我第一次得知这样的习俗，虽然不能明白，但还是满怀感激地将其折断，然后顿时感觉到已经有力量保护在左右了。

除此之外的平凡日子里，虽然我每天都挖空心思为大家准备好吃的，尽量将唯一的一顿晚餐折腾得花里胡哨，但真正的宴席带来的节日感和仪式感却从没有过。大家只是快乐地吃，吃饱肚子后快乐地睡觉。

有时候才中午斯马胡力就嚷嚷着饿了。给他倒茶也不干，切馕也不干，非要吃手抓饭不可。于是妈妈只好让我做饭。这一天便多吃了一顿饭。

别看海拉提家的孩子们平时又调皮又闹心，但在吃饭问题上都极有礼貌。做饭时大家还都围着锅灶打闹，开饭时却立刻纷纷告辞。

但妈妈赶紧把兄妹三人叫住，要大家一起吃。但三人中只有吾纳孜艾一个人坐进了席间，加依娜独自盛了小半碗坐到一边吃。杰约得别克呢，则捧起空空的大铁锅远远蹲到门口空地上，用一把小铁勺用力地刮剥锅底残留的一点点坚硬的锅巴。刮一点，吃一点，无限珍惜。刮了老半天，等他好不容易把那口锅收拾干净了，我们席间这边也吃完了。因此他一直到最后都没能上桌。

午餐结束后没一会儿，爷爷家那边的小木屋也飘来了饭香味。我们觉得奇怪，因为这个时间海拉提夫妇和托汗爷爷都不在，只有三个孩子守着家。这时，加依娜高兴地跑来对我们说，他们那边也要吃抓饭了！是杰约得别克做的！——显然，刚才在我家，三个孩子还没吃过瘾。

做饭这种事是怎么学来的呢？又好像根本不用学，会吃饭就会做饭了，了解食物就会了解厨房了。就好像成长只与时间有关，等待只与耐心有关。夏牧场上的男孩杰约得别克，突然有一天会做饭了。好像他无数个秘密中的其中一个冒头了。又因为他心怀无数秘密，而成为一个强大的小孩。总之，加依娜为杰约得别克会做饭这件事表示深深的惊奇和钦佩。我常常想起那天她灵巧地钻过我家栅栏间的缝隙，欢快而骄傲地向我们报告这一消息时的情景。

又想起斯马胡力给我的肩胛骨。仍然是突然的一天，依附于食物的某种古老的传说和意义把他和他手中的骨头灌满了。他一边苏醒着，一边把骨头递给我。他也是一个强大的青年啊！他已经足以保护我们所有人了。

夏牧场的确过于悄寂，少有盛大的相聚和庆典。但繁盛的夏牧场本身就是一场盛宴啊。餐布展开之处青草繁盛，食物与安宁甜蜜并置，哪怕是最普通的一道茶饮都能令人目眩神迷。这正是一年之中最舒适、最丰饶的时光。